U0086119

溪水，淚水

白樺 著

三民書局 印行

國立中央圖書館出版品預行編目資料

溪水，淚水／白樺著.--初版.--臺北
市：三民，民80
面；　公分
ISBN 957-14-1784-X（平裝）

857.63　　80001474

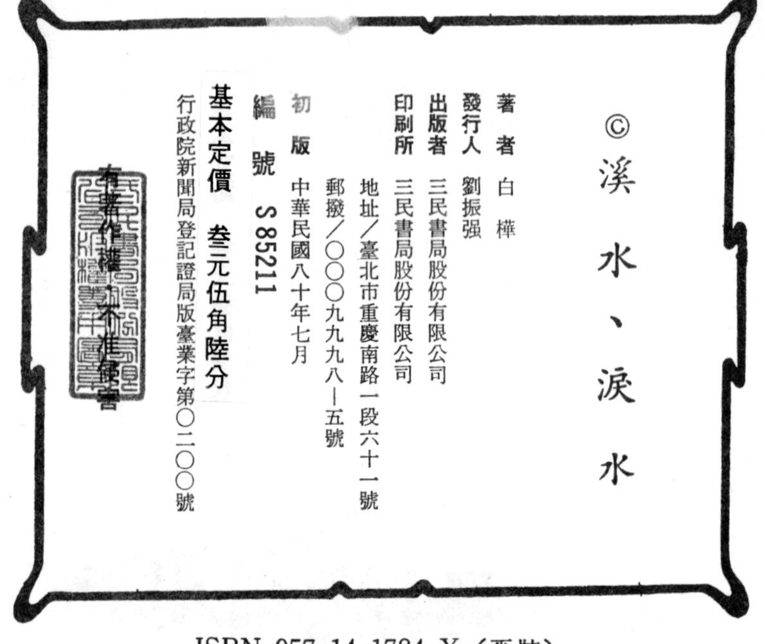

©溪水、淚水

著　者　白樺
發行人　劉振强
出版者　三民書局股份有限公司
印刷所　三民書局股份有限公司
地址／臺北市重慶南路一段六十一號
郵撥／〇〇〇九九九八一五號
初　版　中華民國八十年七月
編　號　S85211
基本定價　叁元伍角陸分
行政院新聞局登記證局版臺業字第〇二〇〇號

有著作權·不准侵害

ISBN 957-14-1784-X（平裝）

作者近照

寂寞與熱鬧

——代序

我對於文學的未來從來都是比較樂觀的，也許只是對文學……

從長遠的歷史的高度來看，文學正如一條從纖細源頭開始的河流，自然、生動、多彩多姿。有時沉默，有時微弱，有時洶湧澎湃，有時又變為無形無聲的潛流，只能隱隱約約地感覺到它在地殼下蠕動。每一個歷程都是新穎的，一如我們所承受的生活，包括著痛苦、窒息、鬱悶和劫難與劫難之間由於希望而得到的慰藉。我所說的自然，並不是說沒有障礙，恰恰相反，沒有障礙才是非自然。試想，沒有障礙的河流有多麼乏味。和山間溪水相比較，人工水渠既無波瀾，又無聲響，因為水渠是非自然的。

近年來，幾乎在全世界都會有人提出一個同樣的問題，即：中國文學的未來如何？

我的第一句回答是：中國文學到了應該發出巨大轟鳴的時候了！正如長江進入三峽一樣。雖然許多缺乏耐心的讀者等得十分倦乏。中華民族無疑是一個人才輩出的民族，在爭取社會變革的生活中表現了非凡的才智和大無畏的奮鬪精神，數以千計的血肉之軀以英雄式的理想追求所完成的人生戲劇，使得許多已經問世的文學作品相形之下黯淡無光。幾乎與十八、十九，乃至當代俄羅斯文學相反。那麼，這是為什麼？長期以來，我都是在尋求答案。十九世紀俄國詩人列查耶夫有兩句詩，似乎是為今日中國文學天才寫的。他寫道：

「沒有開花已經凋謝枯萎，

在陰霾的早晨。」

許多文學天才通常沒有庸才那麼幸運，過早地夭折或者受挫而喑啞。許多文學青年為更加輝煌、悲壯和迫切的目標所吸引，放棄或半放棄他們曾經熱中並十分喜愛的文學。許多文學青年震懾於生活本身的生動、深刻，知難而退。我以為，更多的文學家缺乏靱性，陷入浮躁的深淵，步履維艱。正因為中國從古至今，從上到下太重視文學，使得大多數人誤認為文學是一種熱鬧的事業。的確，由文學引出的熱鬧屢見不鮮。其實，文學是一種寂寞的事業。曹雪芹、杜思妥也夫斯基們，在創作時幾乎都像春蠶吐絲一樣，把自己封閉在一個不能再狹小了的空間，經過死一般漫長的寂寞……蠶在美妙的創造中幾乎完全沒意識到自己的創造有多麼神奇，以及它的價值。更沒有意識到熱鬧。只是靜靜地不停地傾其所有，正如李商隱在詩裏吟唱出的那樣：「春蠶到死絲方盡。」

綢緞的熱鬧已是蠶在水火中死去多日之後的事了。莎士比亞也沒看到過莎士比亞的熱鬧。

於是，我作了第二句回答：偉大的文學作品只能出自耐得住寂寞的天才之手。漫長的封閉式的歷史使我們很晚才對屈辱、尊嚴、疼痛有了多一點的認識，也有了一些幽默感。缺乏思考才會麻木不仁，這既有客觀的原因，又有主觀的原因。沒有高度靈敏的琴鍵是彈不出明亮而又深情的音響來的。我們流了那麼多血，却用水來作畫，結果當然是：很快還原為一張白紙。我們不善於痛定思痛，逆境中迷失於自憐和怠惰，順境中又沉溺於浮華和輕狂。在黑夜中十分堅强的神經，却在一點磷火前變得十分柔弱。雖然他明明知道那並非燈火，更非霞光。卽使我們有記憶又有什麼用處呢？愛和恨都沒留下血肉模糊的烙印，甚至壓根沒有過清晰的愛，也沒有過清晰的恨。因為我們只會武斷地指認什麼是美，什麼是醜。我們很長一個時期丟掉了擁抱大自然的愛心，沒有崇高的理念，哪有火熱的激情？有一位俄國詩人曾經這樣讚美過歌德：

「他那和大自然一同呼吸的生命，

懂得小溪的潺湲，
聽出樹葉的低語，
感覺小草的滋生，
他精通星辰的書，
大海波濤和他密談。」

於是，我有了第三句回答：偉大的文學作品只能自在而自由地從天才的靈魂中奔瀉出來。阻擋激流的壁立的山峯只能濺起炫目的浪花和警鐘般的迴響。

在一個長期停滯的社會中，我們對重複過億萬遍的雷光電火反而印象淺淡，不敢去認識物質與精神的本性是什麼，因此我們無法準確地適用語言、音響、線條和色彩，把歷史的、同時又是文學的自然流向複製出來，讓世世代代的讀者讚嘆說：人世間的生活曾經就是這樣，不可能是別的樣子。這需要多麼堅强的冷靜，又需要多麼巨大的激情和勇敢，才能堅持文學的公正。真正的文學作品依存又不依存於作家自己，更不會依存於任何曲解生活真相的意念，卽使是權威得猶如懸在頸項上的鋼刀一般的意念。

於是，我有了第四句回答：偉大的文學作品只能出自執著的、大無畏的天才之手。馬克白是怯懦的馬克白，正如今天的薩達姆・侯賽因（卽海珊）是怯懦的薩達姆・侯賽因一樣。

怯懦軟弱才使他們瘋狂而凶殘。勇敢者最清醒，目光最銳利，也最具有愛心和遠見卓識。

我們的民族是一個天才的民族，我相信我們民族智慧的風光不會被歷史上諸多的縱橫家與秦皇、漢武所完全占有，也不會被衆多的婆媳鬪法、姑嫂憎怨所耗盡。我們一定會在高貴的領域裏對人類共同的寶庫提供我們的光彩奪目而又獨特的貢獻。

於是，我有了第五句——也是結論式的回答：中國文學一定會發出巨大的轟鳴。我不知道淡泊是不是可以明志，但我確切地知道寧靜可以致遠。在文學轟鳴之前的寧靜中我們期待的是什麼呢？對於文學天才，沒有比寂寞中的勤奮和一雙冷峻的眼睛更為適宜了。文學的未來是可以樂觀的，因為卽使像我這樣遲鈍的庸才都能認識到：文學是寂寞的事業，把熱鬧留在身後。

一九九一、五、四、廣州

溪水，淚水　目次

篝火點燃之前的開場白

在我的一生中，只有一個極短的青春期，在那個極短而奇妙的青春期裏，每一個日夜都是籠着煙霧的夢。今天，隨手掀開其中任何一頁，都是一部羅曼蒂克的長詩，每一分鐘都是一行詩句。我只要閉上眼睛就能背誦出來。每當我開始背誦那些優美的詩章，在我所置身的空間，從遙遠的、早已逝去的時間那裏就會飄來使我心靈歡快而又酸楚的音樂，我就更加流暢地背誦下去，一直到滾燙的淚水滑落在我的唇邊，變成一座鹹澀的海，把我淹沒。明麗的夢則像海市蜃樓一樣浮游在波浪之上，久久才會散去。

其餘的歲月，至今都是清晰的，清晰得殘酷。好像我面前總是豎着一面一絲誤差都沒有的明鏡，只要有一陣輕風，那塊蒙在鏡子上的紅綢就飄去了。早已疼痛過、失望過的時辰，在這面逼真得讓我時時都想砸碎的鏡子裏，又一絲不苟地重演起來。每一句咀咒，每一記耳地備受折磨。

任何一秒鐘單調的、百思不可解的憤懣都不肯剪去，讓我重新在鐵砧上、雷光電火之下持久

光，每一次當衆凌辱，每一場不容許你辯解的冗長汚蔑，每一個難熬的長夜，在這些長夜中

一九八九年雷雨密集的夏天過去了，上海有一個月刊的副主編，多病的X君向我約稿。他說：在這個炎熱的夏季，作家們似乎都由於歇夏而很少動筆，稿源奇缺，不知你能不能給我們寫一篇？無論是小說、詩歌，或是散文……都可以。了解我的朋友都知道，我有一個致命的弱點，就是不善於拒絕朋友們對我的要求，我甚至不在乎這個要求有幾分誠意。當時我答應：考慮一下。但寫什麼呢？能寫什麼似乎還是寫什麼之前的一個問題。我有兩種故事，不是夢裏的故事，就是鏡子裏的故事。在過於沉重的重負下，我更願意重溫一段舊夢。

爲了讓所有人都能接受，在這個火燭小心的秋天，不致於燒掉這個久負盛名的刊物。我在自己青年時代的經歷中選了一個非常純潔、溫馨而又只有一點點淡淡哀愁的、沒有愛情的愛情故事。卽使用標號最高的汽油潑上去，大約也不會燃燒。X君看了稿子以後給我打來一個電話，認爲：不僅合適，而且很好，不久就會刊出。到了冬天，空氣更加乾燥一些，比X君地位更高、更謹愼的先生們，認爲這個故事本身燃點很低，可作者的名字，這棵落盡黃葉，只剩下銀白乾枯枝幹的老樹的燃點卻很高。放一放再說吧。我覺得，編輯部的這種顧慮

是無可厚非的，而且這類事無論是在我個人的文學生涯中，還是在中國文化史中都是屢見不鮮的。不想，在這篇故事從發稿計劃中抽出之後，這本刊物被明令停辦了。爲此，我倒是有點輕鬆，其原因絕非我生性幸災樂禍，而是因爲這場火災不是我引起的。我請求X君退還我的手稿，因爲它所紀錄的是我的一個可寶貴的夢境。X君告訴我：既然要停刊，那就不再有什麼顧慮了，我們一定在終刊之前發出，終刊號是一九九〇年六月。恭敬不如從命。

後來這本刊物的編輯部經過了種種努力，希望能繼續辦下去。如調整編輯的人事結構，上下疏通，發表一些「面貌一新」的作品……結果，適得其反，不但沒能使各方諒解，反而使得各方異議更多，全無繼續辦下去的一絲可能。雖然X君一直都在爲我的那篇小故事力爭、等待，等待到最後一期發稿付印，我的小故事仍沒能刊出。我只好自己去編輯部取回手稿，前後幾近一年。但我對任何人都無怨艾，因爲誰都在季節轉換的時候愛護自己的身體，這是非常自然的事。通常朋友們見面會問：怎麼樣？最近的氣候？你可千萬別以爲他問的是自然界的陰晴雨雪。他問的是另一種氣候。從歷史長河的角度來看，地球氣候和自然生態環境的惡化，遠比任何歷史階段、任何國家、民族的政治氣候和社會生態環境的惡化要嚴重得多。雖然都是人爲的，但前者的惡化是絕對的、持恆地與日俱增，且無可挽回，祇不過在每一個塵世過客的感覺上緩慢些，這種緩慢感痲痺了我們幾千年……

從這個意義上來說，人類是很短見的，遠不如野生動物，牠們從不破壞自己的生活環境。當然，牠們比人類自由，可以遷徙到更合適的環境中去生存。譬如：候鳥和廻游魚類。他們可以在某個季節飛離或游離故鄉到遠方避寒、避暑，然後回到故鄉，或者說牠們有兩個以上的故鄉。也可以永遠背離不再適於生存了的故鄉。人類卻很難做到，特別是不持有護照的中國人。

再把話題拉回來。當我取回手稿重新閱讀一遍之後，反而意外感到慶幸。如果說我的青春之夢是一棵樹上的繁花，爲什麼我只在滿地落紅中拾起一片花瓣呢？太可惜了！可是，我開始寫這本夢中有鏡子，鏡子裏有夢境的書，把那篇幸而未曾刊出的短故事作爲第一章，祇是把原來結尾的句號改爲「……」。

篝火卽將點燃了！一堆重新把雪山、森林、湖泊和年輕人的眼睛照亮的篝火，一堆使紛飛長袖的影子繚亂夜空也繚亂少男少女心靈的篝火，一堆爲歷史的歡樂和悲哀作證的篝火。一堆圍坐在它四周就想講故事、想唱歌、想跳舞的篝火……

一、一片花瓣

五十年代初，我第一次上溯金沙江進行野生動植物考察，最初我完全以爲會是一連串驚心動魄的冒險，因爲那時金沙江沿岸的大多數藏人仇視漢人。許多地方政權還由僧侶和從明清時代分封的世襲土官管理着，他們因財富、槍支的多少而取得高低不等的武官頭銜，如營官、千總、把總……中國共產黨只在縣一級政權設有黨組織，並派有縣長，其機構和影響均很小，他們並不眞正地去過問民間訴訟和一般行政事務。遇到麻煩事還得請當地的頭人出面來解決。譬如說：一個老嫗向縣長告狀，狀告一名男子，這個男子在入贅她家之前，當着頭人有言在先，他將是她和她的女兒共同的丈夫。不到一年，他竟敢只對女兒盡義務，把另一個妻子置之不顧。縣長實在難斷這種家務公案，只好請頭人出來按陳規舊習去處理，勒令這一男人要踐約兼顧到原告的需要，否則將處以重刑。——這件事正是那位無力處理此案的縣長向我講述的。

藏人對於漢族的公家人儘量保持着不遠不近，恰似步槍射程那樣的距離。從他們的眉稍眼角上可以感覺到有一種沉默的敵對情緒，這當然是兩千年民族關係史上遺留下來的惡果。我當時只是一個二十四歲的野生動物專業的大學生，此行的目的只是受我所服務的研究所的派遣，收集金沙江沿岸的自然資源方面的資料。同時，我個人也想一覽金沙江湍流兩岸的壯麗風光。但此刻卻使得滇西北警備部隊的首長深感爲難。那時候一個大學畢業生還了得（到了一九五七以後，知識份子的價格就一落千丈而淪爲準反革命份子了），萬一出了問題，責任太重大了。在我之前一年，中央民族歌舞團前來採風的一支小隊伍中有五位男女團員就在這條路上失踪，連他們的腳印都沒找到，所有事後被查問到的僧俗人等都變成了啞吧。

經過深思熟慮，部隊首長決定派一名當地懂藏語的納西族士兵護送。同時建議我和納西族士兵都化裝爲藏人。這個建議使我非常激動，不僅有冒險的意味，還可以享受到表演的樂趣。但這個角色太難演了，因爲我不懂藏語，在這部即興的驚險劇中，無論有多少應該由我來念的精彩臺詞都不能說。因此，我一開始就拒絕了這個建議。但當部隊首長做了詳細說明，同時拿出一套藏族貴族服裝以後，我又有些動心了。這套服裝包括高貴的英國皮靴，純金鍛造的護身符盒，大鑽石戒指，貂皮楚巴（藏袍），細絨禮帽和一支三號美國造左輪槍，槍柄上刻着飛馬含箭的標記。他告訴我，他們最近截獲了一個西北藏族大頭人的公子，這些就是那位公子的行頭。他的坐騎是一匹高貴的栗色西寧馬，鑲着銀飾的皮鞍下鋪着一張手織的花氆氌墊子，鍍金的腳鐙閃閃發光。那位公子是西北藏族貴族獨立份子的代表和人質，取道川——滇——康進入西藏，將與拉薩地方政府中的獨立份子結盟。我將穿上他的服裝、皮靴，戴上他的細絨禮帽、金護身符盒和鑽戒，騎上他的西寧馬。由於他的顯貴身份和特別使命，完全可以傲慢寡言，一切均可由隨員去應對。可到哪兒去找這麼個隨員呢？那位納西族士兵木富能行嗎？顯然是不能稱職的。這個人必須是個地地道道的藏人，而且既要忠誠，又要機敏，見多識廣，有一付伶牙利齒。爲此，我在金沙江邊，玉龍雪山十二峯下等了三天。他們終於幫我物色到了，那是一個年輕的熱芭（以歌舞流浪爲生的藏人。），十八歲的倉央甲錯。願意扮演我的隨員。

此人精瘦的個頭兒，大而亮的眼睛，使我想到猞猁；紮着紅絨線的辮子盤在頭上；長而光滑的脖子，使我聯想到牡鹿。在男子的堅韌和靈活之中透出一絲女性的柔媚。他的父親是個藏族趕馬漢，母親卻是一個納西族富裕的揉皮匠的女兒。別看他小小年紀，腳上那雙破皮靴卻走遍了大西南和大西北的藏區。

據說，他在生活中永遠是愛情故事的主角。在我見到他之前，他在載歌載舞的流浪途中，從十四歲開始已經熱戀過八個能歌善舞的小搭檔。他答應隨我上溯金沙江的條件是：部隊醫院收留他的搭檔和情人，十六歲的卓瑪。卓瑪身患癲癇，過於激情的表演，或最暢快的性愛高潮，都會使她口吐白沫，手足抽搐而痙攣不止。卓瑪是甲錯相伴時間最長的一個姑娘，長達十個月之久。小卓瑪像一朵被風吹開的紅罌粟花蕾，艷麗而熾烈，有點歪斜的大眼睛故意向每一個爲她的美麗顯出驚訝的男人閃射着自信而得意的目光。我完全不能想像她在癲癇病發作時是個什麼樣子。

甲錯自認爲他自己的身上有兩個以上民族的血液，沒有任何民族偏見，從不挑選政府和長官，只要允許他自由地在沒有盡頭的路上流浪、唱歌、跳舞的政府，就是好政府。准許他在村頭草地上搭帳篷的長官，就是好長官。在各民族都是頭人當政的時代，他很像候鳥，可以遠離某個凶惡頭人的領地，也可以在某一個寬容的頭人治下多留幾天。

部隊首長立即命令野戰醫院接受了卓瑪。第二天甲錯就牽着他的小毛驢，跟着我的西寧馬啓程上路了。木富也換上了藏裝，騎着一匹黑騾子走在我的前面。甲錯的小毛驢馱着一個黑牛毛帳篷和鐵鍋、木碗等旅行用具，他從不忍心再去騎它。我們這一行，如果帶上一只小猢猻，眞像是唐三藏西天取經的隊伍。

四個多月金沙江之行，甲錯的表演太精彩了，迷惑了一切和我們相遇的人，從貴族到農奴，從活佛到小沙彌。從未讓我在任何場合受窘，而且他不斷在嗒嗒馬蹄聲中用比較純熟的漢語，以唱詩人的語調，向我講述了無數神話故事和他自己的經歷。使我覺得，他本人往往就生活在神話裏，表情豐富，態度誠懇，加上他那形像的手勢，讓你不得不相信他既是神話中受到神所鍾愛的人，又是人所鍾愛的神。特別是當他講到他的愛情生活，說眞心話，使得我艷羨不已。他多次對我說藏族女人很「大方」。當我策馬在歸途中奔馳的時候，回想起來，我體驗了雪山頂的寒冷；橫斷山脈谷底裏的炎熱；藏人犛牛一般的耐力和堅靱；以及他們高明的騎術和準確的槍法；密集的高大喬木；陰濕林中終年不見天日，瀰漫着霉爛樹葉氣息的霧靄。至於藏族女人的「大方」，我卻從來沒有經見過。甲錯曾預言：你無論在藏民家裏借宿，或露宿在村外草地上，她們都可能在半夜裏鑽進你的被窩。甚至三個藏族女人敢在光天化日之下，搶走一個單身男性旅客，剝光你的衣服，擡到大石板上，之後當然不是大開膛……雖然我做了充分的歷險準備，可以說一直在暗暗期待，在期待中又非常惶恐，怕奇遇眞的出現之後，無法應對。現在，眞有點失望。也許是我頂着別人的身份和名字，穿戴着別人的衣帽，騎着別人的馬匹，扮演着一個心事重重，高貴而重任在身的公子哥兒，沉默無言，滿面陰沉。在等級森嚴的社會裏，異性眼裏的我一定是個無性人，即使把我綁架了去，又有什麼實際意義呢？

但我畢竟達到了預期的目的，收集了很多自然資源方面的資料。唯一的遺憾是甲錯的漢文水平還不能順便把途中聽到的無與倫比的、優美的藏族民歌給我準確地翻譯出來。雖然我也知道，把另一個民族的歌謠翻譯爲漢語和漢文都是極其困難的，卽使是語言學家，又能夠保留多少原意和本來的神韻呢？

我們一行人途經哲塘大寺的時候，最後一線夕陽在寺院金頂上驟然熄滅，提醒我們應該投宿了。哲塘大寺像所有藏區的喇嘛寺一樣，如同一座古代的城堡，一千多個僧侶按不同的等級，分別居住在各種不同的院落中，活佛和高僧的僧舍都是一座城中之城。我眞想在寺院裏借宿一晚，了解一點神秘的僧侶生活，但這種願望當然是不現實的。我們照例要參拜活佛，敬獻哈達（一條潔白的紗帶，藏人用來禮佛，也用來獻給受尊重的貴人和長老，表示敬意。）。當我們走進大寺的時候，喇嘛們都在大經堂裏誦經，入夜正是晚課時分。喇嘛誦經多用低沉的喉音，聲如悶雷。在誦經的同時，又是進晚茶的時間，酥油茶的香味在全寺的空氣中瀰漫。我記得，四個多月之前剛剛進入藏區時，酥油茶的味道對於我十分陌生，是一種令人作嘔的怪味。現在完全相反，覺得芳香撲鼻。我眞想走進大經堂，跏趺而坐，在喇嘛們中間，像他們那樣一邊吼叫，一邊喝茶。

寺院裏的茶是最好喝的，木碗裏漂浮着一層很厚的酥油。甲錯指着一個調皮的小喇嘛告訴我：你看，那個只喝茶不誦經的小喇嘛是我的表弟旺堆。旺堆離開我們有五、六丈那麼遠，他好像有了感應似地向甲錯扮了一個鬼臉，很快就埋下了光溜溜的小腦袋。當值的小沙彌不停地用大木桶往經堂裏挑茶，隨時把每一個木碗添滿。我們沒法和任何一位高僧交談，只好請知客喇嘛向佛陀轉獻了哈達，悄悄退出寺院。出了寺院立卽就考慮到在哪裏投宿的問題，難道在哲塘湖邊開亮（開亮——露宿的意思，屬於趕馬人的暗語。）？雖然已是六月末了，哲塘湖水面海拔三七〇〇米，雪山銀色的腳幾乎還伸在湖邊，特別是湖面上的風使你根本搭不起帳篷。一陣馬鈴聲使我們發現大寺正門的對面新開了一爿馬店，甲錯喜出望外，卽興編了一支歌：

屋檐下的馬鈴叮噹，
給饑寒的旅人指出了一團火光，
黃昏的馬店煙霧騰騰，
我們找到了一座一夜天堂。

甲錯告訴我：往前走去找一個溫暖的山谷，至少還有四十里。我毫不猶豫地表示：住下。

當我們牽着牲口走進馬店的時候，一位四十上下，乾淨利落的女店主恭敬地接過我們的韁繩。甲錯向她說了一大串風趣的客套話，使得女店主不住地笑，笑出了眼淚。

甲錯和木富迅速卸了鞍韉，扛着我們的行囊走進馬店的正房，女店主把我們的騾、馬、驢牽進馬圈。正房裏一片喧鬧的說笑聲，在我們跨進門檻的時候像驟然被水澆熄了的大火。但我們看不出喧鬧的中心在哪兒。各民族的馬鍋頭（有經驗的趕馬人。）擠了滿滿一屋，有的抱着大水煙筒，有的捧着酒碗。有兩個趕馬漢子悄沒聲地從火塘上方的熊皮墊子上站起來，閃進牆角的陰影裏。很明顯，他們兩個是給我們讓座的。甲錯向大家問過好，轉身把我恭恭敬敬地讓在火塘的上沿坐下，他和木富坐在我的旁邊。最初的三分鐘寂靜之後，才能聽見抽水煙筒、喝酒、咂嘴和女店主抽打酥油茶的聲音。幾十雙眼睛都在打量着我們，想從我們三個人的衣着打扮猜測出點什麼來。這個貴人和他們的兩名隨從來自何方？去往何地？有何公幹？看樣子，各有各的結論。他們只敢用神秘的目光交換着各自的暗示，沒有議論。女店主小聲問甲錯：貴客們要不要喝酒？甲錯故意大聲告訴她：我們在途中接受了一位千總老爺的款待，酒喝得差不多，可以免了，茶是要喝的，最好來點牛肉乾巴。女店主欣喜地告訴我們：請稍待。然後她就去忙着張羅去了。

等到三小碗噴香的酥油茶和一大盤牛肉乾巴送到我們面前的時候，我一下就找到了這間大屋裏喧鬧的中心。一位大約十七歲的姑娘，穿着猩紅色的無袖毛馬甲，裸露着一雙玉色的長臂，粗糙的白氆氌長裙，腰間束着一條虹一般色彩絢麗的寬腰帶，烏黑的髮辮盤在頭上，辮梢上插了一朵粉紅色的杜鵑花，恰好垂在小巧的右耳垂之下。她正蹲在我面前，用詢問的目光注視着我。也許是由於她很少在戶外活動的緣故，沒有一般藏族姑娘臉上過於濃重的紅暈（那是高原陽光中的紫外線輻射的結果）。似乎是爲了聽到我的聲音，她故意微笑了一下，向我靠得更近一些。突然逼近我的星光使我有點目眩。她太美了，美得使人覺得她完全不該在這個髒亂吵雜的馬店裏生活，雖然她的服飾、談吐、一舉一動在這裏也很和諧。我有點失態，幾乎吐出了漢語，幸而甲錯急忙爲我解圍，說了一句使她大笑的俏皮話，她沒發現我的窘態。甲錯接着對她說：

「謝謝你，姑娘！酥油茶很香。」這句藏語我還是能夠聽懂的。姑娘反問他：

「這是他說的？還是你說的？」

甲錯泰然自若地說：

「是我的，也是他的意思。」

「你怎麼知道他的意思？你們倆用的是一雙耳朶和一個鼻子？」

滿屋子的趕馬漢像火藥爆炸似地笑了，但很快又出現了靜止。人們的眼睛都盯着我，窺測着我的態度。我鎭靜地端起茶碗，吹開浮面上那層酥油，輕輕地抿了一口，以寬容大度的笑容向姑娘點了點頭。姑娘又用手裏的銅壺給我添滿，滿得幾乎要溢出來。同時，她看着我，希望我再喝一口。我無法拒絕她的目光，我又喝了一口，她立卽又給我添滿。我又喝了一口，她再給我添滿。我用手蓋住茶碗，等於告訴她：夠了。她深感遺憾地轉過身去，對屋子裏的人們說了一句什麼，又引爆了好一陣笑聲。我悄悄問了甲錯才知道，她說的是：「餵它再多的穀子，它也不會唱。」她把我比做不會叫的鳥。

緊接着一個在後腦勺留着一條小辮子的趕馬漢醉醺醺地搖晃着站起來，唾沫四濺地叫着：

「達娃！它不唱，你唱！」

「好呀！」幾乎所有的人都發狂了似地大叫起來：「達娃！我們的小焦尕（藏語的小雲雀Alauda gulgula Franklin。）！唱一個！」

在這次沿着金沙江的漫長旅途中，我們聽到過無數次焦尕的歌聲。這種比麻雀稍大一點的鳴禽，會突然從河灘草叢中垂直飛向雲端，在高空中懸停着，邊飛邊唱，有時人們無法看到它，它的身體太小了，只能聽到它從雲端裏灑下來的清脆、婉轉的歌聲。這些趕馬漢把她叫做焦尕，說明她唱得非常動聽。

「唱一個！」「唱一個！」「唱一個！」趕馬漢們不停地喊叫着，像一個烏七八糟的啦啦隊。

達娃好像全都沒聽見，一雙閃光的玉色長臂忙碌地給客人拿點心、添茶、斟酒……。

後腦勺留着小辮子的醉漢搖搖晃晃地走向她，一把摟住她的腰。我吃了一驚，不知道爲什麼，我很反感那個醉漢的這種放肆的舉動，同時在下意識裏又有一種和那個令人望之生厭的醉漢相同的衝動，她那纖細的腰一定非常柔軟。——我怎麼會有這種念頭？隨卽感到一陣暗暗的羞愧。

達娃像魚似地一縮身就從醉漢懷裏滑了出來。我情不自禁地高興得笑了。達娃返身揪住醉漢的小辮子，讓他原地飛速地連轉了三個圈。笑聲、叫聲像沸騰了的湯鍋。達娃鄙夷地大笑着向他們跺着腳。趕馬漢都像瘋了似地撲向達娃，達娃在他們中間躲閃、迂廻、掙扎，給他們響亮的耳光，但那些在慾望和青稞酒慫恿下的男人們毫不退卻，漲紅着臉，伸出一雙雙骯髒的手，去摸達娃的臉，抓達娃散開了的髮辮，掀達娃飛起來的裙子，扯達娃鬆了的腰帶，甚至用掛着涎水的嘴去啃達娃半露的酥胸，粉紅色的乳頭像一粒櫻桃。我看不到也想不到此時我是個什麼樣子，我只覺得雙手冰涼，渾身陣顫。既不是坐，也不是站，而是半蹲着。像一隻卽將撲向獵物的鷹。女店主開始還在應酬地笑，很快就變得焦急不安起來，雙手神經質地搓着圍裙。後來，她撲進人羣想爲女兒解圍，她不僅無法推開那些醉漢，反而被一個醉漢緊緊地抓住，死死地按在柱子上……。

我事先事後都不知道事情是怎麼發生的，我祇知道當時我要發出聲音，必需發出聲音，絕不能讓這種鬧劇再演下去，再演下去我的眼珠就會噴火、燃燒，化爲灰燼。但我還知道我不能說話，因爲我說出的話是和我所扮演的角色不相符的，後果將不堪設想。不說話而又要發聲，怎麼辦？怎麼才能發出聲音？怎麼才能發出震懾這羣瘋漢的聲音？扔茶碗？跺腳？都不行。我突然想到了槍，緊貼在腰間有一支左輪槍。一想起它，它立刻就跳進了我的掌握之中了，槍口立即指向房樑，只有千分之一秒，槍聲就在屋頂上爆炸了。所有的人都以各自的怪樣呆癡地凝固在原地，足足有五秒鐘，人們才悟到事態的嚴重性，才鬆開手中的達娃和女店主。接着，達娃憤怒之極地尖叫着說了一句話。甲錯在我耳邊翻譯說：

「她說：畜生！你們知道不知道？歌是哪樣？歌是從心裏淌出來的溪。」我知道，簡練而正確的翻譯似乎應該是：歌是心之泉。達娃只說了一句就再也不響了，她把向着我的臉轉了過去，面壁而泣，那雙瘦削的肩膀微微抖動着。我幾乎像她一樣感到委屈和痛楚。

那些「畜生」們如夢方醒，一個接一個丟下自己應付的酒錢、茶錢，踮着足尖魚貫溜出了正房，幾乎每一個人在出門的時候都要慌亂地瞟我一眼。這時我才發現木富手裏也握着手槍。我立刻收了槍，重新坐下，好像什麼事都沒有發生一樣，悠然地呷着茶。甲錯在我耳邊說：

「這就是她們的……家常便飯……天天都會有……不曉得她今天爲哪樣會受不了……？」

過了很久一段時間，達娃才重新整理了髮辮和衣服，捧着銅壺走到我們面前，緊挨着我坐下來。女店主走過來好像要向我道謝，被達娃用目光止住了。達娃默默地給我們添茶……我和她的交流就是喝和斟，我不停地喝，她不停地斟。火塘裏的火漸漸弱了，當女店主發現需要往火塘裏添加木柴的時候，我們已在暗中坐了很久了。新添的油松塊很快就燃燒起來了，木富和甲錯從一度昏睡中醒來。在火光照耀下，達娃的一雙思索着的眼睛熠熠生輝，我能感覺到那雙星辰的光芒投射在我身上，灼燒着我。難道我就在祇有兩顆星辰的夜空下默默地坐到天亮嗎？我向甲錯使了一個眼色，甲錯懂了，對女店主和達娃說：

「很晚了，我們明天一早還要趕路……」

達娃這才匆匆收拾了碗籮，在火塘邊給我們加了三張熊皮。木富和甲錯像康巴娃（康巴地區的人）那樣，鬆開腰帶，把楚巴後領從背後拉過頭頂，蒙住臉，倒頭就睡。我還是要從馬搭子裏掏出被子和墊褥，舖上被單，擺上枕頭、枕巾……這一整套臥具使得達娃和女店主都看呆了，可以看得出，她們完全沒想到，睡，還要動用這麼多潔淨的東西，一件又一件，一定很舒服。這個年輕的老爺還要脫掉外衣，脫掉外衣的時候還有點羞澀，那麼慌亂地往被窩裏鑽。我假裝着閉上了眼睛。女店主把火塘裏蓬着的松柴擺平，明火立即消失了。她蜷臥在木富的身邊。達娃卻呆坐着，身影漸漸溶入黑暗，只有她的眼睛和火塘裏的浮炭還在燃燒。她在想什麼？爲什麼不睡？她將會睡在哪一邊？是靠她母親那邊？還是靠我這邊？難道那些粗魯的趕馬漢，那些流着饞涎的醉鬼也和她們同睡在這裏？擠在一起，圍着同一個徹夜不熄的火塘？所幸今夜他們都被我的那顆子彈嚇跑了，否則，眞是不堪設想。可我立刻想到昨天和明天，以及明天以後的所有的夜晚，她們不是還得接待這些趕馬漢嗎？正如甲錯說的：這是她們的家常便飯，她們以此爲生。這麼美麗的達娃，這麼有靈性的達娃，曾經並將繼續在煙霧、酒氣和令人心意煩亂的喧囂聲中呼吸，迎着那些川流不息的趕馬人笑，去應付他們那些愚笨的話，夜晚要蜷臥在這些準野人堆裏，他們的腦子裏除了貪婪的獸性的欲望之外還會有什麼呢？——想到這兒，竟出了一身虛汗……這些與我毫不相干的問題折磨得我翻來覆去，難以成眠，但我卻沒法止住不想。最後，甲錯提出的那個問題久久困擾着我。是的，今晚發生的一切應該是她們習以爲常的生活，可爲什麼她會這麼難過？我想從她的臉上找出一點答案的線索，雖然光線很弱，浮炭的暗光還是用一根褐紅色的線畫出了達娃臉部的輪廓。一對遙遠的星一動也不動地凝視着一個地方，那是個什麼地方？是火塘裏的微光？是吊鍋的鐵鍊？似乎都不是，她所凝視的正是我的臉。這一發現使我打了一個寒噤，我連忙閉緊眼睛，害怕我的眼睛此時是另一對遙遠的星……我能感覺得到：那對遙遠的星，一直在用柔和的光芒從我的腳下緩緩移向我的額頭，又從我的額頭緩緩移向我的腳下，一遍又一遍地掃描……我畢竟太累了，終於沉沉入睡。沒有夢，一團亂絲般的思緒始終纏繞着我……

甲錯叫醒我的時候，女店主已經爲我們打好了酥油茶，我像孩子似的坐起來，好半天醒不轉來。當我想到達娃時，一下就完全清醒過來了，但屋裏沒有她，也不好問。我匆匆漱洗之後，甲錯和木富很麻利地備好了馬，喝了茶，吃了些糌粑就起身了，我到馬圈裏才知道那些患過瘋癲症的趕馬漢子昨夜都蜷臥在乾草堆裏，有些人凍得連馬墚架都壓在身上了。甲錯和女店主結帳的時候，女店主說了很多抱歉的話，一再稱讚我們的高尚和高貴。

小路沿着深藍色泛着微光的湖邊向前延伸，湖面上升騰着淡淡的霧靄，一對白天鵝無聲地緩緩搧動着寬濶的翅膀緊貼着湖面飛翔，像一塊巨型平滑的藍寶石的湖面上，映出它們糢糊的影子。有什麼比清新的空氣和響亮的馬蹄聲更讓旅行者興奮的呢？我們的騾、馬、驢比賽地打着響鼻。只有我的心裏沉甸甸的，我理不清這是爲什麼。

湖邊樹叢中驀地閃出一個人影，使我差一點用漢話喊出聲來，甲錯從我身後繞到我的身前迎上去。很快我就認出她是達娃，我跳下馬。沒等甲錯發問，達娃先說話了。她看着我說：

「我要送送你們。」

送行，我們怎麼能拒絕呢，而且我有些喜出望外。

她從我的手裏接過繮繩，這一授受旣自然，又讓我覺得迷惘，我忘了是她先把手伸向我，還是我先把手遞給她？她牽着我的馬，我們四個人索性拋開彎彎曲曲的湖畔小路，並排走在漸漸明亮了的草地上，露水打濕了我們的靴子和馬蹄。火焰一般的杜鵑花貼着地面正在燃燒殘雪，漸漸，水禽都甦醒過來，湖邊求偶的鳴聲此起彼伏……這時，我特別爲我不懂藏語感到深深的遺憾，我的「身份」無論有多麼高貴，都應該對她說幾句話，至少應該感謝她爲我送行，但我不能。甲錯多次主動對她講話，都引不起她交談的願望，她只用最簡單的句子回答他。但她多次把臉轉向我，希望我能對她說點什麼，我當然看得出她的渴望。我只能有意避開她的目光，我不敢看她，雖然我眞想久久地把目光停留在她的臉上。我怕她眞的問我一句什麼，我不回答，對於她將是一次傷害。我怎麼會去傷害她呢？我的理智每一分鐘都與感情相悖，希望她和我們分手，使我得到解脫，但她卻沒有止步的表示，這眞是一段艱難而又美妙的芳草路。

在我忐忑不安的時候，我的身邊突然升起一種非常優美而明亮的聲音來，我一轉身就明白了，這聲音發自達娃那微張的小嘴，鮮艷而柔嫩的紅唇由於共鳴而微微顫動，最初很輕、也很低，忽而滑向高處，以很強的音流衝向天空，強烈而不失嬌媚。這是歌！

我們誰也沒有要求過，她歌唱了！

正如她在昨夜以極大的憤慨向那些粗魯的趕馬漢所說的那句話：歌是心之泉。在語言不能或難以表達內心的激情的時候，只有歌。

我向甲錯示意：你可以用歌回答她，這不正是你表現才能的最佳時機嗎？甲錯的歌聲隔着一條深谷都能把對面山上的老老少少的女性從土屋裏引出來，這一點我是當面領教過的。因而，在旅途中我特別愛聽他的歌，又不得不時時禁止他唱，我怕招惹出是非來。

甲錯並沒有和達娃對歌，他的臉上變得莊嚴肅穆起來，我甚至從沒見過他在別人唱歌時會是現在這個樣子，像在觀音像下一樣。他把嘴貼在我的耳邊說：

「她不是唱給我的，我不能對……」但他並沒有因爲這次他不是愛情故事的主角感到沮喪，而祇表現出一種虔誠的專注。

「她唱的是什麼？」

「我……現在……別問，讓我聽……以後……」他唯恐錯過一個字、一個音。他那句不完全的話使我知道他此刻完全被她的歌震懾住了，無論是歌詞還是曲調以及歌者的情感。我當然知道，這種即興表達內心眞誠情感的歌，往往每一句都閃爍着歌唱者迸發出來的非凡才華和機智，這樣的歌是很難翻譯的。

由於我完全不懂她歌唱的內容，祇能呆呆地看着她。她已經忘掉了天空、草原、雪山、湖泊、馬匹和鳴禽，祇有她自己，甚至連她的肉體也不存在了，有的祇是她自己正在傾吐衷情的靈魂。雙目微合，如同掩不住的星光從雲隙中流洩出來。當人的靈魂在淨化中宣洩、追求，當人的勇敢精神正在昇華的時候，那是極爲動人的，你會眞的感覺到她頭頂上有一個輝煌的光環，並具有神聖的魅力。

現在我才明白，爲什麼古代宗教畫家把佛陀的眼睛畫成如達娃此時的樣子，它們不是在看外在的事物，而是在審視內心，通過內省而無所不見。此時的達娃不就是佛麼？她的歌絕不是凡人能唱得出來的，在那天早晨之後的漫長歲月裏，我看到和聽到過全世界許多最偉大的女歌唱家的演唱，但都無法在她們的形神中找到達娃給我享有過的一切。我說不清是什麼，也可能不單單是歌和歌唱者給予我的。那淺紫色的天空，深藍色的湖水，與殘雪相映成輝的紅杜鵑，遍地青草尖頂上的銀色露珠，輕輕掠過我們身旁的水鳥，達娃依依惜別的情愫和某種極爲強烈的衝動；也包括我受到的深深的感染，一種難以名狀的、無形的、溫馨的氛圍，甚至昨夜在馬店裏發生過的騷亂，對於今晨的一切都有某種相反相成的因果聯繫……我不記得她唱了幾支歌，我只記得不管她唱幾支歌我都願意聽下去。我們四個人三匹牲口緩緩地跟着她的歌往前緩緩而行，忘了我們從哪兒來，忘了我們向何處去，也忘了她是送行者，而不是旅伴。

她最後的一支歌是無聲的，是她那雙注視着我的眼睛唱出來的（這時我才驚駭地意識到，她的歌是唱給我的，是唱給我一個人聽的——她的目光非常確切地這樣告訴我。），火焰般的目光透過淚水迸射出來。她把繮繩和小手一齊擱在我的掌心裏，久久地相握着……儘管我已經是一個二十四歲的「學者」了，嚴峻的生活卻從未允許我和任何一個異性的手這樣久、這樣親密、這樣動情地接觸過，我不知道該怎麼辦。還是甲錯走過來說了一大串吉祥的告別詞，她的小手才慢慢鬆開從我的掌心裏滑落……

後來由於返回內地以前的種種雜事纏身，一直到我和甲錯分手，我都沒想起要甲錯爲我譯出那些歌。雖然在我以後的人生旅途上每一步都是苦難，歲月的流逝仍然像山間湍急的江河那樣快。一眨眼，三十多年就過去了，三十多年後我又能重新騎馬踏上金沙江邊的山路，眞是一個奇蹟。我多年都急切地想要舊地重遊的目的是什麼？不知道。也許正是爲了我頭頂上達娃那永未消失的歌聲而來。三十多年，無數個苦思的靜夜，甚至跪在烈日下的木凳上汗流如注，被鞭撻得遍體鱗傷，那歌聲都在我的頭頂之上，不，還要高，是在雲層——甚至在紅太陽之上繚繞……甲錯並沒有把那些歌的內容告訴過我，那是她留給我去猜測的謎，當然她並不知道對於我那都是謎。我是爲了尋找達娃那些謎的謎底來的？是，也不完全是，還有我離去以後的金沙江兩岸的變化，甲錯的變化，也都成爲謎了。

綠得讓人心醉神迷的森林幾乎全都消失了。

美得讓一切人都相信仙女會在月明之夜飛來沐浴的高原湖幾乎都已經乾涸成爲泥淖。

本來的錦繡草原很難找到一朵鮮艷的花朵，很難聽到一聲讓你心靈爲之一亮的鳥鳴。也很難聽到歌聲，雖然人口比過去增加了很多倍。曾幾何時，山巔上，繚亮的歌聲此起彼落，像是一部沒有終場的歌舞劇。——大幕似乎是落了，也可以說連幕都破爛得被風一塊一塊地扯得乾乾淨淨。

大自然衰老的輪廓很難讓人相信往日曾經有過生氣勃勃的青春，找不到那棵曾經支撐過我片刻歇息的橡樹，找不到那棵照亮林中空地的白樺，它通體放射着銀色的光輝，嫩綠的葉片像鋼琴急奏的音羣那樣翻飛。找不到那棵一座廟堂般的雲杉，它的綠蔭覆蓋着五戶山民的泥屋。找不到那棵驕傲得永遠仰望天空的年輕的冷杉，我曾經妬嫉而又無可奈何地在它身邊繞行三周。連那些像成羣的新嫁娘似的木本杜鵑也找不到了。它們都到哪裏去了呢？才三十多年！眞讓人不寒而慄。

達娃也會找不到了嗎？還有甲錯……

很多故人都找不到了，問誰誰都要搖頭，人是多麼的健忘和無情無義啊！才三十多年！去哲塘大寺！達娃母女開設的馬店不就在哲塘大寺門前那條驛道上嗎？現在聽說已經是寬濶的公路了。

我最喜歡騎馬，卽使是公路已經暢通。我在縣城裏租了一匹小黑馬。騎馬比較自由，不需要照顧司機，司機比馬可是難侍候的多了。我把馬勒住，在連天荒草的公路邊，眼前完全是一個陌生的地方，那一片荒灘，連一棵像樣的草也沒有，難道那就是往日的哲塘湖麼？——一想到這兒可能就是哲塘湖的時候，嚇得我出了一身冷汗。我向一個放羊的孩子招手，抱着趕羊鞭的孩子很積極地向我走來，伸出手做了一個抽香煙的手式，我知道他在向我討香煙。我沒有香煙，給了他兩毛錢。我問他：

「這是什麼地方？」

「這不是哲塘大寺嗎！」他指着荒草深處。

「大寺？大寺在哪兒？你瞎說。」因爲無論多麼深的草都不可能淹沒一座喇嘛寺。

他悻悻地踢着路邊的石子說：

「那就是大寺。」

「那是大寺？」我立卽想起往日哲塘大寺能容納一千多喇嘛跏趺打坐誦經的大經堂，那簡直是一座城堡！一個紅色袈裟族的部落，一個神秘的僧侶世界。我在草叢中穿行，當我看見在暗紫色的天空襯托下突然在我的眼前升起一片灰白色的廢墟時，我這個歷經坝難的人也情不自禁地驚叫了一聲。我曾經看見過陷落在塔克拉瑪干大沙漠裏的樓蘭城的遺跡，所不同的只是樓蘭廢墟的底色是沙礫的金黃，哲塘大寺廢墟的底色是枯草的褐黃。前者是人間接破壞的結果，後者是人直接破壞的結果。看起來，這裏的面積似乎比樓蘭廢墟還要大。已經有些刺骨的晚風在荒草上，在殘垣斷壁間巡行，發出陶塤一般低沉的悲涼的聲音，那些往日的整齊、規則、神聖的建築羣一旦被毀，竟會如此猙獰、如此怪誕、如此醜陋、如此陰森，就像活着的人死去變形成爲厲鬼一樣。

忽然，我隱隱聽見喇嘛誦經的聲音，怎麼會呢？沒有廟宇，沒有喇嘛，怎麼會有誦經的聲音?!一座斷壁上蹲着一隻生夏（藏語：貓頭鷹 Asio otus），難道是它？它好像爲了澄清似地立即拍着翅膀飛去了。誦經聲並沒因爲它的飛去而中止。低沉、蒼老，但渾厚有力。我循聲走進廢墟，心驚膽顫地扶着那些斷壁，腳下不時會觸到一個犛牛或人的白色顱骨。當我轉過一座斷石幢走上一疊倖存的石階，誦經聲更清晰了。我走進一間只剩下兩堵半牆的僧舍（只能說以前它是一間僧舍），我才看見一塊破布搭成的蓬（因爲我不知道怎麼稱呼那塊破布蔭護的角落，權且稱爲蓬。），蓬下跏趺打坐着一個身着暗紅色袈裟的龍鍾老人，他已經目中無物，耳中無聲，心外無身了。看樣子他至少有九十歲，壽眉及腮。他所面對的土壁既無偶像，又無經文，但他的激情和力度好像仍然置身於大經堂的千餘僧衆之內。身下只墊着一小片氆氌，牆邊有一隻破鐵鍋支在三塊鵝卵石上，一隻小牛皮口袋裏裝着糌粑，一小塊酥油和一小塊鹽巴擺在陶水罐的蓋子上，一只打酥油茶的細竹筒靠在斷牆邊。如果這能叫做生活（雖然他並不重視生活），顯然他已經這樣生活了很久，還將這樣生活下去，一直到他自己在自己的誦經聲中圓寂，跏趺着讓風把肌膚、血肉吹乾、剝蝕，最後只剩下一堆白骨……

我沒有驚動他，悄悄地退出廢墟。把目光轉向公路的那一邊，我希望那裏還倖存着一片馬店，屋檐下還掛着一串馬鈴，那串馬鈴還在叮咚發響。屋頂上飄浮起一層煙霧，飽和的喧嘩聲不斷溢出窗外，人馬遠遠就能聞到酥油茶、酒和草料的香味。我用手分開荒草，在我記憶中的位置去尋找，結果，連一塊斷土坯也沒留下，全是草，方圓十幾里的大地都淹沒在荒草之中，馬店像壓根沒存在過，也許它眞的只存在於我年輕時代的夢中，它並不存在於這塊土地上，壓根就沒有一個藏族姑娘達娃和她的歌，可大寺不是還在嗎？雖然它是一片廢墟，但那一片廢墟證明着它曾經存在過。馬店消失了，消失得無影無踪，沉入荒草的海洋之中……

……那麼，人呢？趕馬客四海爲家，馬店只是他們歇腳的所在。達娃呢？她的母親呢？她的母親也許因爲年邁早已亡故，可達娃很年輕呀！比我還年輕，我不是還活着嗎？雖然有過一千次死亡的良機……

我不知道爲什麼要找到那個馬店，要找到那個馬店的女店主，要找到女店主的女兒？達娃十有八九已經變成了一個滿臉皺紋的老太婆，捂着臉不願承認她就是往日的達娃。也許她從來都不記得她曾經用歌送別過一個不說話、又不明身分的年輕人。我忽然想到甲錯，要先找到甲錯，找到他也許能知道一點線索，可到哪兒去找他呢？找他就像去捕捉三十多年前的一隻鳥。

我從不相信冥冥之中有一位或衆多能創造奇蹟的神，但我相信人的幸運和機遇的巧合可以出現奇蹟。我居然從一個八十多歲的老趕馬漢那裏打聽到甲錯的消息。他問我：

「你問的是那個和六世達賴同名的倉央甲錯？」（六世達賴倉央甲錯生於清康熙二二年（一六八三年）。爲當時的攝政第巴·桑結甲錯選爲五世達賴的轉世靈童。（五世達賴早已坐化，第巴秘不發喪，清廷發覺後才讓倉央甲錯在康熙三六年（一六九七年）坐床。康熙四六年（一七〇七年），第巴爲拉藏汗執殺，倉央甲錯被黜，解京，死於途中。倉央甲錯身爲活佛，公然以情愛至上，留下許多精彩絕倫的情歌。）

「是的！」

「是那個熱芭甲錯？」

「是的。」

「是那個跳起舞來像旋風的甲錯？」

「是的。」

「是那個唱起歌來能讓姑娘們砸爛窗戶的甲錯？」

「是的。」

「是那個雜種甲錯？阿媽是納西人，阿爸是藏人……」

「就是他，沒錯。他現在在哪兒？」我抓住了一根很纖細、但很結實的線索。

「他在四十多歲的時候就落戶不再流浪了，最後討了個種青稞的婆娘，他的住處從這兒去，沿着金沙江往上，在崗格地方有一條金沙江支流的熱谷裏，那個小村叫耳朵，他就住在那個耳朵眼裏，聽說他生養過一個姑娘。」

「他爲什麼會住到那麼偏僻的地方去了呢？」

「誰知道，人的想法不僅人沒法知道，鬼也不知道。」

「準是有個漂亮女人把他勾到那兒去的，除此之外，沒有別的東西能吸引他。」

「不！聽說他討了一個黃水枝一樣遍地都是的山坳里的婆娘。」

我懂他的意思，黃水枝是草地上一種極小的白色花朶，旣不引人注目，又隨處可見，自生自滅。

「聽說他變多了，變的連句話都說不清白了。」

「啊？這兩年你還聽到過他的消息嗎？」

「這兩年我沒聽說過了，因爲我自己很少出外走動，多病，一躺下就是半年。」

「啊！謝謝你！」我在和他告別的時候就下了決心：去找倉央甲錯。

去耳朵村的路全是下坡，一直下，一邊下一邊脫衣服，下坡路騎馬必須用力踏緊馬鐙，身子向後仰着。雖然我租的這匹小黑馬很瘦，跑不快，有時還會失蹄，但它在羊腸一般的下山路上盡職盡責，平平安安地把我送到耳朵村。耳朵村座落在微凹的絕壁之下，那座絕壁很像一隻碩大無朋的耳朵，一條金沙江的小支流在距村子三百米的下方流過。周圍很難找到一棵稱得上樹的植物，全是泥土被沖刷得乾乾淨淨的青石岩壁。遠看「耳朵」裏卻是一小片綠洲，像是一片滯留不去的綠色雲團。我到達耳朵村的時候，已是黃昏了，小村裏只有三點燈火，我猜想這就是耳朵村。我從馬背上滾下來，牽着馬像一個傻瓜似地東張西望，我不知道倉央甲錯住在哪一座土樓裏，我打算一座一座地去問，好在全村也只有七、八座土樓。這時，迎面走來一個披着一塊破布的小姑娘，大約只有五、六歲，我攔住她用漢話問：

「小姑娘！這兒是不是耳朵村？」

她聽不懂，迷惘地看着我。

「我問你這兒是不是耳朵村？」我用手揪了揪自己的耳朵。

小姑娘「咯」地一聲笑了，捂着豁了一顆門牙的嘴點點頭。

「倉央甲錯？倉央甲錯是哪一家？」

她抿住嘴又笑了，用小手扯住我的衣襟，牽着我走到一排像老太婆的牙齒一樣的破木柵前，指了指木柵內的土樓，轉身就走了。人很小，腳步很快，一會兒就看不見了。好像是菩薩的化身，她的出現，就是爲了給我帶路的。

我把小黑馬拴在一棵鳳凰樹下，走向柵門，我的手輕輕一碰，柵門就悄沒聲地敞開了。我警惕地四下查着了一遍，沒有狗，如果有狗，它早就狂吠起來了。樓下畜欄裡沒有騾馬，祇有一匹瘦骨嶙峋的毛驢在昏昏沉沉地嚼木槽里的乾草。

當我踏上已經朽了一半而在搖搖晃晃的木梯的時候，忽然產生了懷疑，這是甲錯的家？他是那麼機敏、勤勞，又具有絕對浪漫氣質的一個人，他可能很窮，但還不致於如此潦倒。我輕輕走上樓梯才發現屋內有油燈，但光線極爲微弱，說明有人，卽使摸錯了門，還可以重問。可是，我輕輕地叩了兩下門，就像觸動了子母雷的遙控電鈕一樣，回答我的是一個女人的一連串狠聲惡氣的咆哮。我能猜得出，那全是最骯髒、最惡毒的咒駡。其中有一句我能聽得懂，就是「我的門壓根就沒關，有膽量你就只管進來！」我問自己：我算是個有膽量的人嗎？我自己回答說：應該算。我推了一下門，眞的沒關。我的出現雙方都很意外。一個姑娘，稚嫩的面貌和她那橫眉怒目的表情極不相稱。當她發現我這個闖入者是個漢族長者的時候，她有些迷惑不解。她只披着一件過大的男人的破楚巴，沒穿內衣，裸露着一對沒有成熟卻很堅挺的乳房，手裏握着一把藏刀，貼着牆角站着，身邊地上擺了一大堆武器：鐵叉子、鋤、砍刀、木棒、帶鐵勾子的繩子和一堆石子。看得出，她在嚴陣以待，那麼，敵人是誰呢？

「小姑娘！你好呀！」

「你是誰？」會說漢語，但語氣是絕對敵視的。「還沒完呀！你們還要做哪樣？」

「小姑娘！我是來找人的，找一個三十多年前的老朋友。」

「你找的是誰？」

「我找的是倉央甲錯。」

「你貴姓？」

我說出了我從前的名字，她的形像立卽變了，就像脫掉一張爲了騙鬼才戴上的面具那樣，露出嫵媚的、少女的微笑。甲錯有一個這麼漂亮的女兒！而且眉宇間顯現出往日甲錯的神情。她扔了手裏的刀，同時也發現自己還敞着懷，連忙束起腰帶。恭敬地彎下腰給我深深地施禮。

「阿爸常對我說起你，說起你扮藏人來金沙江的事，老來說的次數更多，我聽得都能背出來了……坐！」她用手拍了拍火塘邊一張破墊子。我坐下來，注意到火塘裏沒有火，這對於藏人來說，等於是斷了炊。

「大爹！」她吸了一口氣說：「我可是連打碗茶的酥油也沒有呀！不要說酥油，一小塊鹽巴也沒有了。」

「我有，在馬搭子裏。」

「我去取。」她把我按住，不讓我起身。

「大爹，我去卸了鞍韉，把馬搭子扛進來。」

「你扛不動。」

「扛不動？一頭一歲的牛娃子都能扛起來跑，一個馬搭子有好重呀！」說着就飛地奔了出去。

在她去扛馬搭子的時候，我環顧了一下這間房子，可以說是家徒四壁。甲錯的生活怎麼會落到這個地步呢？除了壁龕裏還有一尊銅佛，壁龕兩側各掛着五個鏡框，框內也是空空的，只有一個鏡框裏夾着一張發黃了的舊照片，我貼近去看，才知道這張照片正是當年我和甲錯在白馬雪山上的合影，是我從內地放大了寄給他的，竟然沒寄丟，而且他還保留到今天。那一時期我的照片，連同底片，早在一九五七年那場政治氣候的突變時被抄走了，一直都沒還給我。此時，我急切地想知道甲錯在哪兒，發生了什麼非常事故。

她很輕鬆地就把沉重的馬搭子扛了上來，我接過馬搭子，從一隻小牛皮口袋裏掏出磚茶、酥油和鹽巴、一盒餅乾，交給她。

「我把你的馬拴進了圈裏，拌了些草料。」

「謝謝你，你叫什麼名字？」

「白姆。大爹！我去找點燒的，把火塘升起來。」說着她就又跳到樓下去了。很快她就抱着兩塊從木柵上拆下來的木板走上樓來，丟在樓板上，非常麻利地用一把小斧頭劈開了那些木板。

「小白姆！你這不是拆的柵欄嗎？」

「可不是，不拆白不拆，我不拆別人也要拆。」

「爲什麼？你們的日子不過了？」

「嗨！」她好像根本沒聽見我的話，驀地拍了一下腦袋。「你看，這麼重要的事都忘記了！」

「什麼事？小白姆！」

「阿爸常對我說：要是你阿爸這輩子見不到他——就是說：見不到你。你——這個你就是指我，可別忘了把那些歌交給他，這個事可是個大事，是我答應給他翻譯的，當年我口譯、筆譯都不好，後來參加修公路，跟漢族技術員學了點，他們幫着才翻譯出來。你要交給他——阿爸說的就是：交給你。他自然會知道是誰唱的，可惜我當時沒翻譯給他，太美了，不比六世達賴活佛的情歌差……」她走向佛龕，向佛陀拜了一拜，念念有詞地把佛像從佛龕裏抱出來，從銅佛背上的空洞裏掏出一卷發黃了的白紙，然後恭恭敬敬把銅佛重又放進佛龕，再合掌頂禮，最後才恭恭敬敬、小心翼翼地像捧着一件易碎的東西，慢慢走向我，交到我的手上。

我當然能猜想得到這卷紙上寫的是什麼，我也恭恭敬敬地把紙卷打開。小白姆連忙點着火塘裏的碎木板。我從馬搭子裏找出老花眼鏡，戴上就迫不及待地讀起來。小白姆肯定能看出我由於激動而抖動的手，手的微微抖動使得紙抖動得更加厲害了。我讀着，三十多年前的歌聲又非常清晰地在我頭頂上繚繞起來。應該說，甲錯的譯文已經夠精彩、夠準確的了。漢字絕不是甲錯寫的，是一個漢族知識份子的筆跡，工整而流利。

視　線

你的第一根視線，第一根視線，
給了我編織一條彩帶的希望；

我立卽抛給你一萬根視線，
卻沒有和你的那一根交織……
（那時我的視線是硬的，像鋼絲，是彎曲不得的，怎麼可能交織呢？更不可能結成情網。她的視線卻是柔軟的絲，千廻百轉，纏繞了我很多年……）

天國

你的驟然降臨，
往我的心裏注入了一條白雲的河，
你的離去，又把地獄還給了我，
你呀！你就是一座天國。
（也許每一個人同時又都有自己的地獄，我的可能比你的還要黑暗得多。也可以說每一個人同時是自己的天國，又是自己的地獄。）

冰河

冰封的河面是多麼的冷漠，

但我相信冰層下是一首熾熱的歌；
長如我的一生呀，
我願等待綠柳枝把冰層劃破。
（是的，多少熾熱的歌都被壓在堅冰之下，永生永世，實有而若無……）

檀　香　樹

我認出了你，
你就是我要高攀的那棵檀香樹；
在萬木叢中亭亭玉立，
我的默默無語的檀香樹。
（可你哪裏知道，我是另一種樹，極輕微的風都能使我狂舞起來，甚至不惜抛出每一片連着枝幹的葉子……）

微　光

火塘裏的微光悄悄告訴我，

你就在我的身旁；
心靈裏的痛苦告訴我，
我不在你的心上。
（幾乎所有的人都祇是，祇能在另外一個人身旁，幾乎所有的人都希望自己能在自己愛慕着的人的心上……後來的生活對我如是說。小達娃，後來的生活怎麼告訴你的呢？）

清　泉

我沒有，沒有華麗的翅膀，
不能追踪靜靜流去的清溪；
我明明知道到了雪山那邊，
你一定會變成浪花呼喚着向我躍起。
（當然，卽使是萬重山，一百年，我都會呼喚着向你躍起，因為我在向你躍起的同時，呼喚的是一個永不復返的時代……）

道　路

人世間沒有箭桿那樣直的路，
路還會打個結把你送回來，
如果不能同時送來遠去了的歲月，
道路啊！請你自己跳下懸崖。
(今天，我又被法力無邊的路送回來了，祇是我腳下的路打了不止一個結，而是數不清的結。)

托　付

今後每一個日夜都會延長百倍，
想對你說的話祇能托付江水，
魚兒最喜歡逆流而上，
請你把回音托它們帶回……
(我都聽到了，達娃！回音是不能托付給任何人的，我自己給你帶來了，只是太遲、太遲了些。)

太陽

我完全領悟了你的綿綿情話，
你的語言就是你的光芒；
你不會看不見一棵小草的癡情，
裝聾作啞、高高在上的太陽。
（我當然看見了，也的確在裝聾作啞，但絕不高高在上，更不是太陽。）

你走了

你走了，走向不知名的遠方，
海子依然會蓄滿波浪，
青山依然會擠滿綠樹，
我的……我的心空蕩蕩……
（我失去得更多，還得加上碧波蕩漾的海子和鬱鬱葱葱的青山……）

祈求

你也許是一尊萬事通曉的佛，
故意不回答我的祈求，
當我一旦落入自己挖掘的陷阱，
佛啊！你一定會來搭救。

（故意?! 真冤枉，這也許是一個永遠都無法解釋清楚的誤會。不過，人際間的關係幾乎全是誤會構造的。）

我讀着這些往日的歌，完全置身於三十多年前的那個早晨，可以說是我一生中最純淨、最美麗的一個早晨，從大自然到我的心境，都沉浸在她的歌聲之中，甚至可以說，一切又都在她那往日的歌聲中死而復生了。青春逝去是無可挽回的，大自然和諧的生態平衡被破壞也是無可挽回的；莫測的、人爲的政治氣候的倒錯和變幻無常，更是令人沮喪。因此，在我重溫舊夢的時候，特別感到珍惜而淚流滿面。白姆給我端來一碗酥油茶，半自語地小聲說：

「阿爸告訴過我，這些歌很要緊；大爹！你咋個了？」

我有點不好意思地偷偷用手背抹去了臉上的眼淚。

「小白姆！阿爸跟你講過這個唱歌的姑娘嗎？她後來怎麼樣了？」

「阿爸沒講起過，我問過……他不講，我想他知道，他一定知道……」

極度的失望使我從心底裏發出一聲疼痛的長嘆。小白姆爲了安慰我，拉着我的手，輕輕地撫摸着……很久我們都沒說話。我在思維中極力想再一次準確地描繪出那個美妙清晨的複雜色彩。

「白姆！」過了很久我才擡起頭來問她：「那麼你阿爸呢？我來了這麼長時間你都沒告訴我，你阿爸去哪了？」

「你不知道？」她反問我。

「不知道，你不說我怎麼會知道呢？他在哪兒，告訴我，小白姆！」

「誰都知道，很多人都知道，他在……」她終於告訴了我一個讓我非常意外的消息：

「他在監獄裏……」

「監獄裏？他在監獄裏？」這怎麼可能呀？甲錯怎麼會在監獄裏呢？「爲什麼？白姆？」

「唉！」白姆嘆息了一聲，一個老媼式的嘆息出自一個少女之口。「大爹！你今晚上也走不了，住下吧，我慢慢對你說……」

「是的，我本來就打算在你們家住幾天，好好跟你阿爸談談，再聽聽他唱歌，再看看他跳舞，沒想到他……那麼，你阿媽呢？」

「阿媽兩年前就離開了阿爸，改嫁了……」

我又是一驚，因爲甲錯從來都是丟掉女人，自己拍拍屁股走開，他怎麼會活到這個份上？

「這麼說，這個家只剩下你一個人了？」

「嗯！你進門的時候不是看見了嗎，我手裏隨時都得抓着件防身的傢伙，村子裏有幾個痞子，以爲我好欺侮，可以隨便糟蹋我，我不關門，因爲關上門，他們會把門踢破。」

「你就再也沒有親人了？」

「阿爸有個表弟，比阿爸小十歲，當過喇嘛，沒有廟了才成了凡人，在很遠的高山牧場上放牛。」我立即想起三十多年前在哲塘大寺大經堂裏，看到的那個調皮的小沙彌。

「這樣……這樣可是不行呀！」我焦慮地嘆息說：「今後，你怎麼辦？」

「大爹！請茶，別爲我操心，山林裏總不會連一隻小兎子走的路都沒有吧！大爹！我難過的是，你千里迢迢來到我們家，我連一碗茶都端不出來，樣樣都是你帶來的……」

「不！小白姆，我能在老朋友家裏看到他的女兒，即使喝一口涼水，我也就心滿意足了……」說到這兒，我的喉間哽咽住了，再也說不出話來。

小白姆又抓住我的手，輕輕撫摸着，好像她是個大姐姐，我是個小弟弟……我注意到，她的眼睛裏含着滿得不能再滿了的淚水，可她並沒哭出來，相反，她在笑……

二、月色魂靈

甲錯怎麼會在監獄裏呢？我無法接受這個現實。

達娃呢？難道她只留下十一支歌？當然，世上成千上萬的人連一支歌也沒留下來。但誰都唱過歌，大多數人的歌並不是用嗓音和文字傳達出來的，而是用無對象的對話，疼痛的呻吟，按奈不住的嘆息，或滴着血的沉默……。

小白姆太累了，我完全可以想到，一個無依無靠的孤女的一天是怎樣過去的，她還沒有開始對我講什麼就歪倒在火塘邊睡着了，她答應過我，要對我講他阿爸的事情。現在我哪能忍心去喚醒她呢！火塘邊煨着的小陶罐正在輕輕地唱着沸騰之歌。我從馬搭子裏抽出一條大毛巾蓋在她傷痕累累的光腳上。我知道今夜我不會入睡了，我對我自己是非常了解的，嘈雜的聲音，甚至砲火轟鳴、彈片紛飛，我都不會失眠。祇有思緒，哪怕祇是無意在思緒中抽出一根細絲，我就必須沒完沒了地纏繞下去……小白姆一開始就睡得很沉，火光在她臉上跳躍，臉色越來越紅潤……

麗江城，首先進入我的記憶的是往日的麗江城。古代聰明的納西人把玉龍雪山上流下來的雪水引進麗江城，讓純淨甘冽的雪水沿着每一條小巷歡快地奔流，納西女人洗衣、洗菜就蹲在自己門前的石板上，她們的背上四季都披着一塊縫了布面子的羊皮，布面上縫着日月星辰。據說這表示女性命中注定要披星戴月、任勞任怨地辛勤勞作。在西南數十種民族中，納西人吸收漢族文化最快，最有成就，他們在明代就出現過一大批漢字的書法家、漢文格律詩人和水墨畫家。他們原有的象形文字只在東巴念的「東巴經」（東巴是納西人的原始宗教。只有極少數東巴被當做巫師存在下來。）裏才能看到，並不是所有的納西人都能認識。正因爲納西人更靠近漢族，每當藏族騎兵叛變並入侵「天朝」的時候，納西人總是首當其衝，備受災難。直到現在，納西媽媽還會用「古宗（古宗是納西人對藏人的卑稱。）來了！」去嚇唬不聽話的孩子。

但麗江城又是一個內地人和藏人的交易市場。「古宗」不來，麗江會蕭條。但納西人歡迎的藏人是不帶刀槍的藏人，無論有多少人馬，祇要馱來的是貨物，特別是貴重藥材，如藏紅花、蟲草、鹿茸、熊膽、麝香、貝母……還有裘皮、馬匹、酥油……等等。藏人在這裏換取從滇南運來的普洱磚茶，從玉溪運來的煙葉，從四川運來的自貢井鹽，這三樣東西對於藏人可是太重要了。歷史上藏人對內地的戰爭與和平，大多數是爲了這三樣東西，沒茶喝、沒煙抽、沒鹽吃，藏人會玩命的。當然，他們還需要別的東西，如醃肉、烈性酒、布疋和少數貴族、大喇嘛才能吃得起的大米。

所以我在麗江城等着物色隨從的三天裏，在市場上，經常見到袖子紮在腰裏，搖搖擺擺，靴聲橐橐的藏商。腰帶上掛着藏刀和鼻煙壺，胸前掛着金光閃閃的護身盒，盒裏也許裝着幾根活佛的頭髮或一片活佛的腳指甲。滿臉油泥，一只手揷在懷裏，不停地數着叮噹發響的銀元，顯示着自己的財大氣粗。女人們一般都坐在大大小小的皮囊上，不停地轉動着活動的小經幢，數着念珠，念着六字眞言：唵嘛呢叭咪吽。守護着貴重的貨物，腳下擺着少量的樣品。晚上，他們並不住店，因爲他們的牲畜比人多，四季如春的麗江壩子，綠草如茵，全世界都沒有這麼好的露宿營地，把馬匹加上腳絆，讓牠們有點扭動的自由就行了。扭一夜也扭不出八丈遠。傍晚，麗江城郊的青草地上，一片黑色的牛毛帳篷上飄着縷縷野炊的煙火。藏人席地一圈一圈地坐在小鍋旁，瞇着被篝火的濃煙燻得流淚的眼，用手在木碗裏捏着糌粑團，女人們有節奏地抽打着酥油茶的聲音此起彼伏，非常悅耳。到處都飄散着青稞酒、馬糞、酥油、麝香混合在一起的氣味。我就是在那種氣味裏認識甲錯的。他的帳篷小得就像一顆蘑菇。

當納西族士兵木富把我帶到甲錯帳篷前的時候，他正和他的女伴在一圈熱烈的觀衆中跳舞，一個老頭在一邊拉着胡琴，他們邊跳邊唱，女伴緩緩地甩動着長袖。

當我擠進觀衆圈子的時候，第一眼就被他震驚了。我明明看見他拋起的是長袖，散落下來的卻是紛紛揚揚的花朵。我明明看見他展開的是折叠的楚巴下沿，單足旋轉時卻現出了孔雀的彩屏。雖然他的女伴既年輕又美麗，衆人的目光的焦點始終集中在他的身上，明明是男女二人在重唱，他那具有金屬顫音的男聲使女聲顯得黯淡無光。觀衆竟像他一樣如醉如癡，忽而進入一個彩雲旋飛、星斗閃爍的世界，忽而漂蕩在明月的光波之上，繼爾又淹沒在粼粼銀色漪漣之中。但你不覺得恐懼，甘心情願把自己的身心交付給那變幻莫測的形與聲的波瀾。當小姑娘把金絲絨帽脫下來向觀衆討錢的時候，人們才醒過來，紛紛從懷裏掏出又皺又髒的角票，也有一兩個觀衆扔給她的是銀半開（半開是本世紀初雲南軍閥鑄造的價值半元的銀幣）。觀衆散去以後，我才和木富走向他。木富用藏語把我介紹給他，並詳細說明了來意，他笑了，用漢語說：

「好呀！這差事很合我的意。」他的漢語說的還不錯，說着從頭到腳打量着我，或許是在考慮，我扮演一個藏族年輕的貴族像不像。「我最反感打獵的，我一輩子也不給他們當嚮導。」

「你會說漢語？」

「流浪漢嘛！我能說好幾個民族的話，怎麼稱呼？」

「我姓陳，就叫我陳同志吧！」

「我看還是把你叫做秀才合適些，讀書人嘛！」

「可以，」我以爲稱呼並不重要。「報酬……怎麼算？」

「好說……請坐！」

我和木富席地坐在篝火邊上。他轉身用極溫柔的聲音對正在帳篷裏換衣服的女伴說了一句什麼，我猜想是要她給我們端茶。那姑娘雖然在暗處，我仍然可以看見她那光滑的檀香色胴體的輪廓。拉弦子的老頭在往他的弦子上滴松香。木富好像說了一句很客氣的話，甲錯說：

「茶總是要喝的，這是我們待客的規矩。」

他的女伴捧出幾個木碗，直接用打酥油茶的竹筒給我們每人倒了一碗茶。他順勢把女伴拉到自己身邊坐下。

「我很願意跑這趟差，這把老弦子好辦，給他幾個錢，讓他自己在人羣中討着吃，等我回來，他再跟我走。她，她不懂漢語，她不願離開我，也好辦，我有辦法。」

「太好了！因爲帶上她很難解釋我們的身分。」

「是呀！放心吧，秀才！她的安排也不難。」他喝了一口茶，瞇着眼笑了，好像他看見了什麼美好之極的東西似地笑了，接着拍拍我的膝頭：「金沙江！金沙江老早可是個很好看、很好看的姑娘啊！」

我以爲他跟我在說笑話，可他的臉上完全是一本正經，而且眼睛突然亮了起來，金沙姑娘在向他走來。

「比她可是漂亮多了，——她聽不懂漢話。」他再一次向我們說明她聽不懂漢語。「金沙姑娘也……很……」他找不到合適的漢語詞彙。木富提醒他：

「很特別。」

「是的，很特別，不！比特別還要特別……」

「啊？」他引起了我的好奇心。

「要不要我給你講講金沙姑娘的故事？」

「好呀！」還有故事，當然要聽，因爲我就是爲了金沙江才來的。

甲錯先沉思片刻，然後才全神貫注，如同身臨其境地講述起來。他講故事的語句排列很像民間敍事詩一樣，所以我把它分行寫下來。

金沙、瀾滄和怒是一母所生的三姐妹，
出生在最高、最潔白的雪山上，
雪山老母把她們扶養成人，
一個比一個出落得漂亮；
最美的鳥都是從有麻點的蛋殼裏鑽出來的，
最美的花都是從黑泥土裏衝出來的。
有一天，雪山老母把她們喊來，
問她們：姑娘，我的三顆珍珠！
你們的眼睛都光亮起來了，
你們的胳臂都柔軟起來了，
你們的聲音都嬌嫩起來了，
你們的腿子都粗壯起來了，
你們的臉蛋都鮮艷起來了，
你們的奶子都脹大起來了，
告訴你們的阿媽，

你們心裏可有哪樣願望？
大女兒瀾滄姑娘，
貼着阿媽的左臉，
悄悄說了一句話，
阿媽一聽，她的臉陰了一半，
二女兒怒姑娘，
貼着阿媽的右臉，
悄悄地說了一句話，
阿媽一聽，她的臉蛋陰完了。
三女兒，該你說了，
你一定能讓阿媽喜不盡、笑不完。
三女兒金沙姑娘，
既不貼阿媽的左臉，
又不貼阿媽的右臉，
當着兩個姐姐的面，

像唱歌一樣大聲說：
阿媽，我的心願就是擡起脚杆，
走到老是遠、老是遠的地方，
最好一直走到天邊地沿。
阿媽聽罷就哭了，哭着說：
你們三個人沒有一顆心肝。
三個人說的是一樣的話，
就像吐出三根絶情的箭。
莫非你們商量過？
一起把阿媽丢在這高高的雪山？
三女兒金沙姑娘說：
阿媽你千萬別這樣想，別這樣看，
我該說啥不該說啥，
我該做啥不該做啥，
從來不找人商談。

當我的心祇有米粒那樣大的時候，
遠行萬里就是我的最大心願。
從此阿媽的眼淚像小溪一樣流，
整整哭了九十九天，
一滴淚變成一顆冰雹，
哭得珠穆朗瑪崩了九十九條冰川。
大姑娘嚇得索索抖，
二姑娘嚇得達達顫；
只有三姑娘好吃好喝，
要唱就唱，要玩就玩；
要笑就笑，要跳就跳，
要哭就哭，要喊就喊。
阿媽說：你最傷阿媽的心了。
阿媽呀！女兒哪有那麼大的膽。
俗語說：女大留在家，

愁死老阿媽。
女兒是為了阿媽高興才出遠門的，
女兒是為了阿媽省心才出遠門的；
女兒是為了阿媽天天想才出遠門的，
女兒是為了阿媽天天念才出遠門的。
想念中的女兒最孝心，
想念中的女兒最淑賢，
想念中的女兒最漂亮，
想念中的女兒是天仙。
一番話說得阿媽陰轉晴，
好吧，走吧，走得越遠越好！
大姑娘說：阿媽！
我走的越遠越想你，
你會聽見女兒想你想得哭，
你會聽見女兒想你想得啼。

二姑娘說：阿媽！
我走的越遠越是捨不得你，
你會聽見女兒想你想得號，
你會聽見女兒想你想得泣。
三姑娘就是不一樣：阿媽！
我走得越遠越高興；
因為阿媽養的女兒勇敢，
因為阿媽養的女兒聰明，
因為阿媽養的女兒能幹，
因為阿媽養的女兒精神。
我就是到了天邊地沿，
你聽見的也是女兒的笑聲。
阿媽摟着三姑娘說：
你是我心尖上的心。
大女兒！你往哪裏走？

你的方向可曾選定？
大姑娘說：阿媽！
山勢都是由北向南行，
往南是直路，
女兒要沿着山脚向前行。
二女兒！你呢？
你的方向可曾選定？
二姑娘說：阿媽！
我想跟大姐並肩走，
我最怕的是孤單，
我最怕的是冷清。
兩個人有個依靠，
兩個人有個照應，
兩個人有個商量，
女兒跟着大姐向南行。

三女兒！我最有主意的女兒，
你的方向可曾選定？
三姑娘指着東方：
我的方向已經選定，
我要和金光閃閃的太陽迎面走，
我給他留下銀色雪山的清晨，
他給我留下乾渴的紅土地，
還有藍色大海的黃昏。
東方的道路多彎曲，
東方的道路多陌生，
我喜歡走我自己闖出的路，
在自己闖出的路上好開心啊！
彎彎曲曲的路比直路更好看，
阿媽！你在高處一定能看得清。
阿媽敞開了自己的懷，

去吧！三個女兒各自奔前程。
大姑娘二姑娘順着山勢下，
順順當當，平平穩穩！
一轉眼就到了大象成羣的南方，
好奇怪！咋個一邊落雨一邊晴嘛？
阿媽天天都能聽見瀾滄的喊叫，
阿媽夜夜都能聽見怒的哭聲。
金沙姑娘慢慢地走，
眼睛看路不哼聲；
先向東南方，
走走、看看、停停。
在青海拐了九千九百九十九個彎彎，
又在西康下了九千九百九十九個坎坎；
到了雲南麗江石鼓鎮，
扭轉柳腰向東看，

東方站着玉龍雪山十二個親兄弟，
手挽着手把路攔。
玉龍兄弟十二位，
個個都是天生的光棍漢；
想女人想得翻跟頭，
翻得天也昏、地也暗；
想女人想得打羣架，
打得冰雪滿天飛、滿地旋。
想女人想得嗷嗷叫，
叫得太陽躲進雲彩裏不照面。
金沙姑娘的美貌誰不知？誰不曉？
她今天偏偏不向南，
搖搖擺擺向東方，
十二兄弟正好在東方排排站。
這不是緣份是哪樣呢？

她自己闖到我們門前。

圈不住的鹿只能看着它跑，
兄弟伙千萬不要爭吵丟了體面；
十二兄弟一排就是百十里，
看你金沙姑娘往哪鑽？

十二兄弟有一個老鄰居，
哈巴雪山老倌也動了邪念。

悄悄、悄悄往前靠，
他打心眼裏看不起這十二條大蠢漢。
他們兄弟伙要是抓不住金沙姑娘，
金沙姑娘往後一讓，
正好投進我的懷抱，
她就是哈巴老倌的俏新娘了！
金沙姑娘走到石鼓停住了步，
原地轉着圈圈細思量。

（說起石鼓鎮，
石鼓鎮是個啥地方？
石鼓並不是天生成，
碣石為鼓的是三國蜀相諸葛亮；
石鼓一無字，二不響，
它的名聲可比金鼓還要亮。
七百年前蒙古元帥呼必烈，
進軍雲南就在這裏强渡金沙江（一二五二年（淳祐十二年）忽必烈出奇兵，越青藏高原，在石鼓革囊渡江，一舉消滅大理國，完成元朝一統中華的大業。），
呼必烈元帥威風凜凜有才華，
人人都帶着一只吹圓了的羊皮囊；
大理國人不識這是哪國的兵，
都以為這是飛下凡塵的天兵和天將。
要是金沙姑娘不遇險、不停步，
呼必烈元帥難過江；
緩流淺灘是金沙姑娘的步子踩出來的，

呼必烈才能一統中華當皇上。

這些都是後話了，

我們還是回頭來說說金沙姑娘。）

金沙姑娘要想逃脫二十四張手掌心，

既不慌，又不忙，

金沙姑娘轉了九千九百九十九個圈，

十二兄弟哈欠連天想上床；

你靠着我，我靠着你，

呼呼大睡鼾聲比雷還響。

哈巴老倌也沒熬住，

躺在湖裏頭朝下，脚朝上，

金沙姑娘一看喜得拍手笑，

笑不敢出聲，手也不敢拍響。

睡吧，睡吧，背時鬼！

你們這幫死猪還想攔姑娘!?

十二兄弟和哈巴老倌中間有條縫，
像羊腸般細，像羊腸般長。
金沙姑娘束緊豐滿的胸，
金沙姑娘紮緊寬鬆的花衣裳。
慢慢、慢慢往人縫裏擠，
靈機一動調轉身子往北上。
金沙姑娘臉不紅、氣不喘，
一口氣擠過了十二道關。
（這夾縫後人取名叫虎跳峽，
虎跳一步就到了對岸；
金沙姑娘氣魄大，
深入險境求脫險；
要想知道金沙姑娘有多聰明，
請到虎跳峽上往下看。）
她是從二十四隻耳朵邊擦過去的，

「她是從二十四隻鼻孔底下鑽過去的，
金沙姑娘轉過身來就忍不住了，
一路哈哈大笑向東方。
笑聲比十二兄弟的鼾聲還大，
笑聲比哈巴老倌的夢話還響；
笑醒了玉龍十二兄弟和哈巴老倌，
他們懊惱得搥打自己的胸膛；
他們想哭都來不及哭呀！
一身身的冷汗往下淌。
「金沙姑娘一陣好笑，
笑得好痛快，好舒暢！
一直笑到了今天，
一直笑到你——秀才來到麗江，
她還要一路笑下去，
——這就是金沙江。

第一次見面就講故事，一個故事就講這麼長，看來這次旅行不會寂寞了。對於一個學自然科學的年輕人來說：這就是金沙江，實在有點荒誕。但我能理解，也覺得很美。他完全可以這樣來認識金沙江，而且他的認識一定來自他的父母，他的父母的認識也來自他們的父母，這是世世代代在這裏創造過生命和生活的先民們的共同認識，世世代代都非常虔誠地相信，並由於這種歷史的共識才具有面對今日的大無畏精神。我只能對他說一句笑話：

「但願金沙姑娘能相中我，我不是來擋她的去路的。」

甲錯和木富都沒笑，使我很奇怪，他們只是嚴肅地點點頭，說了一聲表示同意的「哦啦。」

接觸到出發的具體問題時，第一個問題是請求部隊醫院收留他的女件卓瑪住院治療，卓瑪得的是癲癇病。木富得到過部隊首長的指示，像這樣的條件完全可以答應，因爲那時部隊醫院給少數民族治病本來就一律免費。我問甲錯：

「明天一早送卓瑪姑娘進了醫院，我們就起程，行嗎？」

「哦啦！」

「食物和帳篷由木富去準備，他會準備的很齊全。」

「哦啦！」

「卓瑪姑娘知道嗎？」

「不知道，我這就講給她聽。」甲錯摟着她的肩膀，先向她講了解放軍醫院答應給她治病，卓瑪顯得很高興。當他告訴她，他將要和她分離四個月的時候，一直都在含笑不語的卓瑪一下就跳了起來，一邊不停地憤怒地講着什麼，狠命扯自己的長髮，不僅眼睛是歪斜的，整個臉都由於歪斜而變得很醜陋、很可怕。她和甲錯爭吵起來，爭吵得非常激烈，就像往火裏倒了炸藥。我聽不懂，祇有求助於木富，小木告訴我：卓瑪怕他一走就再也不會回到她身邊了。甲錯說她的病必須治，不治就會死。她說寧願死，死在甲錯身邊，在她要死的時候，她要用刀把甲錯也殺死，一起死，她認為被甲錯拋棄比死要痛苦得多。她還說她的病是治不好的，只會更壞，使她康復的唯一辦法就是甲錯不離開她，讓她心裏踏實。她說她的病根就是甲錯不能保證永遠跟她在一起。甲錯分辯說：保證過。保證有什麼用？熱芭個個都是屬鳥的，哪一對鳥都相互保證過，你能知道今年飛來的一對就是去年的那一對原配嗎？緣份是天意！卓瑪大叫着說：不！不！關天哪樣事！是你！是你的心！你的心比樹葉都變得快，不到一季就變了顏色，落了！爛了！很快又為另一個女人長出一個活蹦亂跳的心來！唱出些讓她發瘋的歌。甲錯大聲警告她：這是官家派的差，不去會坐牢的！非得去不可！你這個小老百姓，什麼都不懂，只會鬧。官家二字似乎起了一些作用，她用敢怒而不敢言的目光盯了我一眼。

我說：要是實在說服不了她，那就另外再想辦法……她聽不懂話卻看懂了我的意思。轉過臉抓住甲錯：我知道，不是天！也不是官家非要拆散我們，就是你！就是你！甲錯緊緊抱住她：是爲了給你治病，解放軍醫院裏有神醫，完全是爲了治你的病，我的小人兒，聽我的話，四個月官差完了，我不是還得回到你身邊來嗎？她說：回到我身邊來？你哪一次回到同一個女人身邊來過？甲錯說：這一次，這一次，我的小卓瑪，我生生死死地愛着你，怎麼會丟下你不管呢？卓瑪聽了這話更加瘋狂了！生生死死……你親口對我說過，你生生死死地愛過好多女人，你抱着我的時候經常叫着別的女人的名字，比叫我要親得多。接着她連聲大叫：呀！呀！呀！果然，她犯病了。在甲錯懷裏手腳抽搐着，口吐白沫，痛苦呻吟。甲錯坐下來把她平放在自己的腿上，掐她的人中，不斷呼喚着她的名字。

我小聲問甲錯：

「明天怕是不能走了吧？」

「咋個不能走？」

這時的卓瑪已經不省人事了，但聽得出呼吸逐漸在平復。甲錯對我們說：

「再坐一會，陪陪我，還早哩，沒事，她呀！」甲錯嘆了一口氣：「她有兩個魂靈。」

他爲什麼總是出語驚人，眞有意思，人會有兩個魂靈？

「兩個魂靈？」

「人的魂靈是有顏色的，魂靈和魂靈的顏色都不相同，秀才！你的魂靈的顏色就像太陽底下一朵有雨的雲彩，還鑲着金邊……」

「啊？」我大吃一驚。「你看見了？」

「看見了，我一見到你的時候就看到了。」

「眞的？」

「眞的，」他誠懇地說：「你是個溫和眞實的人，寬宏大量，有同情心，就是容易上當，害你的不是路人，是你最好的好朋友。」

「啊？你是在給我算命？」

「不，我是在說魂靈的顏色。卓瑪比誰都苦，有兩個，一個像紫色的火苗，很強，沒有理性。一個是月色，很弱，紫色魂靈一來，月色魂靈就從她身上飄走了。現在兩個魂靈都沒附體，月色魂靈受了驚，飄得很遠，正在慢幽幽、慢幽幽地往回飄，等月色魂靈回來，世上絕沒有比她更溫柔的姑娘了，我沒法對你們說，祇有我知道。要是她祇有一個月色魂靈，我連嘆口氣的功夫也不會離開她。你們不會曉得，在月色魂靈附體的時候，她的身上柔軟得就像沒有骨頭，嘴裏吐着百合花的香氣，皮膚不冷也不熱。無論是在雪山上，還是在河谷裏，我倆只有一張氊毺，沒有凍着過，也沒受過熱。月色魂靈太弱，過於高興和悲傷，它都會受驚嚇，就像蝴蝶那樣飄走，讓給紫色魂靈。這樣下去，我受不了，她的身子也要毀掉，她的身子本來連一丁點斑疤都沒有，最讓我高興的是在有月亮的夜裏，讓她躺在湖邊，她就是湖邊的花朵。我看不厭地看她，一百遍、一千遍地輕輕、輕輕、輕輕地摸她，她看着我，一直都像還沒開的花蕾朵那樣笑，哪樣也不要，哪樣也不說，哪樣也不想，就像夏天夜裏的湖水，又滿，又靜。我帶她找過好幾個有名的活佛，請活佛給她安魂，沒有一個活佛肯答應，都說這是天意。只有解放軍說可以治，說這是病。但願解放軍的神醫能治好她，因爲解放軍有威風，不讓紫色魂靈再來，讓月色魂靈安穩些……」甲錯把臉貼在卓瑪的臉上，小聲驚喜地告訴我：「看，月色魂靈回來了……」

果然，卓瑪的臉上舒展了，有了血色，有了笑容，一雙眼睛像剛剛閃現的新星。我悄聲說：

「我們走了！明天一早在解放軍醫院門口碰頭。」我和木富輕輕站起來告辭了，甲錯沒送我們，他不敢也不願稍稍驚動剛剛回歸卓瑪體內的月色魂靈。他只向我們眨了眨眼，暗示：行了，沒有任何麻煩了。

草地上所有的篝火幾乎都熄滅了，帳篷內外的人都已沉沉入睡，只有那些帶着腳絆的牲口還在匆忙地啃草，怕明天突然起程，在漫長的驛道上沒有力氣馱主人的貨物。牠們什麼都可以忘掉，無論途中美好的風景，還是炒過的黃豆，都不會記得，只有主人的皮鞭是無法忘記的，不信你稍稍注意一下牠們屁股上的肌肉，任何時候都在驚驚乍乍地抽搐……

次日清晨，天濛濛亮，我和小木拉着我們的騾馬就在解放軍醫院門口等待着了。早起的人很多，街巷石板路上早就響起了清脆的馬蹄聲了。一夜我都夢見卓瑪身上附着的月色魂靈，多次像粉蝶兒似地一受驚嚇就飄得無影無踪，卽使在夢中我也沒看淸魂靈的輪廓，好像只是一團柔和的光。紫色魂靈撲來的時候像一團呼呼叫着的火焰，一下就把卓瑪點着了，卓瑪在紫色的火焰中激烈地大喊大叫……雖然是夢，我還是很擔心，甲錯能不能把卓瑪送進醫院。這時，小木讓我看遠處街角上出現的兩個人，一個攙扶着另一個，身後跟着一頭小毛驢，走得很慢，我希望就是他們，果然是他們。卓瑪穿着表演時才捨得穿的服裝，很鮮艷，臉色很安詳，含着笑，——是月色魂靈，我的心放下了。甲錯一直在她耳邊輕輕地說着什麼，小心翼翼地攙着她。我謹愼地笑着向卓瑪點點頭，不敢表示什麼，怕萬一造成什麼差錯，驚飛了月色魂靈。我們簇擁着她送進醫院，事先佈置好了的女護士把她引進一間專門爲她準備好的房間，因爲只有她是這個軍醫院唯一的女病人，卓瑪對床很新奇，對擋風不遮光的玻璃窗也很驚異，床單、被子、枕頭都是白色的，她向甲錯說了一個字：

「雪。」

當我們一一向她告別的時候，她一直在微笑。當我們慢慢魚貫走出屋離去的時候，女護士攙着她走到窗前，甲錯向她做了一個只有她才懂的手勢，她羞澀地閉了一下眼睛，把臉緊貼着玻璃，鼻尖壓成一個小小的平面，她還在微笑。

我們頻頻回顧，一直到大門口，她仍然在微笑。

我知道，那團紫色的火焰沒有撲向她，此刻附着在她那苗條的肉體裏的還是月色魂靈……

她在微笑……我希望月色魂靈能牢牢地守住自己美麗的屋舍……

我們上路了。

三、黑鐵雀

甲錯怎麼會關在監獄裏呢？

我眞想把小白姆叫醒，請她告訴我，爲什麼她阿爸會關在監獄裏？但小白姆睡得太沉了，兩只手在自己的胸前抱着自己的一雙膝頭，像未出娘胎時的樣子。我不忍心叫醒她。

金沙江沿岸的驛道並不眞的都沿着江邊，大部份都蜿蜒在懸崖峭壁上。我們首先經過的是能聽見金沙姑娘哈哈大笑的地方，那是虎跳峽的出口。甲錯把我們引到一座高峯上，他一隻手拉着一棵椷樹的幹，斜着身子，從枝葉的空隙中去俯瞰金沙江，驚濤拍岸，江聲震耳，讓人完全能想像出金沙姑娘機智脫險後的暢快和歡樂。甲錯以全身心的力量大喊了一聲：「啊嘿嘿……！」小木告訴我；這是藏族男子向女子表示愛情的豪放的挑逗。我眞佩服甲錯的勇氣，去挑逗連玉龍十二兄弟加上哈巴老倌都攔不住的金沙姑娘。說聲遲，那時快，一陣山風把甲錯頭上那頂破禮帽吹走了，在空中飄蕩着，飄蕩着落入江心。甲錯不僅不覺得可惜，反而欣喜若狂地跑到我們面前大喊：

「你們看見了吧?! 金沙姑娘搶走了我的帽子，搶走我的帽子是啥意思你們可知道？木富，你知道。這就是說金沙姑娘喜歡我，她會在帽子裏給我裝滿好吃的東西，再把帽子還給我。」他面向金沙姑娘五體投地臥倒在一塊岩石上，以禮拜佛陀的殘酷形式叩了一個很響的頭。站起來熱烈地唱了一支歌，歌聲在山林中廻旋，所有的鳥雀都黯然了，出現了很長一段神秘的寂靜，只有金沙江的旋流激起的波濤拍打崖岸的喧嘩。甲錯虔誠地小聲告訴我們：

「你們聽，金沙姑娘笑得更歡了！」

「是的！」我嚴肅地承認。「是的！」我絕不衹是口頭上承認，而是打心底裏承認，他感動了金沙姑娘。我由衷地喜歡上了我的這個「隨從」。他能在光天化日之下把自己和別人帶入夢境。在我後來的生活中再也沒能遇到過第二個像他那樣具有藝術家和魔法師雙重氣質的人了。

他在旅途中特別愛惜他那條灰白蹄子的小毛驢，從來都不騎牠，只讓牠馱着兩個裝吃食的牛皮口袋、一只鐵鍋，和一只打酥油茶的竹筒。路上，他牽着牠，不停地跟牠談心，叫牠小兄弟。有時牠滑失了一下前蹄，他連忙抱住牠的頸子，親牠，安慰牠，長時間地撫摸牠的頡子。晚上露宿的時候，他從不給牠上腳絆，給牠絕對的自由，他的「小兄弟」也從不遠離他，總在他身前身後，身左身右，默默地尋找着還沒完全冒出地面的草芽兒。

第一個夜晚，我們必須在雪山上開亮，甲錯找了一個小小的林中雪地，風很難吹進來。密集的鐵杉身上的白色袍褂都還沒有完全脫掉，一羣羣的血雉（俗稱血鷄 Ithoginis Cruentus (Hardwicke)）這麼早就開始忙碌起來，爲兩個月之後才用得上的巢去尋找還在冰雪下面的枯枝。在木富支撐帳篷、甲錯點燃篝火的時候，我踏着雪在一條林中獸徑去散步。我的目的是想適應一下雪夜的寒冷，我眞擔心自己的那套行囊抵禦不了雪山上的嚴寒。可說來也怪，雪山上的夜晚並不特別冷，雖然入夜之後還紛紛揚揚地落着雪花。大概因爲畢竟是春天來了，連雪花都是溫柔的。我此刻才體會到，如果你沒有在高原山林中經歷過初春的夜雪，那將是一個很大的遺憾。冰雪在月光下是淡青色的，腳踏在雪上一點聲音也沒有，雪花落在臉上就像純情少女的吻，旣膽怯、又不間斷，癢癢的……許久許久才有一根小枯枝經不住冰雪的重量，「啪」的一聲斷落下來。在卸鞍韉的時候，甲錯告訴我：這座山的森林深得就像大海，但你一點也不要害怕，如果你面前突然出現一個人形的東西，那絕不可能是個妖怪，一定會是一位仙女。是嗎？我可是有點發怵，雖然發怵，還是想探究一下是否眞的有仙女？仙女美到何等程度？我鼓足勇氣獨自向森林深處走去。忽然聽見背後有人，我急忙轉身一看，原來是甲錯，他示意讓我不要說話、不要動，只聽。我和他站在林中讓自己的心靜下來，摒住呼吸去傾聽。開始我什麼也沒聽見，後來，我聽見了，在遠處，從分辨不出的方向傳來銀鈴般的叮咚聲和一種類似女人綢緞裙裾的微響。

甲錯問我：

「你可聽見了?」

「聽見了。」

「那是仙女們在林子裏玩耍……」他輕聲在我耳邊說了這句神秘的話之後就離開了我。我沒隨他去，輕輕地循着那美妙的音響走去，當我覺得已經接近她們的時候，聲音反而消失了。我久久佇立不動，重新用耳朵去探測，漸漸又聽見她們似乎在我身後的某一個地方出現，我快步追過去，聲響又消失了。雖然我學到的科學知識告訴我，那可能是厚重的雪和枯葉層之下剛剛復甦的潛流。但我寧願相信甲錯的話，想像着眞的有一羣仙女錦衣簪花、裙裾拂地、環佩叮噹地在林中飄來飄去。我甚至癡呆呆地傾聽了很久，尋找了很久。

等我回到帳篷旁邊的時候，甲錯已經在篝火邊打好了酥油茶，木富拿出從部隊食堂裏帶來的饅頭和大頭菜，我們吃喝得非常有滋味。吃完飯，木富鑽進帳篷倒頭便睡，我反而沒有睡意，非常清醒，又往篝火裏添了些枯枝。甲錯一邊喝着茶，一邊問我：

「可找到了？」

我知道他在偷偷觀察我。

「沒有。」

「找不到的，世上有很多東西，都是可遇不可求的，因爲我們是凡人。」

「我只是覺得好玩……」我好像要故意表現一下自己並不相信。

「不！」甲錯很認眞地告誡我：「別這麼說，可別這麼說，她們樣什都能聽得到。」

「是嗎？」我也情不自禁地認眞起來。

「可不！」他忽然關心起我來。「秀才！你這城裏的秀才在這樣歪的雪山路上走了一天，不累？」

「累，可就是不想睡。」我伸出雙手，去接那些雪花。

「不抽煙。」

「不！從來不抽，你呢？」

「抽過，也不覺得好，就不抽了。」

「出門在外的人，不抽煙的很少。」我歪坐在篝火邊，讓身子的大部份都向着火。這時候反倒有一種很想聽甲錯講故事的願望。「甲錯，講點什麼，好嗎？雖然我很喜歡聽你唱歌，這時候唱歌好像時間地點都不合適。」

「講些哪樣呢？」

「講什麼都行，講講你自己。」我很想對他了解得更多些。

「好哇！……」他倒在毡墊子上，頭枕着手肘，面朝飄落着細小雪花的天，似乎很想讓雪花落滿他的臉。「從我阿爸說起吧，人家都說我阿爸是個趕馬的窮漢，我阿媽可不是那麼說，她說：你阿爸是個黑鐵雀。」現在他說什麼我都不會感到驚奇了。

「黑鐵雀？」我不知道他說的黑鐵雀是什麼鳥，我問他：「你說說看，黑鐵雀是什麼樣子？」

「黑鐵雀身上是黑藍黑藍的，翅膀、尾巴都閃着綠光，尾巴很長，尾梢向上捲，頭上有十幾根向後背的長毛，飛起來，先叫一聲，直直地向上飛，在天上停一下，再飛，再落下來……」

啊！我知道了，他說的鳥學名叫髮冠卷尾(Dicrurus hottentottus(Linnaeus))，是一種健飛的鳴禽，很機警。

「阿爸的故事像一張織好了的毯毯，

一條條美麗的花紋；
阿媽把它拆成一根根絨線，
再慢慢重又織出原形。
阿媽抽出線來給我看，
阿媽一邊織一邊傷心。
阿媽說：你阿爸來無踪，
你阿爸去無影……
哪樣人的歌他都會唱，
哪樣人的話他都會聽。
阿媽我是納西族揉皮匠的獨生女，
家裏有作坊，有金又有銀。
長得好看的咧！媽耶！
方圓幾百里都聞名。
提親的媒人在作坊門前排長隊，
有官家、有秀才、有頭人，

阿媽我就是不點頭，
你外公外婆對我從來都百依百順。
嬌養慣了的寶貝囡，
樣樣都由着阿媽我的性情；
從來沒有戳過我一指頭，
從來沒有對我出過一句狠聲。
眼看到了十八歲，
你阿媽的閨名叫久命。
媒人們個個都不敢再來勸，
賭咒發誓却擋不住金和銀；
有的是頂着銀元寶來的，
有的用金磚來叩門；
你阿媽就是不點頭，
你的外公外婆哪裏敢應承？
有人說：這個女子有心計，

有人說：這個女子坐得穩；
有人說：她到底要嫁啥人家？
有人說：她到底要嫁哪樣人？
有人說：她要嫁的人還在天上，
有人說：她要嫁的人還沒出生。
看不中就是看不中，
你阿媽不管七七八八的瞎議論。
五月端陽是個漆黑的夜，
沒有月，沒有星，
千千萬萬個窗戶都是睜眼瞎，
只有你阿媽窗前亮着一盞燈。
有人猜：久命正在試嫁衣，
有人猜：久命正在綉頭巾。
久命還沒有預備嫁衣，
久命還沒有綉過頭巾；

久命正在對着鏡子看，
看着爹媽留給久命的女兒身。
蓮藕一般的胳膊，
野草莓似的嘴唇；
玉一般的腰肢，
月一般的容貌用不着脂粉。
咋個能聽媒人編出來的話，
咋個能信媒人描出來的人；
咋個能嫁門第、嫁官紳？
咋個能嫁黃金、嫁白銀？
這時候，窗外有人輕輕地唱，
唱的是納西青年男女偷私情；
唱的是悲悲切切的逃婚調，
字字清，句句明。
唱歌人的嗓音就像霞光落在絲絨上，

既入耳，又入心；
說的都是待嫁姑娘想訴的苦，
道的都是待嫁姑娘想聽的情；
歌裏唱：自己唱來的伴兒才相配，
星星和星星相映才放光明……
唱到苦處比黃連還苦，
窗裏窗外一片淚淋淋……
阿媽我不知道為哪樣，
認定窗外就是那個人，
可以托給他千金體，
可以托給他一片心。
阿媽我把歌裏人當成了命中人，
阿媽我把歌中情當成了心中情；
歌裏唱：要逃趁天黑，
歌裏唱：要走先吹燈；

歌裏唱：窗外有一雙扛得起你一輩子的肩膀，
歌裏唱：窗外有一對不見你就睜不開的眼睛。
歌裏唱：我只要你的玉手捧清水，
歌裏唱：我不吃五穀也長命。
歌裏唱：爹媽正在夢裏，
歌裏唱：牲口正在圈裏；
歌裏唱：男幫工正在女幫工的懷裏，
歌裏唱：公鷄正在窩裏；
歌裏唱：只有黑狗蹲在門廊裏，
歌裏唱：只有門栓插在門框裏。
歌裏唱：丟給黑狗一根光骨頭，
歌裏唱：門軸裏滴一滴香蔴油；
歌裏唱：不是為了點亮照路，
歌裏唱：悄悄找根蠟燭；
歌裏唱：抹了臘的門栓最好抽，

歌裏唱：跨出門檻你的脚下就是我的手。
你阿媽照着歌裏唱的學樣子，
丟給黑狗一根光骨頭；
悄悄找出一根紅蠟燭，
往門軸裏滴了一滴香油；
門栓上抹上臘，
輕輕兒，輕輕兒地抽。
你阿媽我樣什都沒帶，
跟着歌聲就往外走。
我擡起一只脚，
暗處伸來一只手；
就這樣跳上一個陌生人的肩膀，
不知道他是美？是醜？
不知道他是老？是少？
從此一去不回頭。

他就是你的阿爸，
一個年年月月在山路上奔波的馬鍋頭。
你阿爸給我換了一套藏裝，
把我抱在一匹灰白馬的背上。
等我爹媽的夢醒了，
等牲口打噴嚏了；
等女幫工推開男幫工了，
等公鷄出窩啼叫了；
等狗的骨頭啃完了，
小倆口已經在百里之外了。
在陽光像金雨絲一樣的林子裏，
你阿媽才看清他的臉；
一個像貌堂堂的藏族漢子，
頭髮像黑羊羔的毛那樣有一萬個卷。
你阿爸也看清了我，

好個秀女，真是名不虛傳，
我一生一世是你座下的一匹走馬，
你一生一世是我頭頂上霞光四射的天。
我們的快活在馬背上，
我們的癲狂在月夜湖邊；
我們鋪的是青草地，
我們蓋的是星斗閃爍的天；
想咋個活就咋個活，可惜！
舒心舒意的日子只有五年。
五年中的第二年就有了你，
馬垛架就是你的搖籃。
時光說快也真快，
五年短得就像五天；
第六年頭上你阿爸就出了遠門，
把我們娘兒倆個留在江邊；

你阿爸幫着客商趕馬去了印度，
當時我不知道印度有多遠！
印度在哪一方？
印度人是紅臉？還是黑臉？
娘兒倆守着一座孤零零的小泥屋，
幸好江邊四季都是夏天；
火塘裏沒火也能過，
苦熬苦等過了三年。
南來的人說他死在德里，
北往的人說他另娶了一個妻；
也有人說他先後討了五個黃花女，
在山南地方蓋了屋、買了地。
身後斬斷金沙江邊的路，
只當沒生兒，只當沒娶妻。
世上的女人什麼話都信，

只有我阿媽哪樣閑話都聽不進。
一個平平常常又終生難忘的早晨，
　滿天佈滿了火燒雲；
阿媽瘋了似地喊了一大串阿爸的名字，
　飛似地奔上高高的山頂；
我哭着喊着爬着跟上了山，
阿媽用袖子擦了擦我的眼睛；
她說：你看，你阿爸回來了！
你看呀！你聽！
我咋個沒看見呀！阿媽！
天上全都是血染的白雲。
阿媽指着一只黑鐵雀，
黑鐵雀飛着叫着正在穿雲。
　飛進雲層再往下落，
一落萬丈落到江心。

阿媽拍手哈哈笑，
你阿爸在歌裏喊久命，
他在歌裏敎我飛，
一雙翅膀要平伸；
飛呀！像我這樣，
像我這樣飛呀！久命！
阿媽平伸雙臂飛下了金沙江，
金沙江裏層層波浪把她迎。
我沒有他們的翅膀和福氣，
留在人世間，雙脚踢灰塵……
在別人眼裏：我阿媽的命好苦啊！
短短的快活，長長的艱辛。
只有我知道，我的阿媽，
從未抱怨過一句，從未嘆息過一聲。
她還是照着阿爸歌裏唱的那樣走自己的路，

誰也不比阿媽更舒心。

不管別人咋個說，

我相信……

故事講完以後，他看都沒看我一眼，說了聲「睡！」就站起來了，先在雪地上跑了一個大圈，鑽進帳篷就躺在小木身邊了，立刻我就聽見了他的鼾聲。我反而越來越沒有睡意，清醒得就像在大學課堂上，教授面前回答問題一樣。

雪漸漸停了，我又在篝火上添了一堆枯枝，瀕臨熄滅的火苗又輕輕地呼呼叫着跳躍起來，我閉着眼睛，面對一片黑暗——黑板！我在黑板上寫着：

「髮冠卷尾是一種林棲鳥類，常見於山地或丘陵。常單個或成對活動，很少結羣。飛行時常常是先向上飛，作短暫停留後，才快速降落到喬木上，或山谷草叢裏。常從停息的樹枝上急出飛捕昆蟲。鳴叫聲尖銳響亮，多變。

鳥胃剖檢，其內容物有：金色甲蟲、金花甲蟲、蝗蟲、竹節蟲、瓢蟲、椿象、蚱蜢、蜻蜓、蟬及其它鞘翅目等昆蟲的碎片和蟲卵；植物質有葉的碎片。

此鳥為夏候鳥，遍及全中國。

模式產地：錫金。

嗜食農林害蟲，爲益鳥。

Corvus hottentottus Linnaeus, 1766, Syst. Nat., ed, 12, 1:155」

接着我在黑板的左上角，用彩色粉筆繪出一隻髮冠卷尾的側視圖。

黑板的下沿忽然着火了，我丟了手中的粉筆，火光吞沒了黑板和我在黑板上的字畫。眼前又是篝火，雪花又在飄落，好像滿天紛紛揚揚的雪花都在向着這團火焰撲來，決心要把大森林中這唯一的火光撲滅似的。那些從四方拾來的不同的樹枝噴射着不同顏色的光焰，有橘紅、有黃、有藍、有青、有紫。火焰有節奏地晃動着，似乎在操縱披着白紗的山林，山林隨着也在晃動。我們的馬、騾、驢在我身側和身後形成三堵牆，牠們的嘴上都掛着草料袋。一股混合着雪香和炒黃豆的香味籠罩着我，怪好聞的。我轉身看看牠們，牠們的身影正投向森林深處，和無邊的黑暗溶爲一體。我爬進帳篷，和衣鑽進甲錯和小木中間的被筒，眼睛就睜不開了。橫亙在我的知覺面前的不再是黑板，而是金沙江上青灰色的懸崖絕壁，絕壁只是背景，前景是一對停留在空中的黑鐵雀，迅速地、歡快地閃動着翅膀，我能很清楚地看見白色腋羽和翅下的覆羽……。

能停留在空中，雙雙停留在空中，一定是非常美妙的境界……

四、第一朵杜鵑花

甲錯怎麼會關在監獄裏呢？

我急於想知道爲什麼？什麼罪？他會犯罪嗎？

小白姆正在夢中喃喃囈語，噘着小嘴在和什麼人憤怒地爭辯着……她在睡夢中也在抗爭，她生活得太累了。

我們停留在克修（藏語的布穀鳥 Cuculus Conorus Linnaeus）湖邊，那是四月下旬的一個破曉。高原早春最稚嫩的植物的濃鬱、清新的香氣誘使我醒來，我發現甲錯比我起身還早，已經不在了。我披着棉衣走出小帳篷，最先進入我眼簾的是微光下的湖水，就像深藍錦緞一般。擁擠在湖邊的犛牛羣的輪廓模糊不清，只能看見牠們那些威武的角。我走向湖南側那一小片水青樹林，走近了才能看見它們的枝條已經出現了最初的琥珀色的小圓葉。我發現甲錯正依在一棵閃着銀光的樺樹上，仰着臉，像是在傾聽什麼，一動也不動。我走過去，問他：

「甲錯！你怎麼起的這麼早，站在那兒聽什麼？」

「聽克修叫。」

「早哩！布穀鳥現在還不會到這兒來。」

「該來了，差不多該來了，我每天天不亮就起來聽。」

「爲什麼？」

「我要聽第一聲克修叫。」

「第一聲？爲什麼？那可是太難了。」

「很少有人能聽到，要是你能在克修湖聽到第一聲克修叫，你一輩子都會有福氣……」

「一輩子有福氣？」這太吸引我了。

「還得同時找到第一朵杜鵑花，因爲克修在天上叫一聲，地上才開一朵杜鵑花。聽到第一聲克修叫，又能找到第一朵杜鵑花，才能一輩子有福氣。」

「甲錯，我可是眞被你搞糊塗了，克修叫是聲音，杜鵑花能聽得見聲音嗎？」

「能聽見，埋在雪底下也能聽見。」

「聲音能讓花開，這太奇怪了。」也許人類的聲學研究還只是皮毛。

「一點也不奇怪，秀才！比如說，天上打第一陣雷，地上的樺樹、山毛櫸、野核桃、燈臺樹、槐樹的葉子才一下就出齊了。每一朵石榴花都是青蛙叫開的，蟬能叫開一串串的鳳凰花……聲音，秀才！你可別看輕了聲音。聲音的力道可大哩！軍隊開火爲哪樣敲鑼打鼓、吹號？槍砲要是沒聲音，能打勝仗？」

我從甲錯那裏學到的知識與日俱增。

「也可能你說的有道理，不過，聽到第一聲克修叫，又找到第一朵杜鵑花，兩個第一，可是太難了……」

「我還沒聽說有人聽到，找到過……」

「那你還聽什麼？想也不要想。」

「要是有人聽到過，找到過，我眞不會想。難，沒有人有過這個福氣，我才想碰碰運氣。」

「你這個人呀！甲錯！」

「別說話！」他壓低嗓門警告我。

我不敢出聲了。這時，最初的晨光已經悄悄落在犛牛的彎角上，每一只角都像是鑲上了金屬的角尖。晨光落在水靑樹的小圓葉上，使每一片圓葉都變成了一塊亮晶晶的金幣。在還留有殘雪的草地上，山酢漿草、堇菜和一些蕨類的嫩芽已經衝破了濕漉漉的枯葉層。

湖面上泛起一陣陣銀粉色的光波。

目光所及，還找不到杜鵑花的枝葉。

一個聲音！什麼？什麼聲音？曾經十分熟悉的布穀鳥鳴聲，此時變得十分陌生，竟一時悟不出是什麼。非常清晰，毫不含混的是一聲：「布咕！」正因爲它出現在萬籟俱寂的黎明湖邊的林中，正因爲我們剛剛還在說到它，不抱希望地等待它的出現，正因爲無數人等待過無數個春天，正因爲它是第一聲，正因爲牠只叫了一聲，再也不叫了，大地立即恢復了平靜，我才不敢相信。

等我確認這是布穀鳥的叫聲以後，甲錯已經瘋了似地在林中四下奔走，俯首在他飛速掃描的視野之內尋找着。一直奔入森林深處，很久看不到他的踪跡。我想他肯定又失望了。我回到帳篷裏拿了洗漱用具走向湖邊，木富已經在湖邊漱洗完畢了。我對他說：

「你聽見克修叫了嗎？」

「聽見了。」小木說話很慢，微黑的圓臉缺少應有的孩子氣，他對什麼都不主動表示意見。

「你知道甲錯哪兒去了嗎？」

「去找沒法找到的東西去了……」

「你也知道這個傳說？」

「知道，是他們藏族人的傳說。」

「你相信這些嗎？」

「參軍以前我樣樣都信，凡是納西族老輩子傳下來的，我都信。參軍以後，首長告訴我們，那些都是迷信，要相信共產黨、毛主席。」

「迷信？」我一邊刷牙一邊想：可甲錯活得多麼有生氣，多麼自信，甚至充滿詩情、希望，渾身都是一點卽燃的激情，又特別容易陶醉。說眞的，我對他已經到了衷心艷羨不已的程度，而且祇有他和這瑰麗的偉大風景最相匹配。無論他是站在雪山上，穿行在常青喬木之中，攀援於鐵青崖壁之上，蜷臥在星光覆蓋的夢裏，挺立在晚霞的火焰下縱情高歌，投身於狂舞的山民的人潮，他就是歡樂的首領。依傍着任何一棵樹，和任何一個山野少女調情、嘻戲，甚至牽着一頭瘦弱的小毛驢，都是一幅賞心悅目的圖畫，色調和諧，使雄奇的高原風光更具魅力。我和小木也穿着藏裝，首先是自己都不敢相信自己就是這畫面以內的人物，和那種與大自然渾然一體的神秘氛圍，以及羅曼蒂克的夢幻格格不入。

我剛剛洗漱完，從湖邊站起來，聽見跑動的腳步聲，我轉身看見甲錯斜着身子旋轉着從林中飛出來，像箭似地落在我的面前，兩只凍紅了的手小心地捧着一件東西，像是一只鳥雛，可在我們所處的高度，這時候絕不可能有鳥雛，連鳥蛋也不會有。甲錯興奮異常地對我說：

「找到了，找到了……」

他慢慢把雙手敞開，一朵血紅色的米仔杜鵑，小花瓣上還沾着雪珠。他眞的找到了！

「是第一朵？」

「是的！你去找找看，跑遍這座山你也找不到同樣的一朵，克修只叫了一聲。」他把那朵小花放在我的掌心裏。「你看看，多了不起，那麼嬌嫩的一點小東西，硬是把老厚老厚的雪頂破，鑽出來，非要把紅花開在白雪上，我遠遠看過去，像一滴血，一滴才滴出來的血。我用兩個膝頭當腳走過去，開頭它還是個小蓇朵，我不敢動，連眼也不敢眨，看着看着它笑了，裂開了小嘴……」此時的甲錯眼眶裏集滿了亮晶晶的淚水。

「恭喜你！甲錯！」我把那朵小花小心地還給他。

「你也喜。」

「是的，我也喜，我聽見了……」

「我聽見了，也找到了，也幫你找到了……」

「謝謝你！」

「謝我哪樣，這是緣份。」

「是的。」

當我收集礦植物標本的時候，甲錯一直坐在湖邊草地上，雙手捧着那朵小花，全神貫注地注視着，喃喃地祝禱着。當第一個牧牛姑娘隨着緩緩游蕩的犛牛羣，從山頂上來到湖邊，甲錯讓她看了自己手掌中的幸運花，牧牛姑娘大聲尖叫起來，有多大勁使多大勁。把自己的頭伸給甲錯，好像甲錯是活佛一樣，甲錯並不撫摸她的頭頂，而是用手一遍一遍地摸她的臉。姑娘雙手捧着那朵花，眼睛笑成了一條線，她扯着嗓子向山頂上另一羣犛牛的放牧者喊了一長串話，山頂上那個牧牛姑娘驚得尖聲大叫，而後又扯着嗓子向山坡那邊的牧牛姑娘喊了一長串話，比現代電傳還要快，不多一會，絡繹不絕的姑娘小伙子和老人都來觀賞那朵比姆指還要小的杜鵑花……

太陽一落山，男男女女、老老少少，一個人扛一段枯木段子擁向我們的帳篷。因爲我必須保持「高貴的身分」，端坐在帳篷裏，由小木在帳篷外守衞。甲錯把人們引到離我們帳篷很遠的一個半島上，讓人們再次傳看那朵小花。人人都嘖嘖稱奇，驚叫着，快樂地議論着，像過節一樣熱鬧。人越多，柴堆越大，最後等篝火燃着的時候，絃子也響了。至少有三百雙腳踏着共同的節奏在草地上移動起來，長袖像火舌一樣在人們頭頂上飄動。藏族的舞和歌是同步的，幾乎每一個高原藏人都是天生的歌唱家，嗓音高亢、明亮。他們個個都在一開始就陷入自我迷醉之中，使得上下行滑音柔媚動人，儘管我聽不懂那些一定是非常優美的歌詞，我還是隨着他們的歌聲進入他們的神奇境界，可惜我不能穿着這麼豪華的服裝走進他們的圈子，只能遠遠地看着橘紅色的火光燭照下的活動剪影，傾聽着由於湖水的共鳴變得更加宏大、更加清麗了的大合唱。

驀地，一個男高音出現了，它一下就升騰在所有的聲音之上，非常突出而又不失和諧。甲錯在舞蹈着的大圈子中間，既是獨舞，又是領舞。他的加入使歌聲的亮度和腳步的踢踏聲增強了一倍，我眞擔心湖水會被他震得溢出來。甲錯舞蹈着的身影被火光投射在空中，歌舞的節奏越來越快，甲錯已不是在草地上篝火邊舞蹈了，他時時跨過篝火在火光之上旋轉。我按捺不住了，帶着小木向人堆和火堆靠近。所幸他們所有的人都爲甲錯和自己的歌舞迷惑住了，誰也不會回身看黑影中的我們。我在近旁才看到那些年輕男女被火光和激情烤紅了的臉。甲錯成爲他們所有人目光的焦點，又是他們的靈魂。甲錯時爾在跳躍，時爾在旋轉，時爾在翻飛。像一只藍喉太陽鳥(俗稱桐花鳳 Aethopyga Gouldiae (Vigors))，自由、輕盈、光彩奪目。歌舞着的人們是一股強勁的、不肯停息的風，風神就是甲錯，只要他的一個暗示，舞蹈的隊形、節奏就改變了。我小聲問木富：

「好看嗎？」

「我不知道他們爲哪樣會沒完沒了地跳下去，」他沒有正面回答我。「回去休息吧，他們要鬧一夜。」

我只好同他一起走回帳篷，我雖然躺了下來，卻一直沒能入睡，比較遠了的歌聲和舞步更加使我神不守舍。我有點迷惘地尋思着：太有魅力了，雖然是無數次的重複，不衰的激情在重複中加深。還在於他們的奔放和忘我，愛和被愛的明快熱烈地追求，以及對幸福的執着的信任和嚮往。一個處於如此偏遠地區，貧困而又生命力旺盛的民族，生活得非常艱辛。如果他們在生活中沒有神秘的希冀和美好的幻想，他們是活不下去的。

舞會好像已經散了。

我用電筒照了一下手腕上的錶：凌晨四點。我悄悄爬起來，穿上衣服，走出帳篷。我看見一夥一夥，或一對一對盡歡的人們，都在火堆裏抽一根還在燃燒的柴棍四散而去，手裏的火光既可照亮山路，又能防範野獸。一條條的火龍以即將熄滅的篝火爲中心向外輻射開來。凌晨應該是最冷的時刻，可我一點都不覺得冷。我以爲甲錯應該回來了，但沒有看到他的影子。我信步走向湖邊，一棵雪松覆蓋下，巨大的斜形的岩石平板形成一個天然的屋簷，可能石板下那塊地方比較背風、溫暖，已經長出了一寸高的稠密的青草。我走進這間「石室」和衣半躺在「屋簷」下，湖水就在自己的身邊，伸手就可以撩到水。水中魚羣正在游動，魚兒只把牠們的吻伸出水面呼吸空氣，發出下小雨般的聲響，偶爾有一條小魚跳起來，像一支射程不高的銀箭……這時，我的「屋簷」上有了人聲，一個男的——我聽得出是甲錯，還有七、八個女孩。他們在一起熱烈地說笑，我連一句話也聽不懂，但我能感覺到他們跳了一夜都毫無倦意。後來女孩子們爭吵起來，爭吵得很厲害。甲錯耐心地勸說她們，漸漸，女孩子們陸續離去，最後和甲錯說話的只剩下一個女孩，這時他倆的語氣變得非常輕柔，像朗誦歌詞似的，我真煩惱我不懂藏語。不久，他倆沒有語言了，只有一種奇怪的，我有生以來都沒聽到過的呻吟聲，也分不清男聲和女聲了。我當時眞不懂爲什麼一個男人和一個女人在一起會發出類似嬰兒乞求母乳的可愛的聲音來。我的皮膚像受寒而驟然發麻並緊縮起來。我想走開，但我已經無法走開了，我會驚了他們，我只好盡量控制住自己，別由於顫抖而弄出什麼聲響來。但我從平靜的湖面微微反光中看到甲錯脫下了自己的羊皮楚巴，把楚巴鋪在石板上。那姑娘也脫去了楚巴，當他倆一絲不掛的時候，一對原身人並肩摟抱着坐在「屋簷」邊上。我無法逃脫了！但我還是不知道他倆要做什麼，僅僅是這一對摟抱着的原身人就使得我像得了熱病似的，人竟承受不了異性人本體的衝擊（唉！一個廿四歲，受過高等教育的漢人，無論在中學或大學的生理課本裏，都有被女教師不說明理由就翻過去不講授的章節，好像那是編書人或印刷廠搞錯了的多餘的章節。有過一兩個懂行而又調皮的同學向女教師提問，女教師的回答總是用教鞭拍着黑板說：注意聽講。從來得不到正面回答。雖然學生們在複習的時候都不跳過那些章節，但那過於簡略、過於理念、過於含混的文字，又能告訴我們什麼呢？）我也從來沒見過，也不敢想像一個男人和一個女人可以光着身子發生接觸，那是很不正確的！那樣雙方一定會自燃，或是冷凝成冰塊。我似乎已經感受到了灼燒的疼痛和冷凝的痲木。我不敢看水中越來越清晰的倒影。「呀！」姑娘突然發出的尖叫使我幾乎跳了起來，接着就是她不斷地發出有節奏的尖叫，聲音之大，在如此寂靜的黎明，一定能傳到湖的對岸。甲錯是在打她？掐她？還是在咬她？太不像話了，我眞想衝出去責備他，制止他。但我又沒勇氣，我不敢看女人光滑得像魚似的裸體。那樣，我相信我會完全崩潰，不僅說不出任何聯不成片的話來，恐怕舌頭都是僵硬的。我重又睜開眼睛去看那湖水裏的倒影，我才發現，他倆的四肢好像互相交換了似的，那姑娘的一雙白晳的腿像一對手臂，緊緊地抱住甲錯的後腰，甲錯一邊用下半個身體越來越猛烈地去衝擊她，一邊舔着她的臉、脖子和胸。顯然並不是在打她、掐她，或是咬她，而是一種親暱的表示。女孩的臉上是形似痛苦的表情，卻又貪婪地抱着他，一雙手撫摸着他的背、腰和臀。這時我才明白，他們是在做見不得人的事！——這是從我生下來，社會環境不斷加深給我的觀念。可爲什麼這姑娘會肆無忌憚地大喊大叫呢？在生活裏，或是在書本上我都沒聽到過關於這種現象的解釋。是疼痛？是歡快？我的耳朵的確難以分辨。說眞的，我恐懼極了，也失望極了，從我接受的生活準則來說，這情景距離「正確」太遠了！

我不知道他們什麼時候分手離去的，當我走出「石室」的時候，幾乎擡不起步子。第一線陽光已經穿透無數層枝葉落在湖面上了。我繞着湖邊往前踱去，那些曾在水裏映現出的，使我驚駭不已的畫面反復在我眼前重複閃過。我不得不習慣地對甲錯進行道德的衡量，卽使是那種場合、方式和姑娘的大喊大叫都很不正確。正確和不正確對於我們漢人可是太重要了。正在走着，看見一棵雲杉背後有個人，從露出一半的身子看得出他是小木，他在樹背後幹什麼？小便？他的一隻手在不停地動，動着動着「呀」地叫了一聲就抱住樹幹不動了，他的褲子落在地上，我立卽轉身快步逃走了。我知道，他在手淫；可以想得到，小木也曾看到甲錯和那個姑娘在石板上的一切……我感到煩燥而沮喪，低着頭向帳篷走去，正好和甲錯撞了個滿懷。我忽然問他：

「她是誰？那個姑娘。」我說出口以後又覺得這不是我的意思，也不是我應該問的。

「山那邊的姑娘，我沒問她的名字。」他顯得愉快而輕鬆。

這回答使我更爲不快，他竟然連名字都不知道。我從他身邊走過去。他好像絲毫都沒覺察到我的不快，因爲他一直在哼着歌。我站住，轉身看着他的背影，他的楚巴下擺紮得很高，疊出很多皺折，既瀟洒又方便。牛皮靴筒上的每一根紮靴帶子都是一半新的、鮮艷的，一半舊的、灰暗的，一定是那個沒問過姓名的姑娘和他各自切斷自己的紮靴帶，各自將一半交換了接在一起。新紮靴帶是那姑娘的。甲錯的隨意是自自然然體現出來的，他幾乎不注意別人怎麼看他，這使我的不安、不滿和不快成爲無的之矢。此時，我反而更厭煩小木了！他怎麼可以在早上晨光下去幹那種事，去自戕！這樣又回到那個我始終沒解決的老問題，人類進步的體現是什麼？我們的祖先，在孔子之前幾乎都是在原始和自然形態中生活。我的根據是司馬遷的《史記》，他在〈孔子世家〉裏寫道：「叔梁紇與顏氏女野合而生孔子」。說明孔子是野合的結晶，他的父母就像甲錯和那個不知名的姑娘一樣，在野外大喊大叫地進行着孔子認爲是淫邪的醜事，但如果沒有叔梁紇和顏氏女的野合也就沒有孔子。所以孔子的立論無論多麼偉大，他都無法告誡他的媽媽含蓄點、忍住、別叫。因爲叔梁紇與顏氏女認爲天地是爲了他們能舒暢地喊叫才如此空曠，才如此美好的。甲錯和那位姑娘不也是這樣認爲的嗎！爲什麼要克制自己的歡樂和痛苦呢？這位左右了幾千年中國乃至東方思維和行爲方式的大成至聖先師爲我們規定了許多「正確」和「不正確」的界線，「席不正不坐；割不正不食」。「思勿邪」……等等。久而久之，許多在他之前許多正確的，或不能算不正確的、自自然然的、人的本性不受壓抑和束縛的東西也就成了禁忌、不正確或大逆不道的東西了。

想到這兒，我又嚇了一大跳，這不是野蠻倒退的謬論嗎？所幸我只是一個以野生動物爲研究對象的學者，從來沒有改變或爲人類思維與行爲方式撥亂反正的雄心壯志，只是在遇到一些突兀的問題時不得不隨便想想。我的思想就像被一根橡皮筋拉着，拉長了會自動彈回來，自動復位。

山野裏的人不知道世上還有管束每一個人言行（包括喊與不喊，喊聲的大小）的諸多界線，不知者不罪，所以當我再見到甲錯的時候也就釋然了，甚至暗暗佩服他的勇氣，竟敢無視歷代聖賢。無知的力量是何等的強大！而且無知和自由、勇敢聯繫得又如此密切。小木比他知道的道理就多些，但相比之下，我更不喜歡的是小木。

甲錯怎麼會關在監獄裏呢？

小白姆在夢中翻了一個身，把臉靠在牆上嚶嚶哭泣了幾聲，隨後說了幾句什麼又安靜了。

我往火塘裏添了幾片木板。

五、灰尾巴白兎

我們在克修湖邊停留了一個多月，因為這裏對於我的研究來說，條件太好了，湖邊是常綠濶葉林，如蠻青杠、櫟樹。湖南岸有一座海拔五千多米的高山，二千米以上是落葉濶葉林，如白樺、山毛櫸、槭樹、野核桃、燈臺樹、楓、槐、水青樹。到了二千六百米以上就是針濶混交林了。三千六百米以上是亞高山針葉林。四千四百米以上就是高山草甸和灌木叢，諸如鳳毛菊、虎耳草、紅景天之類。再往上就是積雪和岩石。而杜鵑花的品種之多，堪稱世界之冠，而且每一個高度都有杜鵑花，一直接近永凍雪線。至於野生動物更是品種繁多。我過去在學校讀書看到的大多數是標本，或到動物園裏去看關在籠中的鳥獸。當我第一次在野外看到一頭自由自在的豹子的時候，使我的眼睛爲之一亮，牠的皮毛的光鮮色澤和行動的敏捷態勢完全不能和死標本以及動物園裏的豹子相提並論。可見自由不但對於人特別重要，對於任何動物都是重要的，當不受束縛的野生動物出現在你的面前，即使是一隻小松鼠，你都覺得牠美麗得讓你驚嘆，靈活得讓你不可置信。至於那些大動物，你會覺得牠的一動一靜比任何雕塑大師加工過的藝術品都要雄俊。活的、自由的生命的美是不可比擬的，甚至都很難如實地描寫牠們，只能靠活的、自由的生命（如果你自己是活的、自由的生命的話）去感覺牠們。

那時，在克修湖邊，我能像豹子一樣，算是一個活的、自由的生命麼？恐怕還只能相對來說：是。因爲我還有許多無形的觀念的束縛。

到了五月中旬以後，隨時都可以聽見克修的叫聲，杜鵑花入目皆是，在暗綠色的森林裏，在紅褐色的崖頭上，在湖邊，杜鵑花舉著紅的、白的或紫色的火焰，把山野照耀得燦爛輝煌。每一朵杜鵑花眞的是聽命於布穀鳥的叫聲才開放的嗎？其次是白樺，千百根銀色的旗桿上掛著嫩綠色的旗幟。如果你低下頭來，草地上更是繁華，木姜子、尾葉櫻、野薔薇、懸鈎子陸續都在開花。卽使它們只能開出些小得看不見的花朵，如延齡草、蛇根草、點地梅、黃水枝。你伏在草地上，就會發現它們的興高彩烈絕不亞於那些繁花滿枝的木本植物。微孔草擺動着藍色的小花朵，每一棵都是一位驕傲的袖珍公主。偶爾你還可能在竹叢中發現紅頭穗鶥(Stachyris ruficeps Blyth)在用竹葉、樹皮築成的巢裏生下了有藍色斑點的蛋。

甲錯每個晚上都不回到帳篷裏來了，我已習以爲常。

我曾經問過小木：

「你不去找藏族姑娘玩玩？」

他睜大著驚奇的眼睛看著我，好像第一次見到我一樣。

「我是說，你會說藏話，她們不會把你當外人。」

「不！」他鄙夷地說：「他們太亂……」停了一會又補充一句：「我是個軍人，有軍紀。」

主要原因是他們太亂？還是因爲有軍紀？恐怕主要還是後者，所以他只好採取既不違犯軍紀，又很「純潔」的方式，到大樹背後去……

我對甲錯的印象又好起來了，雖然他不知道我對他的態度有過一個起伏。有一天，他陪我登山，中午，在一條溪水邊野炊，我向他提出了一個漢族式的問題：

「你的歌舞都這麼好……俗語說：名師出高徒，你的師傅是誰？一定是個非常高明的熱芭。」

「不！我在沒有遇見熱芭人的時候就唱的很好，跳的很好了。」

「這麼說，你是從先天帶來的？」

「也不是，我有很多師傅，你看，這棵樹就在唱。」他指著我們身旁的一棵鐵杉。

「它在唱？」我很困惑。

「你看嘛，樹的歌要看。」

「看？看歌？」我越來越糊塗了。

「可看見了？各式各樣的樹都會唱歌，只要你會看，它所唱的那個好法子！讓人沒法說。還有海子，也會唱，你哪天仔仔細細地瞧瞧看，它的浪從哪裏起，到哪裏落，咋個起，咋個落，跟唱歌一絲一樣……前一個浪跟後一個浪咋個接起的，你都能看得出來，就像上一句歌跟下句歌咋個接起的一絲一樣，跟人學，學的是歌的意思，跟樹、跟海子學，學的是歌的形。昂哇(天鵝 Cygnus olor (Gmelin))，你們漢人叫天鵝，也會唱，用牠的身子在水上唱。吹哇(鷹 Milvus korschun (gmelin))，你們漢人叫老鷹，也會唱，用翅膀唱。吹哇唱的要慢有慢，要快有快。我很小就懂得，三歲那年起，我就喜歡平平地躺在草地上、山頂上，看著吹哇唱，牠唱的讓你揪心地疼，讓你淌出眼淚來，讓你的魂靈跟著牠去轉、去飛……」

「溪也會唱，溪的歌要看，也要聽。」他提到溪的時候，臉上籠罩著一種特別莊嚴肅穆的氣氛，他很神秘地對我說：「你知道溪是從哪兒來的？來，跟我來。」他領著我，沿著溪水往上走，走到被枯葉覆蓋著的溪的源頭才停下來，這是密林深處，樹林密得根本就看不透，全是又高又粗的針葉樹，冷杉、鐵杉、雲杉，陽光無法射透它們交錯相挽著的枝葉。你只能感覺到陽光在他們的頂端，偶爾也會散落幾點星辰般的光斑，那些濕漉漉的、沉重的長枝無風也會微微擺動，好像它們之間在互相傳感著信息。「你聽！你聽！」甲錯讓我靜下來。「聽見了吧？」我當然聽見了，我點點頭。那些針葉的鋒尖上不時往下滴落著水珠。當你習慣了密林裏的微光，你才會看見針葉上的水珠，就像在燈光微弱的舞會上看見那些艷裝婦女頸上的珠鍊一樣。甲錯鄭重地對我說：

「這是樹的淚。」

「樹的淚？它爲什麼哭？」我故意和他叫眞兒。

「高興，謝。」

「高興？謝？高興什麼？謝誰？」

「高興它們活著，謝雨水、雲、風、雪、鳥雀、太陽，還有人……它們樣什都謝，不像人，樣什都不謝。它們沒有淚的時候才是傷心的時候。溪是樹的淚聚成的，河是溪聚成的，人沒有河、沒有溪就沒有聲音，沒有歌，還會渴死——佛經裏寫的有這些話……」

「是的！」他的這種解釋我能接受，既是羅曼蒂克的，又接近科學。我自語著說：「樹之淚集聚成溪，淚盡則枯……」

接著他又把話題轉向歌舞，他不厭其煩地告訴我：

「雨點也會唱，雪花也會唱，一直到現在，我還要向它們學，學的少了就唱不好……跳舞一開始也不是向人學的，是向野物學的，作（藏語的藏羚。Panholops hodgsoni Abel），你們漢人叫藏羚；那（藏語的岩羊 Pseudois nayaur (Hodgson)），你們漢人叫岩羊，牠們都能在石頭尖尖上跳舞，本事好得很。牠們的角都直直的朝著天。仲（藏語的犛牛 Bos (Poephagus) grunniens Linnaeus），就是犛牛，好大的身架喲！跳起來每一根長毛都像人的袖子，可惜不容易見到，你還沒看到過。喜火嘉（藏語的金絲猴 Rhinopithecus roxellanae Milne-Edwards），你們漢人叫金絲猴，還有阿崗（藏語的石貂 Martes foins Erxleben），杜蒙（藏語的香鼬 Mustela altaica Pallas），都是跳舞的好手。有一種灰尾巴白兎，只有在高山上才能看見，長長的一對耳朵，比它的後腿都長，它會用後腿轉圈，轉得讓你看見的只是一團白霧。說起灰尾巴白兎跳舞，我就想起小時候的一件事，那時候我很小，要不是灰尾巴白兎搭救我，我就給哇（藏語的狐狸 Vulpes vulpes Linnaeus），就是狐狸咬死了。」

「啊？」八成又是神話，灰尾巴白兎怎麼能從狐狸嘴裏搭救得了他呢？但我還是想聽。

「講講，讓我聽聽。你那時候有多大？」

那時候我只有三歲半，
媽媽種地天天要上山；
種青稞、拾菌子、栽包穀，
總是從早到晚，從早到晚。
把我一個人留在家裏，
又擔心我害怕，孤單；
給我養了一隻灰尾巴白兎，
我和牠吃糌粑伙用一隻木碗；
在一個瓦罐裏喝水，
在一個火塘邊取暖；
我給牠講話，
牠跳舞給我看。

有一天，阿媽去水磨坊磨粉，
留下我倆在家裏玩。
阿媽臨走時千叮嚀，萬囑咐，
誰來也不要抽開門栓。
我問阿媽：阿媽呀！
阿媽回來也要把你關在門外邊？
阿媽說：把阿媽關在門外，
誰給你們做香噴噴的包米飯呀？
阿媽的聲音你們總該聽得出吧！
我說：阿媽呀！那當然。
阿媽放放心心地走了，
我踮著脚尖插上了門栓。
在灰尾巴白兎給我跳舞的時候，
在我給灰尾巴白兎捏糌粑的時候，
有人敲響了門，

有人叫了一聲。
我問：你是哪個？
阿媽走的時候一再叮嚀，
除了我的阿媽，
誰來也不給你開門。
門外的人說：我就是你的阿媽呀！
你為哪樣會聽不出我的聲音呢？
隔層門就像隔座山，
並不是阿媽的聲音難辨認。
阿媽不是去水磨坊去了嗎！
磨子要轉一萬轉才能磨出粉呀！
你為哪樣會回來這麼早呢？阿媽！
我不敢相信。
水磨的輪子還沒轉三圈，
溪水還沒有使勁，

你咋個會磨完粉回來了呢？
我不能相信。
她說：我在半路上拾了兩顆核桃，
趕緊跑回來讓你高興高興。
到底是我的親阿媽，
為了兩顆核桃還要往回奔。
我正要去開門的時候，
灰尾巴白兎咬了一口我剛剛墊起來的脚後跟；
我的手立刻就縮回來了，
差一點就打開了門。
我說：門外的人，把你的手從門縫下伸進來看看，
阿媽的手我摸過一千遍，一萬遍。
她真地把手伸了進來，
我一摸嚇出了一身冷汗。
你哪裏是我的阿媽呀！

阿媽的手白的像雪一般，
你的爪子盡是紅毛，
粗糙得就像麻石片。
快把你的爪子縮回去，
小心我用斧子把它斬斷。
她只好縮回爪子溜跑了，
我和灰尾巴白兔好一陣喜歡。
過了一會兒，她又來了，
爪子上的紅毛燒光了，
爪子上的皮漂白了，
我一摸也就明白了，
我一看也就有數了。
你的手很白，也很光，
可是阿媽手指上戴有白銀的指環；
快把你的爪子縮回去，

小心我用砍刀把它砍斷。
她只好縮回爪子溜了，
我和灰尾巴白兎好一陣喜歡。
過了不大一會兒，她又來了，
咬了一段樺樹枝上的皮當指環；
我一摸也就明白了，
我一看也就有數了。
阿媽手腕戴著玉鐲，
你的手腕上只有一塊黑斑；
快把你的爪子縮回去，
小心我用鏟子把它鏟斷。
她只好縮回爪子溜走了，
我和灰尾巴白兎好一陣喜歡。
過了不大一會兒她又來了，
一只籐編的鐲子戴上了手腕。

她親得不能再親地叫了聲：甲錯呀！
你咋個忍心把生養你的阿媽關在門外邊？
你忘了阿媽餵你吃奶的苦情了吧？
奶水少，你阿媽忍住疼痛，眼淚打濕了衣衫；
你忘了阿媽抱你過雪山的勞累了吧？
阿媽背上結冰，懷裏暖。
我最聽不得鑽心的親情話，
也不摸一摸，也不看一看，
伸手就要去開門，
灰尾巴白兎狠狠地咬了一口我的脚尖；
牠咬疼了我，牠咬急了我，
擡起脚來就把牠踢得翻了幾翻。
我打開了鎖，
我抽開了栓；
進來的原來是一隻紅毛綠眼睛的哇，

她咬著我的脖子就把我背上了山。
灰尾巴白兎趕緊跑到水磨坊，
水磨水磨不要轉；
阿媽阿媽停停手，
你的甲錯受了騙；
紅毛狐狸背走了他，
早已翻過了九十九架山。
阿媽一聽手發抖，
撒了一地稞麥麵；
抱著脚脖子號淘哭，
哭得天昏昏，地暗暗，
樹上的烏鴉問：阿媽為哪樣哭呀？
灰尾巴白兎把禍事原原本本說了一遍。
烏鴉說：哭有哪樣用場，
一刻也不能躭擱，馬上去追趕。

灰尾巴白兎在地上追，
烏鴉飛不高，看不遠。
趕緊拜托閑坐在松枝上的鷹，
請大鷹飛上九層碧雲天。
大鷹一展翅就看見了火狐狸逃跑的路，
大鷹一擡頭就看見了火狐狸住的那座山；
我流着血躺在火狐狸屋頂上的籮筐裏，
牠要把我先晒後燒當晚餐。
火狐狸正在麻石板上磨獠牙，
磨穿了九塊麻石板。
大鷹一翅膀飛回去，
落在我阿媽的臉面前。
阿媽阿媽不要哭，
阿媽阿媽不要喊；
你的甲錯還活着，

不騙你，是我親眼見；
躺在火狐狸的屋頂上滴血，
晒得滿臉滿身都是汗；
想動也動不得，
想看又睜不開眼；
想說又說不出，
想喊又沒有喉嚨喊；
喉嚨着火狐狸咬爛了，
幸好氣管還相連。
火狐狸正在麻石板上磨獠牙，
磨穿了九塊麻石板。
趕緊把眼淚收回去，
趕緊把主意拿出來。
搭救甲錯最要緊，
話要短，動作要快。

他們只用了三言兩語，
灰尾巴白兎給大家做了安排。
該跑的跑，該飛的飛，
要多急有多急，要多快有多快。
大鷹啣了一枝薔薇花，
烏鴉啣了一個大冰塊。
灰尾巴白兎叩響了火狐狸的門，
恭喜好運，賀喜發財。
火狐狸齜着獠牙哼了一聲，
火狐狸瞪着眼睛哼了一聲，
你來是想分小孩肉的吧？
天生的紅眼睛！
灰尾巴白兎連聲叫罪過呀罪過，
我沒有吃肉的牙，只有吃素的豁嘴唇；
請你一百二十四個放心，

請你一百二十四個寬心。
不想吃肉來做哪樣？
我火狐狸門前不接待吃齋的來賓。
有權不趕賀喜的客嘛！
有勢不趕送禮的人。
重禮？哪樣重禮呀？
火狐狸跳出來，牠一向把窗戶當做門。
我的情意太重了，
禮嘛，你就不要嫌輕。
禮在哪裏？
想騙我，你的尾巴再短也逃不脫我的手心。
請到屋後草地上才能看見，
那裏既寬敞，又清淨。
好嘛！火狐狸翹起尾巴帶路走，
灰尾巴白兎恭恭敬敬在後緊緊跟；

一面走一邊搖着牠那短得不能再短的灰尾巴，
向天上的大鷹傳了秘密的消息。
到了屋後草地上，
灰尾巴白兎前腿抱起，後腿立起，
看呀！這就是我送給你的重禮。
灰尾巴白兎一轉就是九十九個圈，
看得火狐狸眼花撩亂；
看得火狐狸不管不顧，
看得火狐狸滿心喜歡。
想不到你還是個跳舞的好手，
真是要刮目相看；
我這麼靈活都不如你，
只有這條大尾巴比你好看。
你還有一張更加好看的尖嘴哩！
一句話誇得火狐狸心高志滿。

灰尾巴白兎，歇歇吧！
看看我咋個把一個活小孩撕個稀把爛。
灰尾巴白兎不斷變花樣，
假裝什麼也沒聽見。
就在灰尾巴白兎轉圈的時候，
就在火狐狸眼花撩亂的時候；
大鷹穿過窗戶飛進火狐狸的屋裏，
那時候我正在籮筐裏打戰；
等着火狐狸的牙齒，
火狐狸的牙齒根根像刀尖。
大鷹對我悄聲說：甲錯！
睜開眼睛看一看吧！
我的眼睛睜不開呀！大鷹！
你是咋個來的？你真大膽。
快爬到我的背上來，甲錯，

沒有說閑話的時間。
我忍着疼痛爬上大鷹的背，
大鷹用哪樣把我換走，我看不見。
我緊緊地抱住大鷹的脖子，
一翅膀飛出窗戶，衝上了藍天。
烏鴉也往籮筐裏丟了東西，
在屋脊上哇哇地喊。
好啊！灰尾巴白兎跳得好，
火狐狸快點給賞錢。
這是一句商量好了的暗語，
——要辦的事情已經辦完了！
小白兎說停就停，
擺着長耳朶向火狐狸道歉：
禮物太輕了，好客的主人！
請多多原諒，請多多包涵！

主人！我要告辭了！
回家的路還很遠很遠哩。
火狐狸假惺惺地挽留牠！
別走，天還不晚，
不吃筆聞聞香味也是好的呀！
罪過！罪過！再見！
灰尾巴白兎轉身就跑，
就像一團在風中滾動的線團。
火狐狸從從容容地點着了籮筐，
誰知道籮筐不起火，只冒煙，
還流出一滴一滴的水，
小孩不哭，也不喊。
火狐狸知道不大妙，
一定和灰尾巴白兎跳舞有關聯。
牠把爪子剛往籮筐裏一伸，

薔薇的細刺扎得牠叫皇天。
紅毛狐狸跑起來像一顆流星，
一轉眼追過兩架積雪的山嶺；
灰尾巴白兎像沒事人似的，
在一堆青草上嗚啦嗚啦念藏經。
我就知道你跑不過我，
不敢賽跑就假裝沒事人！
告訴我，哪來的薔薇刺？
告訴我，哪來的冰川的冰？
灰尾巴白兎眨了眨紅瑪瑙般的眼，
好像一樣都不知情。
你想想，我敢拿薔薇的刺嗎？
你想想，我敢抓冰川上的冰？
你可千萬別衝着我發火，
肝火太旺傷精神。

我去幫你把那個孩子找回來，
重新把他燒個香噴噴。
去！你要去就快點去，
找不到他我就拿你當點心。
我立刻就去，仁慈的火狐狸，
但我還要拜托你為我做件事情。
你的事真多，快說：哪樣事？
快點說給我聽。
我的經已經念完了，
佛陀還沒聽到我的鼓聲；
只念經不敲鼓也是罪過，
請你幫我敲幾聲吧！
這該不是哪樣花招吧？
你這個小兔子、大精靈！
你這樣擡擧我，我可是受不了，

你明明知道誰也沒你聰明；
這是禮拜佛陀的善事，
你也應該對菩薩發個愿心。
兎子把一根鼓槌交在火狐狸的手裏，
指着槐樹上那面鼓講給牠聽：
這是一面天鼓掛得高，
掛得高，佛陀聽得清。
你要爬到樹上去敲，
一下，一下，又要準、又要狠。
這還不容易！——火狐狸一竄就上了樹，
灰尾巴白兎一溜白煙不見踪影。
火狐狸又準又狠地敲了第一下，
鼓沒響，真丟人。
緊接着又是一記狠捶，
這面鼓真怪，只聽見嗡的一聲！

千萬隻馬蜂飛出來，
圍着火狐狸狠狠地叮，
火狐狸抱着槐樹哇哇叫，
摔在地上亂翻滾；
像陀羅一樣轉，
像瘋狗一樣在自己身上啃；
千方百計也甩不掉滿身的馬蜂，
甩掉了馬蜂甩不掉毒針。
謝天謝地看見了一湖水，
縱身跳進湖中心。
大湖裂着大嘴哈哈笑，
咋個報答我的救命之恩呀？
火狐狸！今天我搭救你，
日後可別把壞事全做盡。
火狐狸竄出湖水往前追，

擡頭又見灰尾巴白兎坐在高山頂；
若無其事地編籮筐，
火狐狸跳到面前牠都不做聲。
火狐狸一把揪住牠的長耳朶，
灰尾巴白兎翻了翻紅眼睛；
我跟你素不相識無來往呀，
遠日無仇，近無恨；
為哪樣抓住我的耳朶生這麼大的氣？
欺弱怕强也不怕難為情！
大象的耳朶比我的大，
敢不敢讓牠的鼻子把你聞一聞?!
詭計多端的灰尾巴小白兎！
別裝模做樣假正經。
你讓我敲的是哪樣鼓，
說！我今天非要把你剝光吃乾淨。

火狐狸大媽你咋個這麼講？
我從早到晚都在這兒編籮筐。
你剛才還在青草堆上念藏經，
為哪樣當着我的面還敢撒謊?!
我從生下來也沒見過你，
為哪樣你要我背寃枉？
山上有一百隻灰尾巴白兎，
和山腰上的一百隻都是一個樣，
山下還有一百隻灰尾巴白兎，
不能一隻灰尾巴白兎闖禍大家都遭殃呀！
是呀！灰尾巴白兎滿山跑，
看來我今天太莽撞。
火狐狸放下灰尾巴小白兎：
別見怪，請原諒！
你可曾看見一隻灰尾巴白兎打這兒過？

神魂不定又慌張？
見到了，牠是我的鄰居，
專會設計圈套讓那些笨蛋去上當；
逃了和尚逃不了寺，
這事包在我身上。
等我編好了籮筐帶你去，
抓住牠，太便當了。
火狐狸這才放下心，
只是報仇心切渾身疼；
主動提出要當幫手，
編籮筐的手藝我也很精；
一個人的活計兩人幹，
一會功夫就編成了。
好呀！火狐狸大媽！
你真是一片熱心，一片善心。

你在籮筐裏編，
最能顯本領；
我在籮筐外編，
學着學着慢慢跟。
火狐狸一屁股坐在籮筐裏，
編得又快又均匀；
你在裏，我在外，
你一根，我一根；
編着編着筐高了，
編着編着口小了；
灰尾巴白兎越到最後越麻利，
三下五下就封了頂。
火狐狸說：老娘還沒出來哩！
你出來了不是給這世界留下個禍根嗎！
火狐狸這時候才明白，

連個灰尾巴白兎都鬪不贏。
原來你就是牠，牠就是你！
火狐狸在籮筐裏又咬又叫亂折騰。
灰尾巴白兎編的是個沒楞沒角的筐，
三滾兩滾就滾出了山林；
滾進深澗深萬丈，
火狐狸在深澗之下變成了一個大肉餅，
便宜了一羣夏果（藏語的禿鷲 Aegypius monachus(Linnaeus)），
你想，灰尾巴白兎有多聰明！
牠教會了我跳舞，
還搭救了我的一條小性命……。

甲錯閉着眼睛，無限溫情地沉浸在童年的回憶之中。

「甲錯！」我問他：「那時候，你才三歲半，怎麼會記得這麼淸楚呢？」

「因爲後來阿媽又跟我講了很多遍……」

「啊！」我感到極爲遺憾的是：我的童年沒有像他那樣奇特的故事，他卽使在歷險，也是妙趣橫生，最終總會逢凶化吉。而我自己所記得的是使人血肉橫飛的炸彈，是戳在胸膛上的刺刀，是點燃村莊的烈火。幹出滅絕人性的惡行的不是狐狸、妖精和鬼魅，而是人！我一直在注視甲錯的脖子，卻看不見一絲一毫火狐狸咬傷的痕迹。而我的胸膛上終生都留有一道可怕的刀疤，使得我在盛夏時也不敢在人前脫掉貼身的襯衣。且不說鐐銬在手腕和腳腕上複印下來的拷貝。

當我正在沉思遐想的時候，甲錯叫我：

「秀才！你爲哪樣不學着跳我們藏族的舞呢？跳舞就像飛那樣快活。」

「我怕跳不好。」

「跳不好有哪樣好怕的，跳幾下就跳好了。」

「我不好意思。」

「跳舞有哪樣不好意思？跳舞就像吃飯一樣，你不好意思吃飯？肚子不餓？這兒一個人也沒有，就是有人，人山人海，一擡腿就誰也看不見了。」

他這麼一說，我反而更不好意思起來。他一把把我從地上拉起來，讓我的右手搭在他的肩上，他的左手搭在我的肩上，他的嘴裏開始「踼踏踼踏」地數着拍子，最初完全是拖着我在跳。當他開始唱的時候，我的手腳好像得到了神的啓示一樣，從僵硬到鬆弛，從拙笨到靈活。怎麼？我是杜鵑花？他是布穀鳥？聲音眞的有一種神奇的感應?!本來我以爲這是我一生一世也入不了門的東西，因爲歌舞需要有天地爲我而沉浮的瀟洒和無物忘我的自由。現在我完全體會到了，幾乎很快就能做到俯仰自如、進退有序。使我大吃一驚的是：我看到了我的長袖上、靴尖上的歌。

歌眞的是可以看到的！我爲這一發現欣善若狂，完全變成了另外一個人。我從來都沒有這麼暢快過，第一次自己在主宰自己，自己在駕御自己。

我就是浪起波伏的海子！
我就是高聳入雲的雲杉！
我就是雍容華貴的天鵝！
我就是傲視天下的大鷹！
我就是健步如飛的藏羚！
我就是靜溫動威的犛牛！
我就是機警伶俐的灰尾巴白兎！

我就是痛快淋漓的雨點！
我就是柔情萬種的雪花！
我就是純淨透明的溪水……。

六、通往天堂的路

甲錯怎麼會關在監獄裏呢？這個問題折磨得我徹夜失眠。小窗上已經透進一塊灰濛濛的晨光，隣居一隻未長成的小公鷄啼得讓人想招死它，太難聽了，每一次都是往上揚的時候敗落下來，它沒有氣力貫徹始終。好在牠叫了十次以後就再也不敢嘗試了。

一縷柔和的晨光流進來，使我猛然聯想起山間的溪水。今日，那些樹之淚集聚成的溪水越來越少的時候，我才更深切地體會到，爲什麼甲錯總是以肅穆之情來欣賞和親近溪水。當溪水還是一滴滴樹的淚珠，掛在針葉尖上的時候就使人爲之動情。淚水一滴一滴落下來，在落葉間開始浸潤着泥土，湧動着尋找自己的命運之路，她沒有顏色，也不讓別的物體的顏色污染她，她對光最敏感，她能在最幽暗的林中吸取哪怕最微弱的光。她從第一步起就慷慨無私，以自己最純淨、最透明的初乳餵養小鹿、岩羊、熊貓、甚至豺、狼。但那些吮吸溪的乳汁的動物都懂得用兩條前蹄在溪水邊下跪。各族山民也是這樣，像在母親面前一樣，脫了帽子，匍匐在她面前，先在她明亮的眼睛裏看見自己的樣子。她是那樣坦率，毫不掩飾地告訴你：你額頭上的皺紋又多了！你頭上的白髮又多了！然後你才用嘴去盡情地、輕輕親吻她，在親吻中啜飲着。當你仰起頭來的時候，你——無論誰都會爲她的慷慨、柔情，她的乳汁的甘美和純淨發出一聲深深的嘆息。

在甲錯敎我跳舞的時候，同時敎了我一支簡短的歌，我學歌比學舞可是笨得多了，一支歌斷斷續續學了一個多月，終於學會了，不僅可以用藏語唱，還可以用漢語唱，譯文是我在他講解的意思上湊成的，很費勁，也只是一個大意：

溪水呀，溪水，
點點滴滴都是綠樹歡樂的淚，
感謝晨光的照耀，
溪水呀！溪水……

很顯然，這是甲錯的卽興創作。他是一個了不起的卽興演唱歌手，可惜許多歌都沒人幫他記下來，他自己也不會記。這樣的卽興演唱歌手在金沙江兩岸爲數很多，那位爲我留下了十一首歌的達娃不也是個才華出衆的卽興演唱歌手嗎？從心靈裏流淌出來的歌是無可比擬的珍貴和美好……

小白姆忽然一個咕嘍翻身坐了起來，她有些驚慌，當她看見我的時候，撲過來一把抓住我，滿臉都是汗珠。我拍拍她的背，她才安下心來。

「怎麼？做惡夢了？」

「不是，我以爲你走了。」

「我怎麼不講一聲就走了呢？走是要走的……」

「你不走，不走！」她喃喃地撒着嬌，把蓬亂的頭依在我的肩上。她已經很久都沒撒過嬌了。

「睡的還好吧？白姆！」

「好久都沒睡這麼長的覺了，有一條河那樣長。沒有阿爸在，沒有你在，咋個說我也睡不着，提心吊膽，一會醒，一會醒，老是做惡夢……」她紮好腰帶站起來說：「我去看看牲口。」

「我夜裏餵過料了，那頭驢也餵過了。」

「我去背水。」說着她就跳出門奔下木梯了。

我匆匆洗漱完畢就坐在木梯上等小白姆背水回來。不一會兒，十幾個蓬頭垢面的孩子聚在一起，遠遠好奇地看着我，互相小聲地議論着我。小白姆背着一桶水從遠遠的山坡下走上來，不住地用袖子擦着臉上的汗。孩子們又都轉向她，當她走近這羣孩子的時候，孩子們中有一個男孩從地上拾了一顆驢糞蛋丢進了白姆的水桶裡，孩子們都幸災樂禍地轟笑起來。小白姆漲紅着臉，停頓了一會兒，出人意外地把身子一歪，滿滿一桶水全都向集聚在一起的孩子們身上潑去，孩子們個個都成了落湯鷄，吱哇亂叫着四散逃走了。小白姆提着空桶走回來，把空桶扔在地上，走上木梯，默默地坐在我身邊伏在我的肩上傷心地哭了，我撫摸着她的頭安慰她：

「別哭，小白姆！別哭……」

「大爹！我不是個好哭的人，我能忍，阿爸被抓走，當着法警的面，一滴眼淚都不許它流出來。要是你不在，大爹！我才不會哭哩……」

「孩子！小白姆，昨兒夜裏我一直都沒睡好，怎麼也想不通，爲什麼你阿爸會關進監獄？」

「大爹，我也說不清，說不清，說不清……我在法庭上聽過判決書，我聽不懂，也聽不清，你先去縣法院看看判決書，再來，我聽聽你的……」

「怎麼會說不清呢？」是的，世界上有很多事是說不清的……可他怎麼會成爲罪犯的呢？總該有個罪名吧？

「唉！話來很長，長得就像一本書……」

「那就慢慢說吧。」

「大爹！從阿爸跟你分手以後，不到一年，他就去修公路去了，沿着金沙江，彎彎曲曲、彎彎曲曲，整整修了五年，大爹！多苦呀！那時候還沒有我，就是現在我看見那盤山公路還心驚膽顫。阿爸修了幹線又修支線，後來他把公路上的事都對我講了。你知道，他是個沒有定性的人，也從沒幹過苦活，那時候修公路沒有工錢，只管吃。因爲共產黨、解放軍都說：這是修金橋，一頭通北京，一頭通拉薩，北京有個金太陽，北京是天堂，想要哪樣，北京就會運哪樣來。一個汽車比一百頭犛牛的勁還大，跑得比姜（藏語的野驢 Equns hemionus Pallas 野驢奔馳時，時速可達四十五公里以上。）還快。誰不願意上天堂？誰不願意在金太陽下過日子？誰不願意要哪樣就有哪樣？誰不願意騎在比姜還快的汽車上到處耍？那時候不只是共產黨、解放軍這樣說，大寺的活佛也這樣說，他到過內地，看見過公路，騎過汽車，他說：那是眞的，千眞萬確。公路就像抹了酥油一樣光滑。汽車有大有小，大的像座樓，小的像個甲蟲，快得讓你覺得在雲彩裏飛。佛經告訴衆生，天堂在來世，通天堂的路是看不見的。共產黨說：天堂在今生，通天堂的路是衆人修的。活佛說：我信。人人也就都信了。

阿爸第一批報名當了修公路的民工。他在工地上，好多人都不知道他叫倉央甲錯，都把他叫吹哇，他腰裏拴着繩子，吊在崖頭上就像大鷹那樣飛來飛去打鋼釬，打出炮眼來塡炸藥，放炮，他一點都不害怕。因爲他知道：這是在修通天堂的路。炸出路基來，還要平整，老老少少、男男女女都上了工地，平整了路面還得舖沙子，好多喇嘛都來舖沙子，念着佛。修路工整天累得咧，腰桿都直不起。只要弦子一響；我阿爸一開口，躺在地上的人都爬起來了，都跳起來了，都唱起來了，都瘋起來了。繞着山跳，滾成團跳，摟着跳，抱着跳。阿爸說：「火都把天烤紅了！人人心裏都想早一天把通天堂的金橋修起來。」人人都說我阿爸那時候心也巧，手也巧，嘴也巧，歌也好，舞也好。好多姑娘都纏着他，要找他耍，他不幹。他說：這不是在做普普通通的事，這是在做子子孫孫的大事，我沒有耍的心思，也沒有耍的力氣。年年得獎狀，當英雄，五年得了十個獎狀，家裏那十個鏡框就是裝過獎狀的。阿爸告訴我，公路修通了，也死了不少人，誰也不覺得難過，修一條通天堂的路死些人算哪樣呢！

在公路通車那天，就像過節，人人都穿着新衣服，唱着、跳着、喊着，有個漢子高興得滾下山坡摔死了，人們都說：他太有福氣了！第一輛汽車開過來的時候，人人都向它獻哈達，哈達蓋滿了車身，那是一輛大卡車。阿爸抱着早就準備好了的一大捆嫩草跪在車前，每一棵草都是阿爸從草地上挑選着摘來的，他以爲汽車像犛牛一樣要吃草。他找不到汽車的嘴在哪裏。也有人在路上洒了好多炒麵、玉米、黃豆、酥油。跟車來的軍人說了好多好多話，告訴大家，汽車不吃草，也不吃玉米、黃豆……阿爸都不信。好不容易才把他勸開，搬開了草。軍人說了一聲：上車！人們一起往上爬，車厢裏、車頭上、車眼睛上都坐上了人，還有人在車頭上跳舞。我阿爸爬不上去了；車上沒有一個插腳的地方。指揮長告訴大家：這是我們的英雄，我們的吹哇！應該上車，請他和駕車的司機坐在一起。阿爸被他們推進了司機的小房子。汽車開的時候，阿爸覺得頭暈，車上的人叫呀！跳呀！唱呀！眼淚就像散了的珠鍊那樣。阿爸在車裏看見大樹、崖頭迎面飛跑過來，眼看就要撞上了，可一到跟前就閃到路兩邊去了。嚇得阿爸流了一身一身的汗，不斷地念佛。汽車跑了好長好長一段路程。停下來的時候，阿爸和衆人都跪在車前叩頭、念佛、流淚……」

「小白姆！你阿爸多好，我知道他一定會這樣。小白姆！你有個多麼好的阿爸啊！可爲什麼現在他會關在監獄裏？爲什麼？是怎麼搞錯的，是誰搞錯的，我不相信這樣的人會犯罪。」

「公路修完那年，大爹！你知道，藏人是沒有耐性的，公路修成了，天堂還是那麼遠，金太陽還是看不見，除了公路通車典禮那天坐汽車不花錢，以後就得花錢了，汽車拉來的東西也要錢買，一般藏人沒有錢，沒處掙錢。汽車還運來好多好多解放軍，運到康巴地方，運到前藏、後藏。從西藏傳來謠言，說解放軍要消滅喇嘛教，要把藏人統統殺光。一夜間康巴人，金沙江邊的藏人都從土屋裏衝出來了。阿爸不相信，也不入伙，一個人躲在老林裏，兩邊都不參加。解放軍、官家派人到處找他，要他帶路去打仗，當時叫平叛，對，叫平叛。阿爸不肯，因爲他提不起精神，頭一天公路通車，第二天他就是個沒人管的人了，再也沒人記得這個在懸崖上飛來飛去的吹哇了。吃的要自己去找，穿破了的靴子還得自己縫，也沒間屋住，他只好又找了一個搭檔和一個拉弦子的孩子當熱芭去了。幹的是快活自由的營生，喝的是一口苦茶。他從此以後連看也不看一眼公路了，他要忘掉公路，走過去的羊腸小路。他的眼睛怕汽車輪子掀起的灰沙，他的鼻子怕聞汽車的油煙味。那年仗打的老是惡呀！他最怕打仗，他弄不清爲哪樣打，也弄不清哪些人該死，哪些人該活，他連想也不願去想。阿爸把自己的搭檔安排在一個朋友家裏，自己逃走了，他不願殺藏人，也不願殺漢人。康巴人打敗了，咋個會不敗呢？公路能把藏人看都沒看見過的大炮拉進來，還有噴火器。康巴人退到老林裏，解放軍追進老林，康巴人又往西逃。

阿爸睡在樹梢上，像吹哇一樣結了一個老大老大的巢，誰會想到他躲在那裏呢？炮聲緊了，又遠了，槍聲密了，又稀了。他以爲該從樹上巢裏下來做人了，該從老林裏出去看看了。他打算天一亮就出去。身上沒沾過血，手上也沒拿過槍，乾乾淨淨地從老林裏出去，找到搭檔，找到拉弦子的，再到和和平平的人們中去唱歌、去跳舞，脫下帽子討幾個小錢，富不了，也餓不死。誰知道就在那天夜裏，他聽見有一個女人的叫聲！哎喲！哎喲！叫得好不吉利啊！阿爸心腸軟，又特別疼女人。心想：準是傷着了，是康巴女人？還是女解放軍？他明明知道這是個大是非，他還是從樹上跳下來了，順着女人的喊叫聲，找到了她。阿爸叫了一聲：你是哪個？回答他的是一槍，好險啊！這一槍把阿爸的興緻點起來了，他繞着樹慢慢走到離那個女人最近的一塊岩石背後，他看見那是一個大腿上負了傷的康巴女人，袍子撩得好高的，阿爸看出她是個年輕的女人，躺在溪水邊，右手握着一把小手槍。阿爸細聲細氣地對她說：女人！別開槍，我不會傷害你，放心！女人！我不知道你是哪一邊的人，我只知道你是個負了傷的女人，我是個男人，哪一邊都不沾，我能救你，你的傷口得趕快紮起來，要是把血流完了，你就沒命了。我從來不傷人，連一隻切爾哇(藏語的麻雀 Posser montanus Linnaeus)都不碰，女人！放下槍，我來救你，我知道哪些草藥能敷傷。女人沒回話，也沒放下槍。阿爸一伸頭，她又給了阿爸一槍，打得岩石和阿爸的心裏一起冒火。阿爸又說了一簍一簍的好心話，她的心是石頭做的，哪樣都裝不進。阿爸只好走了，他沒走遠。等那女人疼的又在喊叫的時候，他偷偷爬上那女人頭頂上的那棵樹冠上，他看見那女人疼的打滾，就冷不防從她頭上跳下來，一隻腳先踩住那女人握槍的手，女人手一鬆，阿爸收了她的槍，把她抱在溪水邊，給她用溪水洗了傷口，溪水是最潔淨的，阿爸讓她不要動。阿爸趕緊用手在地上去摸那些治傷的草藥，他的手比眼睛還要看得淸，一樣也不會錯，一共十樣草藥採得齊齊備備。他把十樣草藥放在嘴裏嚼成泥，吐在那女人的傷口上。再解下那女人的綮靴帶，把她的傷口裏得緊緊的。女人不哭了，不喊了，靠在阿爸的腿上睡着了。阿爸以那女人身上的穿戴、手飾、相貌看得出她是頭人家的小姐，細皮嫩肉的。阿爸說他從來都沒摟過這麼柔軟的腰，也從來都沒見過這麼狠的女人，疼成那樣還朝阿爸開槍，槍法很準。

在那女人睡得正沉的時候，又響槍了。那女人一下就跳了起來。我阿爸抱住她不要她動，她在阿爸懷裏左一巴掌、右一巴掌地打我阿爸的臉。說我阿爸是漢人派來捉人的偵探。阿爸任她打，對她說：等你明白了，我要一巴掌一巴掌地還回來，一下也不少。他把她抱進一個只有阿爸知道的山洞，一直到槍聲稀了，遠了，沒了。那女人才知道自己錯怪了人，要我阿爸打她，不停地摸我阿爸的臉。在早晨的光亮伸進山洞的時候，他誇阿爸長得魁梧，誇阿爸的眼睛亮，嘴唇薄、胳臂結實；腿長。一邊誇一邊摸，一邊用嘴親。阿爸咋個能受得了哩，她是女人呀！是個漂亮女人、年輕女人，細皮嫩肉的女人。我要是男人，我也受不了，阿爸沒有還她一巴掌。她告訴阿爸，她是康巴旺塘大頭人的小姐，二十歲！全家都打散了，他們家的隊伍也都逃散了，馬也被打死了。她告訴阿爸，她不知道爲哪樣要打仗，家裏人說：走！去打共產黨！我不能一個人留在家裏，我是個大小姐，哪樣黨也不反對。聽說共產黨要我們全家的命，我才跟着家裏人出來打仗的。她告訴阿爸，在她躺倒的地方往下去一百一十五步，草棵裏有個大牛皮口袋，口袋裏裝着金子、銀元，還有珍珠、瑪瑙、松石、犀牛角……阿爸說：等你好了自己去取。那女人說：還有吃的東西。我阿爸聽說有吃的東西才動了心，乘天還沒大亮，跑過去把牛皮口袋扛了回來。他們在山洞裏過了好長的日子，阿爸是個最能討女人喜歡的男人了。那女人一刻也離不開他，夜夜都要他陪，貪得咧，媽耶！貪得像個深水潭。

後來，向解放軍放槍的那些人，跑的跑了，死的死了，關的關起來了。解放軍大部隊撤回內地，留了些小部隊。那女人要我阿爸送她到印度去，去找她的父母，我阿爸不去，那女人給他金子、銀子他不去，給他珍珠瑪瑙，他不去。答應跟他成家，他還是不去。那女人生了好大好大的氣：一個窮熱芭！一個賣唱的！一個賤骨頭，擡舉你，你都不受擡舉。你知不知道，要是人們知道旺塘大頭人家的小姐下嫁給一個熱芭，嘴角會笑到跟耳朵根連起來！你有福不享，窮命！我阿爸說：是的，我是窮命，只要能聽見金沙江的聲音，只要喝家鄉雪山林中的溪水，喝酥油茶，跳鍋莊舞，哪兒我都不去。那女人一再求他，脫光了衣裳，告訴他，我的身子多好，你不要！我會給別人的，你甘心？她拉着阿爸的手把她的身子摸了個遍。甲錯！跟我走吧！阿爸對我說，那時候他的臉都白了。那女人的身子眞好，以前往後都沒遇見過，他眞的動心了，眞想樣什都扔掉，跟她走，哪怕是下地獄。那時候我阿爸還沒有我，還沒有他的小白姆。可他再一細想就明白了；那個女人是爲了仇恨才求我的，那個女人是爲了仇恨才駡我、才打我、才向我開槍的。不是爲了愛，她的愛只有山洞口那樣大，她的仇恨是天，出了這個山洞，她就只有仇恨了。阿爸沒有答應，那女人只好求我阿爸幫她買匹牲口，阿爸答應了，幫她買了一匹馬。那女人騎着馬，帶着她的金銀財寶和仇恨走了，頭也沒有回，阿爸一直看着她翻過一架大山。

我阿爸從山裏回來，找到他的搭檔，找到爲他拉絃子的小孩，又走上了流浪的路。他好久好久像開敗了的花，不開心。他的搭檔想碰碰他，他就是不讓碰，獨自一人把楚巴裹得像繭子一樣，他忘不了那個頭人的小姐，那個細皮嫩肉的女人把我阿爸的魂靈帶走了一半。有一天，他們正在一個集市上掙錢，來了三個公安局的警察，一句話也沒說，銬起我阿爸的雙手就牽起走了，嚇得他的搭檔暈倒在地上，集上的人四處亂跑。抓到縣裏阿爸才知道，那個頭人的小姐連縣境都沒逃出去，她太不熟悉林子裏的路了。那女人沒挨一巴掌就供出了我阿爸，說我阿爸治好了她的傷，養好了她的傷，幫她買了匹馬，送她上了路。我阿爸從不說謊，樣樣都說是。官家漢人問他：你知道她是什麼人？阿爸說：她是個受傷的女人，官家漢人說：她是個叛匪！阿爸說：她是個不救就要死的女人。官家漢人說：她是個叛匪頭子。阿爸說：她是個迷了路的女人。官家漢人說：你有沒有立場？阿爸說：我不知道我有沒有立場，因爲我不知道立場是哪樣東西，我只知道我沒有房子，沒有家，沒有地。官家漢人說：你把立場丟了。阿爸說：我沒有可丟的東西，首長！官家漢人說：你不學習毛主席的書！阿爸說：我不識字，沒有人教我，也沒有書。官家漢人說：你通匪、窩匪、資匪，罪惡很重！阿爸說：我跟那女人是通了，也睡在一個窩裏，都是她願意的，這事，我們藏族人不算罪過。官家漢人拍桌子大喊大叫：別避重就輕！這是原則問題，大是大非！她是階級敵人，持槍抵抗，與祖國堅決爲敵，你還胡拉八扯，關起來！阿爸就給關起來了，關起來是很便當的，大爹！說聲關起來，就關起來了。」

是呀！我啼笑皆非地點點頭，在中國，到處都一樣，說聲關起來，就關起來了。

「小白姆，進屋去，打茶喝，喝飽了再說。」我和小白姆回到屋裏，攏了攏火塘裏的火，把小瓦罐的水燒開，小白姆非常熟練地打好了酥油茶，我倆慢慢地喝着茶，嚼着我帶來的餅乾。小白姆繼續對我講述着她阿爸的事：

「後來公安局抄來了我阿爸的東西，一張破牛毛帳篷，二十幾塊錢，都是小票。一小包鹽巴，一小塊酥油，一小口袋炒稞麥麵，還有一卷紙。官家漢人打開一看，原來是十張獎狀。他們裏頭有個明白事理的清官說：這個倉央甲錯是個英雄、功臣，卽使是有罪，也該將功贖罪，教育釋放了吧！這才給他上了幾個月的階級鬥爭教育課，釋放了。出獄前只讓他回答一個題，就是指着那個女人的照片，問他：她是什麼人？我阿爸回答說：她是個女人。這個回答把他們氣的說不出話來，幾個月的階級教育，還是這個水平！那個明白事理的清官替我阿爸說了一句：她是陰險的階級敵人。我阿爸重複了一句，才算從牢門裏走出來。」

「可現在他爲什麼又第二次關進了監獄呢？」

「不是第二次？這是第幾次？」

「這不是第二次……」

「這是第三次。」

「第二次是在什麼時候？」

「文化大革命，一開始他還沒進監獄，說他出身好，會唱歌，讓他先進革命歌曲學習班，學革命歌曲、毛主席語錄歌和林副主席語錄歌，學好以後再去教衆人。那些有文化的藏人把革命歌曲、毛主席、林副主席語錄翻譯成藏文，先在學習班上教唱。我阿爸學的最快。他對我說：這些歌不用心，用嘴皮子，只要嘴皮子會動就會唱。

阿爸第一個從學習班畢業，派到哲塘大寺教一千多喇嘛唱革命歌曲，叫他站在活佛大喇嘛講經的蓮花座上，說這是革命行動。這可難爲了阿爸，無論怎麼教，教多少遍，喇嘛們就是改不了念經的調，教了一個月，連一段造反有理的語錄歌也沒教會。好在很快造反派就砸了佛陀，毀得大寺連一堵完整的牆都沒有。造反派裏有漢人，也有藏人，他們說不許信佛了，信佛是迷信。改信毛主席，對毛主席獻忠心就要把大寺打掉，打得乾乾淨淨。有人說，不毀大寺，只毀佛陀，把毛主席的寶像請進來不是更好嗎？有人同意，有人不同意，不同意的人說：大寺是四舊，毛主席寶像可以請到家家戶戶的佛龕裏，再說，北京中南海就是毛主席的大寺。毀是很便當的，毀一座大寺只用了半天時間。修一座大寺要幾十年，上百年。喇嘛們有家的回家，沒家的進學習班。

大寺沒了，阿爸的差事完不了。讓他到村子裏去教語錄歌。在崗格地方，阿爸遇見了一個農奴的女兒才讓央宗——就是我阿媽，阿爸想過安定日子，就跟她成了家，阿爸一點都沒用心疼過阿媽。教語錄歌的差事很氣悶，想唱的歌不敢唱，都叫四舊，情也舊，意也舊，詞也舊，調也舊。阿爸好幾次在山崗上幾乎就要唱出來了，還是把歌掐斷在喉嚨裏。只許唱革命歌曲，語錄歌、樣版戲。這些我阿爸全都不喜歡，不喜歡也得教。他說他不懂，翻成藏文他也不懂，他不懂爲哪樣要唱那些話？那些話怎麼能算是歌呢？爲哪樣要唱那種調？他不敢問，一問，人家就會說：哪樣人唱哪樣歌，哪樣階級說哪樣話，你是哪個階級？到了一九七二年，我阿爸還在一個村子一個村子地教歌，手裏舉着一張毛主席和他的親密戰友林副主席在一起的畫像，教的是林彪的語錄，就是：槍一響，老子就上戰場……還有：完蛋就完蛋：…他覺得這些話還能聽得懂，又可笑。他正在教着的時候，來了兩個公安人員，二話不說，拿出銬子就把我阿爸銬走了。那時候我才五歲。到了縣城他才知道自己犯了哪樣罪。人家問他：

你爲哪樣教林彪的語錄歌？

因爲……他是毛主席的親密戰友呀！只有他敢在最紅最紅的紅太陽邊上站……

胡說！林彪是謀害毛主席的大反革命！

你們才胡說哩！林副主席是毛主席親自選的接班人，你們胡說要犯大錯誤的！小心把你們關起來！

我們有文件，中央紅頭文件，下來都快一年了！

我從沒見過紅頭文件，連綠頭文件也沒看到過。

沒看過文件，報上不都登了嗎？

我不識漢字。

不是都傳達了嗎？

傳達的文件太多，我們誰也記不住，坦白交代，傳達文件的時候是我最好睡的時候，首長！

倉央甲錯竟敢在林彪叛國出逃一年之後，還在宣傳林彪，教唱林彪的語錄歌，是可人（忍），樹（孰）不可人（忍），關起來！

唉！能怪我嗎？天太高了，天氣變了，我不知道，能怪我嗎？

阿爸只嘆了一口氣，再也沒說話了。」

「小白姆，後來呢？」

「後來阿爸一關就是五年，沒人審，沒人問，也不判，把他忘在牢裏了。我問阿媽：阿媽呀！阿爸咋個不回家？阿媽告訴我：不知道。我說：不回家他吃哪樣？阿媽說：吃革命官家的飯。我又問阿媽：阿爸哪天回來？阿媽說：太陽落了就回來。害得我每天太陽落山就等在山丫口口上。誰知道阿爸回來的時候是個晴天的早晨。我站在門口，看見一個扛破棉絮卷的人，高的像根鐵杉，滿臉黑鬍子、白鬍子，腳上裹着的都是破布。那時候我已經十歲了，眼睛翻了十八翻也認不得這個人。我問他：大爹！你是問路的？還是找人的？他笑了，笑得好讓人心酸啊！他說：我是找人的。我問：你找哪個？他說：我找小白姆。我問：你找哪個小白姆？他眼淚汪汪地蹲在我面前，嗓子啞啞地小聲唱起一支歌來：

我沒有第二個小白姆呀，
就像天上沒有第二個月亮；
月亮牽着我的影子，
小白姆啊！你牽着我的肝腸……

我就像給閃電打中了一樣，一下就明白了，他不就是我的阿爸嗎？他不就是我天天朝思暮想的阿爸嗎！我「哇」地一聲撲到他的懷裏：阿爸！我的阿爸！他把毛茸茸的臉貼在我的臉上。我阿爸回來以後爲了送我一對銀鐲，出去幫人家趕了兩趟馬就再也不想出門了。他說：「我走了那麼多路，也修了那麼多路，條條路都沒讓我上天堂，條條路都讓我下了地獄。天堂我不等了，但願地獄也別再等我，就在人世間這個窮窩裏蹲着吧！人世間哪有通往今日天堂的路啊！」

我也長嘆了一口氣。

「後來呢？小白姆！」

「後來，林業上擴大招工，大爹，縣林業局你沒去過吧？」

「沒有。」

「你要去看看，比縣城都大，人們把縣城叫小城，把林業局叫大城。從局長到伐木工人，個個有錢，家家都有這個機，那個機。一個林業隊長知道我阿爸在修公路時候的名聲，給了我阿爸一個指標，全村人的眼眶鼓得像熟透了的豆莢一樣，眼睛珠子都快要掉下來了。個個來恭喜賀喜，還有人要掏三百塊錢來買這個指標的。阿爸當了伐木工，我們全家都能搬進大城，變成大城的人了，也有這個機，那個機。我對阿爸說：阿爸！我們搬家的時候，那個癟了的銅壺送給定珠家吧，他們家沒有壺，我們一到大城就有新銅壺了，我會擦得像盞金燈。阿爸沒有說過一句話，悶聲不響，抱着頭坐在火塘邊，一動也不動。我阿媽說：你還不趕緊去大城報個到，小心叫別人給佔了去，我在家裏收拾收拾，帶哪些，不帶哪些……阿爸沒擡頭，冷丁地說：一樣也不帶。阿媽很奇怪：一樣也不帶，林業上頭一個月能給你多少錢呀？樣樣都買新的買得起嗎？阿爸接着說了一句叫阿媽和我都想不到的話：我不去！阿媽大聲說：不去？你瘋了！還是傻了？阿爸說：我既不瘋也不傻，我不幹。真的？我和阿媽一起問他。阿爸說：我跟你們說過假話？啥時候？阿媽一聽，傻了，半響說不出話來。等阿爸把手裏那張通知一撕，阿媽哭了，拍手打掌地哭起來，從屋裏哭到屋外，從樓梯上滾到樓梯下，惹得全村人都來看熱鬧。聽說能掙那麼多錢的活甲錯都不想幹，俏皮話灌滿了一屋：甲錯窮傻了！甲錯在牢裏關久了，公家飯吃得發懶病。甲錯的牆腳下一定埋了十個金元寶。甲錯！老天給別人下的是雪，給你下的是炒麵？阿爸抱着頭不言不語，好像哪樣都沒聽見。這時候，屋外有個小女孩大叫了一聲：甲錯！你的婆娘走了！阿爸還是沒有動。我爬起來奔到門外，看見阿媽已經走上那條通大城的彎彎路了，她不回頭，就是不回頭，走到山尖尖上也不回頭。我回到阿爸身邊對他說：阿爸！阿媽是走了，眞的走了，往大城的方向走了。阿爸這才擡起頭來，惡狠狠地瞪着我，好像走的不是我阿媽，是我。我從來都沒有見過阿爸這種樣子，他的眼淚在眼眶裏轉呀轉呀，就是惡狠狠地瞪着不落下來。我看得見阿爸的心，從他那淚水轉呀轉呀的眼眶裏，我能看得見阿爸的心，他只成過一次家，多少次和女人分手，都是他從女人身邊走開……」

是的，我也知道。

「我阿媽是跟阿爸過得最長的一個女人，因爲阿爸念她在阿爸坐牢的時候扶養了我。阿爸太疼太疼我了，不忍心從她身邊，從我們身邊走開。這回可好，天地顚倒，女人從他身邊走了，向大城方向走了！他知道，女人去大城幹哪樣，他知道，大城是個男多女少的世界，內地來的漢族單身男人多的是，哪怕是個帕郭（藏語的野猪 Sus Scrofa Linnaeus）變的女妖精也有人要。阿媽是去嫁人了。嫁人去了！大爹！你想，阿爸該有多生氣……可阿媽又有哪樣過錯呢？她窮怕了，苦怕了，孤單怕了。過了一天一夜，只過了一天一夜，從大城那邊傳來了口信，我阿媽跟一個從東北來的漢人伐木工，四十多歲的老光棍成親了。她跟阿爸沒辦過離婚手續，因爲她跟阿爸成親的時候也沒領過結婚證。那天夜裏，我睡着了，阿爸才哭出來，把我哭醒了，男人的哭比女人的哭傷心得多呀！大爹！男人的哭比女人的哭動情得多呀！大爹！要是我阿媽聽到了，她會後悔一輩子。她聽不到，永遠聽不到。只有阿爸的小白姆聽到了，大爹！我抱住阿爸說：莫哭！你身邊不還有小白姆嗎？我幫你揹水，我幫你打茶，我幫你找個好女人。我才不怕後媽哩！後媽欺不了阿爸的嬌女兒……」小白姆說到這兒也傷心地哭了。「從那以後，阿爸就變了，變老了，除了對我，對任何人，他連話都說不清了……想說的話就是說不出，說出的話也不成句子……」

「小白姆！可他爲什麼不去當伐木工？找到門上的好事爲什麼不幹呢？鬧得夫妻離散，後來犯罪坐牢和這事有關係嗎？」

「說有，也有；說沒有，也沒有。官庭說的跟阿爸想的，我知道的都不一樣，完全不一樣。大爹，你先去縣法院看看判決書，問問他們，再來，我聽聽你的，你再聽聽我的……」

「那好吧！我現在就去，我得想想辦法，看能不能讓你阿爸早點出來……」

「不能，大爹！不能。我去給你備馬。」小白姆下樓去了。

等我穿好外衣，走下樓梯，她已經把我的馬備好了。

七、業餘作家

縣法院和其他縣屬局級單位差不多，是一座新式建築，所謂新式，在中國邊區的概念就是：鋼筋水泥，火柴盒式，公共走廊。標準是樓上樓下，電燈電話，自來水會嘩啦啦。廁所在樓的背後，公共敞開式，在每一間房子裏都可以靠嗅覺毫不費事地找到廁所。電燈只要會亮，電線可以隨意拉來拉去，既可以搭毛巾，又可以掛蚊帳。只要有一個人打電話，整個六層樓都能聽見，似乎必須聲嘶力竭才能顯示出：我在打電話。你也許以為邊區電話音量小，不叫聽不清。當然也有這種情況，大多數並不是聽不清，而是一種打電話的習慣、模式，或者叫威儀。自來水的每一個水嘴都會嘩啦啦，遺憾的是，要麼嘩啦啦，要麼是啞吧。

因為誰都知道開，不知道關。自來水並不是山溪裏的長流水，是用電機抽上水塔的，水塔一抽滿，整個水塔就像一座黃菓樹大瀑布。電機停下來，大瀑布的景觀才消失，每一條乾涸的小溪開始歌唱，很快就又都成了啞吧。

法院沒法庭，小案件就在會議室審理。足以教化民衆的示範性、警喩性案件則安排在縣委大禮堂公開審理，縣委大禮堂又是電影院和劇場。旁聽證可以在門前自取。

我走進縣法院大院的時候是下午三時，一半的工作幹部已經回到各自的房間裏了，不少人已經打開了收音機，開始欣賞音樂和戲曲。這就是辦公、住宿在同一座樓上的方便之處。我總算還找到了一個年輕的女清潔工，她正在掃樓梯，她很樂意把我帶到院長秘書的房間。清潔工肯定是那位秘書的崇拜者，她在短短五分鐘之內向我介紹了這位秘書的全貌，大學法律系畢業生，姓丁，很有才華，一半時間爲院長草擬文件、報告，一半時間進行業餘創作，寫了好多小說，雖然沒發表，將來準能成名。

當這個姑娘爲我推開了秘書的房門的時候，丁秘書很不好意思地用一個裝着中午沒吃完的菜盤子壓在稿紙上，把房裏那張唯一的椅子讓給我坐。我向他說明了來意，並給他審驗了足以證明身分的文件。這位年輕的業餘作家不斷用手抿着普希金式的大鬢角，以很有興味的觀察的角度看着我。我的話說完之後，他很謙躬地用右手捂着胸、彎着腰說：

「陳教授！我現在就去請示張院長，看他有沒有時間接見您。」說話間不失時機地、敏捷地用左手把脫在椅子上的臭襪子塞到枕頭底下，然後就大大方方地出去了。我能聽見他那輕鬆、有節奏的腳步由近而遠、由左而右、由下至上，腳步聲休止十幾秒，然後是由上至下、由左至右、由遠而近，回到我的面前，告訴我：

「陳教授！張院長說，您能蒞臨邊城，親自視察敝院，表示非常歡迎，本應立即前來請教，手頭上有幾件急需上報的案情需要整理。他希望您能先研究些有關倉央甲錯的案卷，然後，他再向您滙報，並聆聽您的指示。您需要看什麼都可以，非常方便。」

從時間上來計算，張院長在十幾秒鐘之內不可能聽完他的報告之後又說這麼多話，頂多說：先讓他看看有關材料，說明我們是極爲嚴肅的，他不了解情況有什麼好談的？去！要看什麼給他看什麼。我對丁秘書說：

「丁秘書，我想請教你，我應該看什麼才能夠比較全面的了解案情……」

「您別客氣，您就叫我小丁好了，像您這樣的大專家，野生動物方面的權威、教授，您對我太客氣，我……我就無地自容了。」

「不，我不是客氣，小丁同志！我不知道你們有些什麼材料。」

「陳教授！我們的案卷齊全，檢察院的起訴書，當事人、證人們的陳述、證詞，律師的辯護詞，罪犯歷次在法庭內外調查審訊的紀錄，以及判決書和爲本案印製的法制教育宣傳品……還有……還有……還有……」他有些難爲情而又終於說出來了：「還有一位業餘作者根據全部法庭材料和作者自己的多次細緻的採訪，寫了一部記實小說……的……手稿，您看什麼？陳教授！」

「小丁同志，如果可能我都想看看，包括你創作的那部記實小說。」

「您……」他的臉驟然紅了。「您怎麼知道那部小說是我寫的？」

「我猜想……」

「這樣我就不好意思給您看了，陳教授！」

「不！我一定要拜讀，小丁同志！可以嗎？」

「好吧！陳教授！我這就去檔案室給您找那些有關材料的複印件，您先坐一坐，喝口茶。」他把他自己當茶杯用的果醬瓶子捧給了我。

「不必客氣，我不渴。」

正說着，一位身穿法院制服，年齡在五十開外的人走進來，微黑、瘦削的臉上現出很自信的神情，目光尖銳，頭腦清醒，從第一眼開始就在邊思考邊打量我。丁秘書連忙介紹說：

「張院長！這就是陳教授。」

「張院長，給您添麻煩了。」

「哪裏，請都請不到，再說我們的司法工作歡迎各界人士的監督檢察。」

「請坐。」我把那張唯一的椅子讓給他，他雙手推開了，把我重新按在椅子上。

「不必客氣，你是客，我是主，我坐床上。」

小丁對我說：

「陳教授！您和張院長先談着，我這就去給您找材料。」

小丁旋風似地一轉身就出門了。

「張院長，您這麼忙還要來……」我並不是在說客套話，因為我對於行政長官的下問總是惴惴不安，這和我多年都處在被審訊和審查的地位有關，常常很自覺地把自己擺在那種地位上。

「陳教授！您一定也能理解，一個邊區縣，人口不多，在法制方面的問題很多，本想請陳教授看完案卷以後再談，又覺得不先見個面太不禮貌。再說，陳教授從首都來，想聽聽您談談黨中央有什麼新精神……」

我一聽大吃一驚，他也關心上邊的新精神！其實，我這個在精神上被烙有歷次運動受審查印記的知識分子，距離黨中央可是太遙遠了，雖然我處的地理位置和黨中央很近，可這和對黨中央新精神的了解有什麼關係？如果真的黨中央有了一種新精神為我所知，恐怕這種新精神早就被第二、第三個新精神所代替了。但我還是很誠懇地對他實話實說了：

「我是個再普通不過的知識分子了，而且還是研究自然科學的，一向不注意打聽這些事。」

「您太客氣了，中央精神事關每一個人的工作和態度，誰都不可能不注意，大概初次見面，太生疏，您不好談，是我太冒昧。」

「不！眞的，我活了大半輩子了，除了自己業務範圍之內的事情，很少有我感興趣到想去主動打聽的程度。你如果問丹頂鶴現存還有多少，大熊貓人工繁殖的經驗，中華鱘能否改變迴游路線，鯡魚爲什麼面臨滅絕……只要您有時間，我可以講到明天天亮。至於黨和國家的大事，一竅不通……」我從他的眼睛裏看得出，他不相信。「您一定不相信！我這個人很特別，文革初期關在牛棚裏，牛友們一天到晚在一起分析大局，四卷毛選、一張《人民日報》，包括看管人員的眼色、語氣、音調，有線廣播的內容都屬於資料，都要逐字逐句、點點滴滴擺出來分析。他們稱之爲政治氣象分析。我從不參加，我問他們：談那些做什麼？他們說：你還問做什麼？性命交關！性命交關我也不參加。在他們議論得特別熱烈的時候，我躲在一個角落裏背誦記得住的唐詩。」

「是嗎？」

「就是這樣。」

「經歷了文化大革命以後還這樣？」

「還這樣，按規定我可以看廳局一級的文件，我不看，知道這些事太多反而妨礙我的科學研究。搞不好說夢話被人聽了去，那還了得，洩密罪！」

張院長解嘲地哈哈大笑着說：

「您很特別，陳教授，您很特別！」

「我倒是覺得我太普通，政治上太幼稚。」

「過去您這類的知識分子比較多，這樣對自己很不利，以前說這叫不問政治，只專不紅。現在更多的不是客觀上的要求，恐怕是我們自己應該有這個需要。」

「需要？」我不懂他指的是什麼。

「就是說，使我們的工作更符合黨的要求，而且不會在轉折的時候跟不上形勢，被淘汰。」

這回該輪到我笑了。

「在做官這條路上，我從來都沒涉過足，也一直被淘汰在外，不僅是做官，一生一大半時間連個革命羣衆的資格都混不上，所以淘汰不淘汰對於我也沒什麼不同。」

這回又輪到他笑了，笑得很生硬，並立即轉了話題：

「陳教授！您今兒晚上住在哪兒？」

「這更不重要了！張院長！我常年在野外工作，馬店呀，河灘呀，雪山上都行。」

「在縣城裏就不必去野外了，如果不嫌條件差，您就住在這兒，我們有幾間客房，有檯燈，晚上看材料也很方便，吃飯就在我們食堂裏，這些丁秘書都會給你安排。」

「我還有一匹租來的馬。」

「您還騎馬？很多地方都通公路了，您還騎馬？」

「我喜歡騎馬，比到處等車、搭車方便得多。」

「而且頗有古風。」

「不！在中國很多地區老百姓騎馬的時代還沒有過去，就說你們縣吧，百分之九十的藏民都是騎馬或者步行。」

「是的，您放心，您的馬有人卸，有人蹓，有人餵，明天您走的時候還有人幫您備，我們法院有幾個養馬的好手。」

「那就太感謝了！」

「別客氣。」他掏出一包中華牌香煙來。「請抽煙。」

「啊！好煙，可惜我不會抽，謝謝。」

「戒了？」

「不！從來沒抽過。」

「啊？」他有點不相信。「這麼說您不覺得抽根煙是個樂趣。」

「我不覺得抽煙是個樂趣。」

「那麼，您在生活中還有別的樂趣嗎？」

「僅僅是我的野生動物就夠我樂的了。」

「是的，各種各樣的動物……」他自己點了一根煙抽起來，一邊抽一邊打量着我，果然，他把正題提出來了。

「陳教授！這個案子怎麼會引起您的興趣來了呢？」

「我認識倉央甲錯。」

「您認識他？那是……」

「那是三十多年前的事情，我和他都還是小青年，我來金沙江地區考察野生動物資源，他幫助我工作。」

「啊！是這麼回事，您這次來……」

「這次來沒有工作任務，是專程來訪友的。」

「啊！您還是個很重感情的人呀！」

「因爲我是個很普通的人，有地位的人無論多麼重感情也不敢像我這樣公然表現出來。」

「陳教授！既然您還不了解案情，現在我說任何話都爲時過早，而且帶有先入爲主的嫌疑。但我還必須先說幾句。」

「說吧，張院長！多說幾句也沒事，我是個從事科學研究的人，以物質爲研究對象，結論從來都不會做在我自己的研究之前，卽使在我之前經過最著名的國際權威論證過，對我都不可能先入爲主。」

「我很敬佩教授嚴肅的治學態度。對於本案，我們一開始就特別愼重，考慮到倉央甲錯是藏族，五〇年代修公路的時期是勞動英雄。五七年平叛時受了些委屈，處理得重了一些。文化大革命中，以莫須有的罪名，關了他五年，所以本案是我親自從頭抓到底的，法院和檢察院都進行過反覆的調查，滙集了大量的資料，在審理的時候做到嚴格遵守規定，不逼供，不誘供，甚至允許翻供。被告認罪態度一直極好，對於犯罪事實，他的口供和法庭調查基本一致。最後的判決，在量刑的時候充分考慮到他的出身成份和全部歷史表現，而且實事求是地排除了犯罪的政治目的和受任何反革命組織指使、派遣或影響的可能。我們的丁秘書根據本案寫了一部記實小說，小說是在判決之後寫成的，對本案的判決毫無影響。如果您有時間、也有興趣，可以看看他的小說，完全可以當素材來看。」他聽見了丁秘書的腳步聲。

「對不起，說只講幾句，一口氣又講了這麼多，好了！我不奉陪了。」

丁秘書抱着一大堆材料走進來。張院長對他說：

「給陳教授開間客房，派人把他的馬照應好。」

「好的。」

「再見，陳教授。」他和我握過手之後就退了出去，在門外又轉過身來交代了丁秘書一句：「小丁！對食堂裏講一聲，來了一位貴客。」

「不！我可不是什麼貴客。」我從丁秘書手裏接過這些材料，他領着我走上三樓，開了一間客房，客房雖然是新式樓房裏的一間，頗古樸，很像京劇裏的綠林英雄投宿的店房。一桌一椅一床、檯燈一盞、熱水瓶一隻、茶杯一隻，全都是一，唯一缺少的是暖酒一壺。我這個人很怪，獨自一人不飲苦酒，可能是怕「借酒澆愁愁更愁」的緣故。眼前最迫切的乃是看材料。首先看判決書，判決書是結果，而且最簡單扼要，把我所急於想知道的爲什麼和結果都概括在內了。原來倉央甲錯犯有「故意傷害他人，毆打伐木工人劉二毛致傷」罪，還「蓄意破壞公路運輸，多次扎破卡車輪胎，」「最爲嚴重的是他「獨自拆毀一座木結構的公路橋樑。」結果是「判處徒刑十年，剝奪政治權利兩年。」看完判決書，我都驚呆了。他——倉央甲錯會幹這些事？是他嗎？是我認識的那個倉央甲錯？是小白姆的阿爸倉央甲錯？是爲我翻譯並保存了多年達娃情歌的倉央甲錯？他會去行凶打人？他會去扎破汽車輪胎？他會去拆毀公路橋樑？難道他瘋了？他曾經爲了修公路得過十張獎狀。他？我爲了找到一個爲什麼的答案，又冒出無數個爲什麼來了。別的材料我都嚇得不敢看了，如果這些都是事實，我又能幫他做什麼呢？什麼忙也幫不上。釋放？減刑？想也別想。我坐在椅子上，面對着一大堆案卷發呆。看？還是不看？看？還是不看？——我像哈姆雷特那樣陷入一個難以解脫的困惑的公式中。一直到丁秘書請我去吃飯，我才知道，太陽已經落山了。難道是因爲甲錯的女人拋棄了他和女兒？似乎這件事並不足以使他如此失去理性。他並不是一個爲女人——爲一個並不深愛的妻子而喪失心智的人。他只是由於報恩、只是由於不能離開女兒才沒有離開她，而她一跺腳就走，這對於倉央甲錯來說頂多是一個自尊心受到傷害的問題，哭一場也就過去了。特別是倉央甲錯是個流浪慣了的人，在愛情上，他的激情永遠是夏天的陣雨，急驟、強烈、眞誠、痛快淋漓，但很快就雲收霧散了。又會有新的急驟、強烈、眞誠和痛快淋漓的陣雨……可他怎麼會連續犯罪？犯罪和妻子出走有什麼必然的聯繫呢？我想着想着，竟忘了丁秘書還站在我面前。

「啊！丁秘書，你找我有事？」我竟忘了他是來請我去吃飯的。

「請您去食堂就餐呀。」

「對，你對我說過一遍了，你看，人老了，記性眞差，一分鐘之前才說的話就給忘了。」

「不！陳教授！我看得出，並不是你的記性差，是你在想事兒。」

「是的。」我笑着站起來。「是在想事。」

「大概在想倉央甲錯的案子。」

「當然。」

「我覺得你在沒有看完這些文字材料，不要再苦思冥想了。答案都在，尤其是我的習作，用他自己的故事——眞實的故事就足以說明他的犯罪心理了。我以爲這是大自然的神秘和雄偉，弱智人在她面前受到震懾所產生的一種病態心理，在這個地區有這種病態現象的人很多，倉央甲錯是最典型、最嚴重的一個。歸根結蒂，還是個文化層次太低的問題，愚昧，缺乏科學普及教育……」

「根據我早年和甲錯的接觸，我認爲他的智商很高，有極高的藝術才華，在歌舞方面的天份，可以說……是……全國、全世界都很罕見。」我雖然很氣憤，仍然以最和緩的語氣說出這番話。

「陳教授！你可能對他很偏愛。」他竟沒感覺到我的不快，反而更加放肆了。「但你應該知道，你對他的了解都來源於回憶，回憶，青年時代的回憶總會蒙着一層溫情的羅曼蒂克的輕紗。而且別離的時間越長，越會誇大青年時代的朋友身上的優點，思念又會粉飾他的缺陷和局限。」

「不！不！我對他的好印象只會隨着時間的推移漸漸淡漠，他的缺陷和局限並沒受到情感的寬容，我是科學家！」說這段話的時候，我的不滿已經形之於色了。

「啊！……」看來他已經感覺到了。「陳教授，請你到食堂以後再談吧，我怕飯菜會涼了。」

「啊！對，走吧！」我立即和他走出房門，帶上門和他一起走下樓梯。

食堂在一樓，等我進去的時候，別人都已經吃完了。靠邊一張桌子上擺着兩碗特別爲我炒的菜，一碗是土豆炒肉片，肉片很肥；一碗是炒蘿蔔；還有一碗放了很多醬油的青菜湯。那位熱情的清潔女工告訴我：

「我一直在這裏給你們趕蒼蠅，蒼蠅很多。」

「謝謝！」我向她道了謝，丁秘書卻向她揮了揮手，她伸了伸舌頭就走開去擦其他的桌子去了，並把那些凳子翻過來擺在桌面上。

丁秘書爲我和他自己盛了飯。在我們吃飯的時候，首先是他又重新引起了和我關於倉央甲錯一案的爭論。

「陳教授，判決書您總是看過了吧？」

「看過了，那是結論。」

他糾正我說：

「是根據犯罪事實得出的結論。陳教授！」

「這並不是一切。」

「陳教授！說句不謙遜的話，我那本小說寫的比較全面，可以說是您說的一切。」

「丁秘書！聽說你是學法律的？」

「北京政法學院畢業。」

「心理學知識懂得多少？」

「犯罪心理學是我們在學校的必修課。」

「是爲了推理？」

「推理是必要的。」

「所以才有推理小說，所以推理小說暢銷。所以……」

「陳教授，我從不寫推理小說。」他在說這句話的時候透露出一股傲氣。

「我一定拜讀大作。」

「請多指教！陳教授，飯涼了，要不要熱一熱？」

「不！我飽了！」我不說我吃飽了，但他並沒注意我在修辭上下的功夫。我推開碗站起來。

「不喝點湯？陳教授！」

「不！你喝吧，我等你。」我儘量按捺住自己的煩燥情緒，重又坐下來，而且是背向着他，像一個賭氣的孩子。過了一會，我問：

「湯喝完了嗎？」

「喝完了，陳教授！請！」

我拿起碗筷來要去洗，——這是勞動改造養成的好習慣。被那位女清潔工從我手裏硬奪了去。我只好謝謝她。

我和丁秘書走回我住的那間客房門口的時候，向他掛了免戰牌。

「丁秘書！我的時間很寶貴，要在今天晚上讀完所有的材料，包括你的大作，我們的交談只能到此爲止。」

「那當然，我不打攪您。不過我有一個小小的要求，請您在翻閱我的那篇習作時，隨時都可以在任何一頁稿紙上加上您的批評，一個字也可以，一句話也可以。」

「你說的叫做眉批，我敢嗎？」

「不是敢與不敢，是我的請求。」

「既然你要求我這麼做，我就斗膽這麼做了。」

「謝謝您，再見！」他不斷地用手抿着自己的大鬢角轉身走了。

我喝了一杯茶，閉了一會兒眼睛，力求排除一切雜念，力求冷靜，力求客觀地來閱讀這些文字。小丁是個年輕人，受到的挫折比我年輕時候少得多，有謬誤、有偏見是正常的。在他的眼睛裏，我比他的謬誤和偏見要多得多。可他表現得比我有涵養。何必哩！在小青年面前這麼激動！

打開檯燈，一片白熾的亮光散落在桌面上。窗外已經很寂靜了，邊城除了黨政機關、國營工商業之外，幾乎沒有一個純粹的平民百姓。所以統一的作息時間在這裏通過有線廣播決定着一切，像軍營一樣。

八、大自然迷幻症患者

由於和小丁的爭論，增強了我要讀他那部紀實小說的慾望，也許這正是他所要達到的目的。我把壓在諸多文件最底層的小說稿抽了出來。我原以爲他會取一個偵探小說、推理小說或匪警小說的書名，雖然他聲明他從不寫推理小說。不想，他用美術體寫在封面上的八個大字是：「大自然迷幻症患者」。而且用好多種稀釋後的顏料潑在封面上，形成一片片放射形的、似雲團又非雲團的、使人眼花撩亂的色塊，首先這個封面就引起我非要寫下眉批的衝動。

眉批：請問：我在哪一部辭典或醫學百科全書裏能找到對這一名辭的解釋？

掀開扉頁，扉頁上寫着一行字：

「我記錄下來的是事實，也是困惑。」

眉批：我關心的不是你認爲你記錄下來的是什麼，而是我讀到的將是什麼……

扉頁之後就是一篇前言：

這是一個眞實藏人的故事，一個案件。材料來自法庭調查、證詞、辯護詞和各種見證人、當事人的訪問，以及本人的供詞。來自作者對一個邊區落後民族歷史、生活習俗和大自然的了解。

眉批：很淵博。

關於藏民族的來源，歷來說法不一。公元七世紀，古代藏族自稱「博巴」直譯爲「博地人」。漢文史籍歷來稱爲「蕃」、「吐蕃」，「蕃」的古音讀作「博」，藏文作「བོད」。這文字又和古藏文的「བོན」可以互通，「བོན」念「本」，「本」是古代藏族普遍信奉的一種巫教。在古代藏文資料中記載着一種說法（可能也是七、八世紀之後佛教傳入藏區之後的神話），傳說觀音菩薩點化了一隻獼猴，和居住在深山岩洞的一個女妖結爲夫婦，生下三對子女，逐漸繁衍爲一個民族。這種傳說與馬克思主義學說創始人恩格斯關於人類起源的觀點很類似。漢文歷史書稱古代藏族源於西羌，早在公元一世紀就居住在青藏高原上。五世紀初，南北朝「五胡十六國」的大動亂時期，又有些古代羌人和鮮卑人向西南遷徙。這就是「羌卽藏」說。另一種說法認爲：藏族源於印度，甚至把吐蕃王室的始祖聶赤贊普和佛祖釋迦牟尼同屬一個家族。這就是「南來說」，這一說法的根據很少，顯然是後來某些心懷叵測的外人的編造。近年考古發掘的文物證明，從大約五千年前的新石器時代起，藏族的祖先就已經生活在青藏高原地區了。也就是說，藏族本來就是青藏高原的土著。但在藏族民間也有一部歷史，這部歷史的每一個環節都是以荒誕無稽的神話編結而成的。每一個人也是一樣，他們雖然每天都生活在艱辛而嚴峻的生活裏，他們卻自以爲生活在色彩絢麗的神話故事中，時時處處都看見佛的標記，聽見佛號，手搖着旋轉經幢，到處插着經幡，全都是六個音：唵嘛呢叭咪吽。他們幾乎都親眼見過佛陀顯靈，任何一個物體都可能幻化爲有靈性的神怪。非常虔誠地自娛、自慰、自驚、自駭……任何不合理的行爲都可以得到合理的自我解釋，任何怪異的自然現象都是吉凶禍福的徵兆。當然都是在神怪的作用之下。

高原地區大自然景像過於瑰麗雄偉了！誰能解釋雪山爲何千年不化？誰能解釋冰山爲何萬年不溶？誰能解釋何人操縱雷霆萬鈞的雪崩？誰能解釋柔弱的杜鵑花怎敢在永凍雪線之上衝出雪層，大放光彩？誰能解釋大森林自鳴自奏的宏偉音樂？誰能解釋荒原上的狼怎能扶養失踪的嬰兒？誰能解釋嚴寒雪夜在雪山頂上看到空中天門洞開的五彩靈光？這一切使得他們長期受到沉重而神聖的精神壓抑，產生一種精神失常的症狀，似乎還不能認爲這就是精神分裂症。下面我將在這篇記實小說裏，以一個典型的大自然迷幻症患者的可悲故事來說明我的論斷。

眉批：你真是一個發明家，如果你的論斷可以成立，不僅精神病理學需要增寫，關於大自然和人類精神上的關係方面的諸多學科都要重寫。如果這是真正的記實的作品，而又能證明你的論斷，那將是一部奇書。

藏民的火塘就像十八、十九世紀歐洲人的客廳裏的壁爐一樣，甚至比壁爐的用途還要多，更是名符其實的家庭溫暖的核心。火塘邊是舉行家庭會議的地方、飲茶的地方、做飯、吃飯的地方、待客的地方、晚上全家睡覺的地方，卽使來了客人，也都睡在火塘周圍。不論貧富，誰家沒有一個火塘呢？只不過有大小之分，考究與簡陋之分，有的火塘邊沿是銅製的，更有甚者，還鑲嵌着珠玉寶石。火塘上掛着大大小小的銅鍋、鐵鍋，火塘裏煨着大大小小的銅壺、陶罐。火塘裏的火不分季節，日夜不熄，在許多家庭裏它實際上又是一盞常明燈。一般放在火塘裏燃燒的是大樹根，耐燒，不需要經常加柴，而且不會太旺，能保持着微火和微光。藏民的土屋窗戶很小，很保溫，又安全。樓上住人，樓下飼養牲畜。

我將要向讀者介紹的一個火塘恐怕是一個最寒愴的火塘了。微火微光之上沒有擦得金光閃閃的銅鍋，只掛着一個鑄鐵罐。火塘裏煨着一個只裝着清水的小陶罐，清水早已沸騰多時了。五十開外的倉央甲錯坐在火塘邊，紮着紅頭繩的花白小辮盤在頭上，頭埋在胸前，手裏抱着空酒壺。他的容貌比他的年紀大得多，他是最近幾天才蒼老的，他也是最近幾天才嗜酒如命的。他的十五歲的女兒白姆背貼着牆站在父親的身邊，一雙手交叉在身前的腰間，手腕上戴着一對鑲有綠松石的銀鐲。如果火塘裏沒有微光的閃動，你會以爲這是一幅暗色調的油畫，他倆臉上的光源都來自下方，很難看出他們的表情，但能從甲錯因沉重而低垂的肩頭和白姆向下彎的嘴角可以感到氣氛的陰鬱。甲錯手裏那把錫壺和白姆手腕上的銀鐲成了畫面最醒目的光點。

我們的主人公倉央甲錯是一個藏族趕馬漢和一位納西族揉皮匠的女兒非婚私奔的愛情結晶。他的經常遠行的父親在兒子還處於母親懷抱裏的時候就再也沒有回來過了。他把妻兒遺棄在金沙江邊，一個熱谷裏，那裏只有一座孤零零的小土樓，一樓一底。在倉央甲錯七歲的時候，他那位多愁善感、形容憔悴的母親跳崖自沉於金沙江。倉央甲錯的名字是哲塘大寺的根覺活佛在一次路遇中給他起的，爲此，他的母親把僅有的三塊鷹洋獻給了活佛。至於爲什麼活佛把六世達賴的名字賜給這個孩子，很難推測。也許那時他正在馬上黃綾傘下打盹，夢見了那位風流倜儻的六世達賴贏得某位美女垂青的愛情故事。也許正在默默背誦六世達賴的情歌。也許想到六世達賴被廢黜客死於解京途中的悲慘情景。突然醒來正好有一位母親在路邊爲兒子乞名，這孩子的容貌給了他某種聯想，一語成讖，倉央甲錯失去母親之後被一對以賣唱爲生的熱芭收養，長成後能歌善舞，風流成性，和他搭件的賣藝姑娘不斷更替。五十年代參加修築金沙江沿線公路，被譽爲雄鷹，連續十個季度榮獲勞動英雄稱號。一九五七年平叛中由於無知，窩匪、縱匪被司法機關收審，後寬大處理，無罪釋放。不久，與農奴女子才讓央宗同居。文革中（一九七二年）因教唱林彪語錄歌被監禁五年。平反後，灰心喪氣，頹唐懶散，放棄千百人求之而不得的林業局招工指標，央宗一氣出走，改嫁漢族伐木工，甲錯更爲灰心。後來，就是我們看到的這幅畫面。

眉批：短短五百字能寫出倉央甲錯的簡歷，很不容易，與事實也無大出入。只是對倉央甲錯心緒惡劣的結論既武斷，也過於簡單。

白姆首先打破了畫面般的靜止，跪下來從阿爸手裏抽出酒壺，她用雙手抱着酒壺搖了搖，好像有叮叮的聲音，難道壺裏還有酒？再搖搖，她才發現是自己手腕上那對銀鐲磕碰酒壺的響聲。她用手肘把空壺夾在胸前，故意讓兩個手腕上的銀鐲相撞，聽着，覺得怪好聽的；聽着聽着她悄悄抱着空壺從阿爸身邊走到門外，門外的天已經黑了，她跑下樓梯。她想到手鐲是銀的，聽人說很值錢。阿爸沒有酒就愁眉緊鎖，就一言不發，就長吁短嘆。阿爸近些日子可以不喝茶，不吃糌粑，要喝酒，喝了酒他才有話、有歌、有舞、有故事，歡樂的阿爸才會重新回到小白姆的身邊來。阿爸越喝越多，把幾袋稞麥都喝光了，把阿媽留下的衣裳也都喝光了，還喝哪樣呢？剩下的只有小白姆手腕上的銀鐲子了，這對銀鐲子是阿爸從監獄裏放回來幫人趕了幾趟馬幫掙回來的。這是小白姆有生以來得到阿爸的唯一禮物，還是還給阿爸吧，只要阿爸高興，只要阿爸唱歌，只要阿爸跳舞，只要阿爸講故事。比起阿爸的高興來，金子、銀子、珍珠、松石都一錢不值。小白姆摸黑跑到村北頭，村北頭有一個小酒店，那是有名「紅狐狸」老皮及開的小酒店，誰都知道他是「紅狐狸」，誰都叫他「紅狐狸」，他自己也承認自己是「紅狐狸」，也怪，村裏的酒鬼都把他當親人。嘴裏叫着「哇皮及」，滿臉卻堆着奉承的笑容。小白姆走進「哇皮及」的小酒店，脫下一只銀鐲來問他：

「哇皮及爺爺！這只銀鐲子能換幾壺酒？」

皮及爺爺的爛眼睛放光了，把小白姆的手鐲拿在手裏迎着松明子火看了又看，摸了又摸，齜着牙笑了。

「小白姆，都是一個村的人，擡頭不見低頭見，給你五壺酒吧。」

小白姆伸手把鐲子奪了回來，心想：你眞是一只老掉了毛的哇！小白姆轉身就走！「哇皮及」緊跟着出去，一把拉住小白姆。

「別走呀！有話好說好商量，你以爲哇皮及爺爺眞是個哇？不是的！」

「你是個哇！」小白姆好像看見哇皮及的背後有一條紅尾巴在搖，尾巴尖上還有一點白。

「我是皮及爺爺，小白姆！你好好看看。」

小白姆再定睛一看：酒糟鼻子，缺兩根門牙，腦門上光光的，後腦勺有一條猪尾巴似的小辮子。小白姆獅子大張嘴，大聲尖叫着說：

「換十壺！」她以爲這一下准把「哇皮及」嚇住。

「十壺就十壺。」小白姆怎麼也想不到，「哇皮及」一口就答應下來了，連個嗝都沒打，順順當當就答應下來了，同時伸出一隻手。小白姆笑蜜蜜地把一只銀鐲子放在「哇皮及」的手心裏，她以爲這回可是佔了便宜了。

「哇皮及」把拿到手的銀鐲子塞進懷裏，細聲細語地問小白姆：

「小白姆！是今兒拿走呀？還是先打一壺，另外九壺存在我的酒罈子裏？」

「先打一壺。」小白姆想：我手裏只有一把壺，怎麼能打十壺酒呢？存着就存着吧！

「哇皮及」還敢賴一壺不成？我會找一根繩子打結記數。

哇皮及把小白姆帶進屋，一高興給她灌得浠浠流流一滿壺香噴噴的青稞酒。從來滴酒不沾的小白姆都覺得怪可惜的，連忙用舌頭舔舔壺嘴。

「小白姆！」「哇皮及」親切地說「要不你先在我這兒喝一碗，我不收錢，奉送。」

小白姆笑了。

「我不喝酒，我只是覺得怪可惜的……走了，我還有九壺，九壺！」

「沒錯，九壺！一、二、三、四、五、六、七、八、九、一壺不會少你的，要不要我點個火把送你一程呀？好姑娘白姆！聰明姑娘白姆！」

「不了！哇皮及爺爺！」小白姆回頭看見「哇皮及」高高舉着松明子火，心裏一陣甜絲絲的，「哇皮及」從來都沒這樣對待過誰。小白姆心裏想：阿媽耶！「哇皮及」莫非變成了「杜洞尕(藏語的大熊貓 Ailuropoda melanaleuca (David)皮及」了?!「皮及爺爺！這點路，我閉着眼睛都能跑回去。」小白姆跑了好一陣，回頭看看，那松明子火還舉在皮及的頭頂上。

一壺酒只能讓阿爸高興半天，一壺酒也只能讓小白姆高興半天。兩壺酒一天，十壺酒五天，二十壺酒十天。十天就像眨十次眼睛那樣快，十天就像坐在江邊搬着指頭數十道波浪那樣快，十天就像燒十根劈柴那樣快。第十一天早上，小白姆提着空酒壺高高興興地走進小酒店，「杜洞尕皮及」又變成了「哇皮及」了，任你說多少求情的話，他只當作不懂人話，慢慢搖着尖上有一撮白毛的紅尾巴。

小白姆不求了，提着空壺回來了，一進門，阿爸看見小白姆手裏的酒壺就笑了，他以爲又可以自斟自飲了，小白姆又可以坐在阿爸的面前欣賞他笑嘻嘻的醉態了。

「來呀！小白姆！來呀！給阿爸把酒壺拿來呀！」

小白姆沒有來，抱着酒壺站在門口，擋住門外的陽光，阿爸看不見小白姆臉上滾落的淚。

「來呀！女兒！我心尖上的珍珠，別逗阿爸了。」

小白姆沒有來，也沒有動，甲錯忽然聽見了女兒的抽泣聲，甲錯的心疼極了，像是被蔴繩絞的一樣，他爬到女兒腳下，仰着臉抓住女兒的胳膊，慢慢慢慢摸下來，這才發現女兒手腕上的銀鐲沒有了。問也不消問，小白姆手腕上的銀鐲子化爲青稞酒流進狗肚子裏了。他記得，爲了打這對鐲子，戳了兩千多里馬屁股，走破了兩雙靴子。在大理城找到一個七十歲的老銀匠，他的每一根鬍子都像銀絲一般。甲錯把樣子說給他聽，把疼愛女兒的心情也說給他聽，他還告訴老銀匠：他從來都沒法盡爲人父責任的苦情。他的前半生，不是在流浪的路上，就在鐵打的窗子裏。他求老銀匠把疼愛女兒的心打進鐲子裏，把思念女兒的夢境鑲進鐲子裏。不但給了老銀匠有剩有餘的銀子、優厚的工錢，還格外給了他一團麝香。

甲錯面對小白姆光光一對手腕，一下就變得像醉鬼一樣。他摔碎了酒壺，抱起小白姆。

「走！小白姆！走！阿爸不喝酒了，阿爸要喝清溪水！走！小白姆！」

眉批：甲錯面對女兒光光的一對手腕，不是一下變得像醉鬼一樣，正相反，他想到要喝清溪水，就是說他清醒了。結束了一段短暫的混混噩噩的醉夢。

在門外，甲錯把女兒放下來，牽着她沒有戴鐲子的手出門去了。小白姆跟着阿爸，只要跟着阿爸，她從不問要到哪兒去。甲錯帶着女兒上山，已經被林業隊開闢過的地帶，只有一排排樹樁，甲錯幾乎要在每一個樹樁前停下來，蹲在樹樁前，用手摸着樹樁上還在流着的白漿對女兒說：

「孩子！它還在流血！殷紅殷紅的血！血呀！滿山都是血呀！血都乾了，乾了。」他一把一把地捧起褐紅色的落葉。

他竟然把白色的樹漿看成紅色的血，顯然他的視覺有了問題，醫學上有兩種病症，一種屬於視神經性的叫色盲症，看來他並不是色盲症。另一種屬於精神病理學方面的叫幻視現象。

眉批：我認為甲錯的視覺是很正常的，既不是色盲症，也不是幻視現象。他看到的色彩具有永恆的真實性。恐怕毛病恰恰出在大多數人的身上，其中當然也包括小說的作者在內，但衆多人的病並不相同，有人屬於先天性冷漠症，有人屬於後天性麻木症，有人屬於終生性鼠目症。看來我也會發明創造，一分鐘創造了三種醫學百科全書上查不到的病症。不過，在現代人類生活中新出現的疑難雜症還少嗎？其怪異、其繁多，往往超過人類自身的想像力。

這時，林業隊拖樹的犏犛牛（犛毛與黃牛雜交的後代，體重力大。）從山上吼叫着衝下來，趕牛的伐木工聲嘶力竭地大喊：「閃開！閃開！你們不要命了！」甲錯抱着小白姆剛剛閃開，那頭犏牛拖着一棵有十幾人高的雲杉從他們身邊衝下山去。犏牛瞪着血紅的眼睛，盡量向後仰着牠那龐大的頭，四蹄一步一步插入泥中，拼命抵擋着原木往下滑的慣性，稍一大意，犏牛就會被沉重的原木拖成肉漿，犏牛必須使原木和自己保持同步，既不能停，又不能飛速下滑。被砍倒的巨樹已經死了，但它似乎爲了復仇，忽爾停下來，忽爾快速下滑，使得趕牛人汗流浹背，不斷撲倒在地，每次都被拖行十餘丈遠。犏牛有時必須前蹄下跪，大吼着仰起頭，碗口粗的蔴繩把它的脖子勒出血來。當原木停住不動的時候，犏牛必須後蹄下跪，牛頭向下拖曳。剛剛拖動，原木就快速下滑……犏牛與原木每一步都在進行着生與死的搏鬬。巨大的雲杉像一條巨龍，滾動得泥土飛揚，就像附在龍身上的亂雲，你如果想看雲從龍的奇觀，請到高原林區來吧！看犏牛拖原木下山，是一種旣驚險又快意的享受。

甲錯卻悲哀地對小白姆說：

「你看，它多疼呀！一千隻手都滾斷了。」

他和小白姆跪在地上，想去扶起那些被撞斷的小樹苗，當然是徒勞的，可他們偏偏要去做那些徒勞的事。他們似乎可以把那些已經折斷了的小樹重新接起來，已經完全不可能了，每一片小樹葉都蔫了。遍地斷枝碎葉使得甲錯更加呆痴了，他手足無措地忙亂着，嘆息着。就在他們的上方，大約有一千步的地方，伐木大軍正在英勇奮戰，工長的哨子聲、喊聲、斧子砍樹聲、鋸子鋸樹聲。當大樹卽將倒地的時候，先是噼噼啪啪的主幹折裂聲，接着是枝葉和周圍樹木的枝葉相撞折斷的一片急響，最後是樹木落地的一聲悶雷之後，山坡上又多了一片陽光。暴風雨般的掌聲、喝彩聲、歡呼聲，儼然是攻下了一座敵軍堅守了幾百年的堡壘。高山針葉林裏的喬木太高大、太挺拔了！木質太堅硬了，木紋太美麗、太細膩了，伐這樣的林木實在是過癮，所以伐木工們的成效很大。一頭頭勇武有力的犏牛被一個個鬪牛士似的牧牛人拉着，拖曳着一根根數十米長的原木風馳電掣般向山下衝去，寂靜的山林沸騰起來！可甲錯卻厭惡這雄偉壯麗的英雄凱旋式的交響樂，爲社會主義建設，爲人類的發展與進步的大軍進行曲。他聽到的是另一種聲音，看到的是另一幅景象。

「小白姆！你聽見了吧！它們都在喊救命，救命呀！救命呀！你聽見了吧？」

「聽見了，阿爸。」

眉批：一個場面在不同人的眼睛裏當然是不同的景象，我們曾經批判過唯心主義，批判得太澈底了，澈底得一切情感和觀念的產物都不承認、並視為邪惡。結果，人也就澈底的僵化了。

「這比屠宰場還要讓人不忍看，走吧！小白姆！這裏的溪水都斷流了！我們去找個有綠蔭的地方，那裏才有溪水。」

眉批：有綠蔭的地方才有溪水——一個多麼簡單明確的公式，認識這個公式和通過這個公式去演算並求得一系列與人類生命攸關的數據，並不需要有高級數學知識，更不需要使用電子計算機……

甲錯牽着小白姆躲開伐木場，向更高更深的山林走去，在路上他才把自己的愚蠢的想法告訴女兒：

「阿爸不是不知道當伐木工人掙大錢，阿爸當了伐木工，我們家的火塘就亮了，吊鍋裏就有肉湯了，茶裏就有酥油了，小白姆！你手腕上又會戴上銀鐲子，還會戴上金鐲子。阿爸知道，知道你阿媽沒錢的日子過不下去，她嫁的不是人，是錢，是大碗喝酒、大碗吃肉的地方……我不能幹，不能進林業隊，爲哪樣不能幹，你知道不？小白姆！你會不知道？世上的人都不知道，你也會知道……」。

「我知道，阿爸！我知道，今天一上山我就全明白了。」

「你阿媽不懂，我對她說過不知道有多少心裏話，她就是聽不懂，她的魂靈是土黃色的，混的，我看見的東西她看不見，我聽到的聲音她聽不到。你的魂靈的顏色跟阿爸的魂靈一樣，是水一樣淺綠色的，我們都是水色魂靈。我以前跟你說的話很少，就是一句話不說，你也知道阿爸在想哪樣……」

「是的，阿爸！」

「我們的魂靈的顏色太清亮了，世上萬物都照得清清楚楚，小白姆！我說的這些你可懂？」

「懂！阿爸！我是你的小白姆呀……」

他們一路說着夢中囈語，走着，走着，走了半天才聽不見伐木聲了。

眉批：夢中囈語不可能經過預先清醒的加工偽造、組合，不可能成為某種功利的工具，卽使夢中囈語毫無意義，荒誕無稽，它也是率真的、美的。

甲錯和女兒找到了一片寂靜的針葉林，在林中找到了一泓清溪。父女倆像一對鹿似地跪在溪水邊，撅着屁股一次一次地用嘴去飲水，小白姆飲一口水咯咯笑一陣，甲錯飲夠了，忽然唱了一支歌，他很久都沒唱過歌了，現在只有小白姆和溪水才能夠誘發他的歌聲。

清溪看不見自己的容顏，
看不見自己的命運；
她却看得見森林上的天空，
看得見白雲托起的日月星辰……

他的聲音雖然蒼老了，還是能夠讓人心魄盪漾。多麼難以理解，他能把自己和別人立卽帶入一個旣美妙而又深沉的境界，那個境界卽使是文明程度很高的人終生都未必達到過。

眉批：對極了！

小白姆哭了，嗚嗚地哭了，依着阿爸的肩膀，久久地哭泣着，阿爸一動也不動，任她哭，任她的淚水順着肩膀淌過他的胸膛，他把這溫熱的淚水的浸潤當成一種純潔、美好的享受。

任溪水緩緩湧流……

眉批：這個「任」字用的太好了！只有知之最深的人才能任其情感緩緩湧流。溪流很弱，但阻止它却是徒勞的。

甲錯和女兒在泉邊喝一陣、笑一陣、唱一陣、哭一陣，再喝一陣、笑一陣、唱一陣、哭一陣……天就黑了。

忽然，甲錯向女兒提出了一個很緊迫的問題：

「小白姆！你知道不知道，誰能管得住他們？」

「阿爸！你說的他們是……？」

「就是那些殺樹的人呀！白姆！」

「他們歸黨管呀！阿爸，樣樣都歸黨管。」

「白姆！黨在哪兒呀？」

「黨在書記那裏，哪裏有書記，哪裏就有黨。」

「走，明天去找書記。」

「書記可多哩！阿爸！有正書記、副書記、男書記、女書記、後補書記、大書記、小書記、第一書記、第二書記……」

「我看，我們上大城，去找林業上的書記，他管的人比縣城裏的書記管的人還多。」

「那就上大城。」

他們說的大城就是林業局所在地，由於近年來不斷擴大招工，房屋造得比縣城還要多，所以藏民們把林業局所在地叫做大城，把縣城叫做小城。

第二天一大早，天濛濛亮，父女倆就收拾停當準備上路了。在甲錯正要拉小毛驢起程的時候，小白姆忽然想起一件事。

「阿爸，等等。」

「等哪樣？」

「我去把那些紙拿下來帶上。」

「哪樣紙？」

「就是那些獎狀呀！」

「帶那些做哪樣嘛？」

「讓書記知道你是哪個。」

「嗨！有哪樣用場？從古到今，前人修路後人走，哪個後人還記得那些修路人？別讓人笑話，走吧！」

「不！要帶上，在修路那時候！誰拿到過十張獎狀？沒第二個！讓他們看看！」

「我早就想把那些紙燒掉了。」

「燒掉？阿爸，這可不能燒。」

「唉！」甲錯發出一聲很沉重的嘆息來。「公路不修起，哪裏會有林業局？公路修到哪座山，哪座山就當喇嘛，頭剃得光光的，路，誰知道路會引來這麼多……」

「阿爸，這些我都知道。有些東西是留給自己看的，像你年輕時候跟那個秀才在一起照的像，就是留給自己看的，有些東西是留給別人看的——就是那些獎狀，我去拿下來。」小白姆奔上樓，把十個鏡框裏的十張獎狀全都取了出來，捲成一卷塞進自己的懷裏。父女倆這才一起上路了。

在路上，小白姆小聲對阿爸說：

「阿爸，阿媽就住在大城裏……」她偷偷偏着小腦袋看着阿爸，甲錯臉上的肌肉抽搐了幾下，什麼話也沒說，小白姆就不敢再說什麼了……又走了五里路以後甲錯才說：

「小白姆，那大城不是很大嗎？」

「是很大，不大怎個會叫大城哩！」

「啊！那就好，樹林子大了，翅膀尖碰不到翅膀尖……」

「嗯。」小白姆懂了，飛散了的同林鳥是很難再相近的，海濶天空，各自去尋各自的食，各自去搭各自的窩。

三十里路，山裏人一擡腿就到了。甲錯父女倆都是第一次進大城。大城的房子比小城還整齊，大部份是木板房，空氣裏飄散着木屑的香味，電鋸的聲音就像十萬個蟬在一起叫，刺得你耳朶疼，滿街停着卡車，卡車上堆着待運的木料，街邊也堆着待運的木料，有原木、有方料、有板料。可到哪兒去找書記呢？那個管得住伐木工的書記住在哪呢？他倆看見有很多人在一座大門前排隊，父女倆合計着，這些人一定跟他們一樣，也是找書記的，也就排進隊裏去了，在隊中間也不好問別人。好不容易排到跟前，那個坐在桌子後面的胖女人問他：

「戶口本呢？」

「戶口本？」甲錯一見吃公家飯的人就結巴，說不出話來。「戶口本……在……家裏……」

「不帶戶口本你來幹什麼？」

「我是來找……找書記的。」

「找書記？我們這兒是發糧票的。」

「那……那……」甲錯急得說不出話來。小白姆連忙插嘴說：

「能不能告訴我們，書記住在哪？」

「你們找哪個書記？張書記？李書記？王書記？魏書記？咱們這大城裏書記比麻雀都多。」這個胖女人正好趁機休息一會，逗逗樂子。

「我找頂大頂大的書記。」甲錯終於說出了一句似乎振振有詞的完整的句子。

「頂大頂大的書記在北京。」胖女人故意大聲嚷嚷，排隊的人轟地一聲全都笑了。小白姆又連忙插話說：

「我們找的是大城的頂大頂大的書記。」

「那你們就去找大城裏頂高頂高的樓房去吧！頂大頂大的書記住在頂高頂高的樓房裏。」

人們又是一陣哄笑。

「是嗎？」甲錯還想問個究竟。

「閃開！」胖女人不耐煩了。「誰在工作時間有空跟你聊大天呀！看你的樣子，還要找書記，還要找頂大頂大的書記！閃開！」沒等甲錯父女倆走開，後面的人就把他倆擠出去了。引起一片轟鬧聲。

甲錯和小白姆拉着小毛驢走開了，走開不遠的甲錯回頭看看，對小白姆說：

「小白姆！你看看，他們是一排蹲在山頭上等着活人躺倒的夏果。」

小白姆回轉身來一看，果然，那些人的脖子都扭向一個方向，正用陰沉的目光注視着甲錯和白姆，在她眼裏，眞像是蹲在山頭上等着活人躺倒它們好飛來啄食的禿鷲，它們最先啄的是人的眼珠，然後再啄人身上的肉。小白姆笑了，咯咯地笑了。

「賊夏果！賊夏果！我們就是不會倒，我們站着，我們走着，我們喊着，我們笑着……」

「對了！小白姆，只要我們不倒下，夏果就不敢落到我們的身上來。」

這一對父女的眼睛太神秘了，經常可以把人幻化爲各種動物。

眉批：我不以為這是神秘的眼睛的作用，而是他們在人生征途上掙扎中的領悟。那些被甲錯看成夏果的人們並不是惡人，往往這些平平常常的人在特定的情景下會在一瞬之間都變成為夏果。在人類歷史上因饑餓、因患難、因孤獨、因弱小、因不幸倒下被夏果吃掉的人很少很少。而被那些普通的無冤無仇的人們——他們只是由於某種優越性、某種快意的追求或無聊而變成為更為凶殘的夏果啄食掉的人却是難以數計。只要我們不倒下，夏果就不敢落到我們的身上來！對！不倒下！不能倒下！要站着！

他們站在街心上環顧四周，想找到那座全城最高的樓。還是小白姆的眼睛尖，東面有一座帶尖頂的六層高的大樓，算是大城最高的樓了。他們興緻勃勃地牽着小毛驢走到大樓前，數了數臺階，二十八級，不僅小毛驢第一次上這麼高的臺階，甲錯父女也是第一次上這麼高的臺階。大門口幸好沒有扛槍的衞兵把守。這大約是佛陀顯了靈，把本來有的衞兵一口氣吹跑了，他倆不住地念着佛號。一層樓有十幾個窗戶，書記在哪個窗戶裏呢？一定在高處。他拉着小毛驢上了樓梯，樓梯很寬大，小毛驢上得很有興趣，就像第一次試穿高跟鞋的女人走路那樣，故意踩出很清脆的響聲。只有小白姆暗暗擔心事，小毛驢可千萬別拉出屎尿來，拉出屎尿來可不得了。小毛驢既沒拉屎，也沒拉尿，很能沉得住氣，兩隻前蹄先往上踏一個臺階，然後兩隻後蹄往上一跳，很有節奏地就上去了。不多一會兒就上到了第六層，可書記在哪個門裏呢？甲錯讓小白姆猜，他相信小白姆能猜中。小白姆在每一扇門前都跳起來從門上那塊玻璃裏看，她看見有人在喝茶，有人在看報，有人在打毛衣，有人在打瞌睡，有人在很有精神地把撲克牌鋪在桌上算命，還有個男人抱着一個女人在親嘴……她覺得這些人都不像是書記。正在發愁的時候，她發現還有一個第七層，第七層只有一個房間，是一個四面有玻璃窗的房間。她走上去，房裏有一個人正抱着一個很大的雙筒千里眼，一本正經地四下瞭望。這人好像是個書記，因爲她常常聽人說：書記是掌握方向的人。小白姆向阿爸招招手，指着她面前的門，甲錯拉着小毛驢也更上了一層樓。小白姆勇敢地敲了敲門。

「進來！」那人一轉身，看見兩個人和一頭毛驢一下全都進來了，把一間瞭望室塞得滿滿的。他被嚇呆了。

「你們是……」

小白姆這才發現他是個年輕小伙子，小伙子在一秒鐘的吃驚之後就變成了憤怒，想發作。但他看見小白姆又窘、又怕、又失望的樣子就不忍心發火了。小伙子嘆了口氣，連話都說不出來。

「我們找書記。」小白姆怯生生地說。

「找書記？你們知道這是什麼地方嗎？」

「這……不是林業局的地方嗎？」

「嘿！」小伙子苦笑了一聲。「整個大城都是林業局的地方，你知道這座樓是什麼地方？」

甲錯搖搖頭。

「消防處。」

「消防……處？」

「就是管救火的，哪兒失了火，我們就到哪兒去滅火，懂了吧？」

「懂了。」甲錯想向他說明來意，小伙子擺着手止住他。

「別說了，我沒時間聽你說，我知道你們肯定是有什麼不順心的事……」

「是！」小白姆連連點頭。

「找書記反映問題，對不對？」

甲錯和小白姆一齊點頭。這人眞是個明白人，不用問，一看就明白了。

小伙子一邊用大望遠鏡四下瞭望，一邊說：

「上訪得到上邊去，去找大機關，至少要到省一級，找到省委書記，最好再高些，進北京更好，就是路太遠，要是寃情大，涉及的人難對付，也只好告御狀，進中南海，那裏是全中國的布達拉宮，就憑你們這身打扮，衞兵們也不敢攔……」

「我們是想……」

「不管什麼問題，找林業局有什麼用？林業局就是砍樹局，懂嗎？不理民詞，走吧！上州裏，上省裏！先到信訪處，記住信——訪——處！記住了嗎？」

「記住了。」小白姆有點高興地說：「信訪處。」

「信訪處會告訴你往哪申訴。走吧，只有這一條路，下怕上，這是眞理，上邊的話才有用，我們過去不是常說嗎，毛主席的話一句頂一萬句，因爲他在最上，沒有比他更上了，當然就頂一萬句。可以告訴你們的，就這些，走吧，再不走，你們這驢就要拉屎了！」

不說還好，一說，小毛驢就憋不住了，劈里拍拉，一大堆驢糞滾了下來，所幸還沒撒尿。嚇得甲錯連忙用手去拾，把一顆顆冒着熱氣的驢糞蛋都撿起來放進楚巴的前襟裏兜着。

「看！叫你們快走，你們不走！眞糟糕！」

小毛驢拉完屎感到很舒暢，扭着脖子一陣大叫。把下邊六層樓裏那些喝茶的、打毛衣的、看報的、算命的、親嘴的全都叫出來了。人人驚訝，個個稱奇，小毛驢竟然能夠爬這麼高的樓梯！

小白姆漲紅着臉先把毛驢拉出小屋，甲錯連連鞠躬道歉，兜着驢糞蛋，在衆多的目光注視下拉着毛驢走下七層樓，下樓比上樓可慢得多，小毛驢怕得打哆嗦，可把小白姆羞死了，死命地把小毛驢往下拉，多虧那些在辦公室坐得非常無聊的人們好一陣吆喝，小毛驢算是加快了步伐衝下樓去。

在街上，甲錯把驢糞蛋小心地放在路邊一棵小樹周圍。小白姆對小毛驢好一陣埋怨：

「你長着眼睛也不看看，那不是泥地，泥地上有草木莊稼，要糞肥，你可以隨便拉，那是做好事。在官府裏，都是一色的人造石板，寸草不生，要你的驢糞蛋有哪樣用場？你不會憋住點？夾緊點，拉了屎丟了臉還仰着脖子大喊大叫，是誇功？還是想用驢糞蛋換點哪樣？要走一步學一步，我們就要上州、上省了，那裏的官更多，衙門更大，要向我學，低聲下氣，輕聲細語，人家是大官，我們是小民，不能大聲嚷嚷，我們不能嚷嚷，要多看人的眼色，多聽。對你眞沒辦法，耳朵不小，就是不聽話，不帶你出來吧，誰餵你？帶你出來就沒個文明樣……」

「白姆，牠聽見了，走吧！我不喜歡大城。」

「我也不喜歡。」

甲錯一手牽着女兒，一手牽着毛驢走了，走上往日趕馬人和熱芭流浪的驛道。在日當午的時候，甲錯聽見背後有人叫他的聲音，他和小白姆停下來，看見一個騎馬人匆匆趕來，走近了才漸漸看清他是個當過喇嘛的人，光頭上的頭髮長得像毛栗子，紅色的舊袈裟改成了楚巴，杏黃色的僧靴已經變成棕色了。再走近些，馬上人才從馬背上跳下來。他發現甲錯和小白姆認不出他是誰了，他說：

「甲錯！小白姆！你們連我也不認識了？」

甲錯這才認出他是自己的表弟，早年當了喇嘛的旺堆，他當喇嘛的哲塘大寺已經毀了很多年了，只好在高山牧場幫公社放牛，如今公社沒了，自己貸款買了一羣牛。一個從不走出大寺的喇嘛飽受風霜之苦，過早的老了，老得連甲錯都認不出了。甲錯按照老習慣叫了一聲：

「尙爸！」（藏人對喇嘛的尊稱，可直譯爲舅父，但眞正的含意是上師。）

「叔叔！」小白姆沒有叫他尙爸。

「你們的事我都知道了，我也知道你們要去哪兒，我趕來看看你們，我把牛托給別人先看管一天，就是看看，你們也知道，我從來都不想改變別人的意願，各自的意願是改變不了的，佛陀都沒那樣大的力量。」一邊說着一邊從馬背上的牛皮口袋裏掏出一個小布口袋來。「這是牛場娃的好處，還能吃得上酥油、奶渣（乾奶酪。），帶上。我走了。」他沒等甲錯回話就勒轉馬頭，扳鞍上了馬。沒走幾步，他又把自己頸子上的一掛橡子念珠取下來，轉身隨手一拋，叫了聲：

「白姆！」

念珠剛好套在小白姆的脖子上。小白姆匍匐在地上向旺堆很快就消失在塵土中的背影行了一個五體投地的大禮。

甲錯和旺堆的關係從來都是這樣，一生也見不了幾次面，每次見面三言兩語就各奔前程。雙方都已習以爲常了。人對人能要求些什麼呢？親人對親人能要求些什麼呢？心裏有，就足夠了。

他們走到傍晚，走在前面的小白姆轉身面向阿爸和阿爸身後的落日停住了。

「阿爸？」小白姆遲疑地說：「眞的去省城呀？」

「可不！州裏不管上省，省裏不管進京……」甲錯看出小白姆的憂慮來了：「路很長，阿爸一生走過很多路，不走路的時候就得像菌子一樣在濕土上紮根，走路的時候是快活的時候，你回去吧！牽着毛驢回去，阿爸自己背着牛皮ロ袋去。」說着就撒開了雙手，丟了左手裏的小白姆，丟了右手裏的繮繩，他從小毛驢背上扯下一只牛皮ロ袋扛在肩上，轉過身去。小白姆和毛驢停在路中間，她看着夕陽和塵土落在阿爸的背上，阿爸老了，腰彎了，雖然他強打精神，步子已經趔趄了。小毛驢看看小白姆，它看見小白姆眼淚汪汪地看着老主人，它明白了，立即拖着繩索徑直向甲錯奔去。小白姆接着也哭叫着追過來。

「阿爸！小毛驢追你來了，小白姆追你來了。」

甲錯停住腳步，許久許久沒有轉過身來，當他猛一轉身，他看見滿天晚霞簇擁着女兒向他撲來。

眉批：相依為命。

我寫了「相依爲命」四個字就把眼睛閉上了，……

九、長長的死胡同

我思索了片刻，又繼續讀下去。

七十年代最後兩三年，中國幾乎成了上訪年。幾十年積壘了數以萬計的冤假錯案，一聲可以平反，誰會不動心呢？那些可憐的人們，那些歷經刼難而不能出聲的人們！那些冤死者的未亡人們。平反了，鬼就可以變成人，我們曾經有過許多生活在人中間的鬼，他們屬於異類，屬於只能勞動而沒有任何權利的種族。平反了，不名譽的人可以變成正常的人，他們的不名譽是強加在他們頭上那頂無形的帽子顯示出來的，不少中國人得到這種恩賜，戴上無形的帽子，許多人被這些沉重的鐵帽子壓死了。即使人已經死了，已經爛了，有些人連一撮骨灰也找不到，他的未亡人，他的子女仍然要頭頂狀紙進京上訪。舊的冤假錯案要求平反，新的冤假錯案更要要求平反。從一九二一年有共產黨之日起，爲了生死、爲了黨籍、團籍、爲了工資級別，爲了口糧、爲了強迫婚姻，爲了各式各樣的汚辱要求平反昭雪。但像甲錯父女這樣的上訪，只是爲了維護一個綠色的夢幻的完整，和自己的生活、名譽毫不相干，實在是絕無僅有。甲錯完全可以爲了兩次入獄，提出恢復名譽，補發生活費，甚至也可以上告某伐木工霸佔妻室。這些他卻隻字不提，好像從來就沒有發生過，名譽在他身上沒有一絲份量，他從來不管別人怎麼看自己，活着就是承受命運付予自己的悲歡，而不是爲了讓人看。因爲他知道別人看見了，無外乎就是同情或恥笑，趨近或是疏遠，這些他全不在乎。

他完全是爲了維護一個綠色的夢幻的完整，多麼奇特。

眉批：我忽然想起哲塘大寺的廢墟裏還有一位九十歲以上高齡的喇嘛在誦經。

徒步旅行是非常艱辛的，一步一步去縮短漫長的距離。在大部份人都徒步旅行的年代，心理上由於比較產生的壓力很小。比如古人有首打油詩：「人家騎馬我騎驢，緩疾勞逸總不如，身後還有肩挑漢，比上不足下有餘。」那時只是驢馬之別，千里馬與駑馬之別，徒步與乘騎之別，肩挑與垂手之別。現代就大不相同了，在中國一般的高山公路，汽車的時速可達四十五公里，而步行平均兩小時十公里，十二分鐘才能走一公里，如果一秒鐘走三步，每公里要走兩千一百六十步。一個星期的汽車行程要邁多少步？沒有錢住店，沒有錢買草料，只能在荒郊野外露宿。這就夠了，恐怕不需再去仔細描述甲錯父女在漫漫長途中單調而辛勞的經歷了！只能這麼說，在上訪者的隊伍裏，幾乎看不到藏人，更難看到有人全程牽着一頭毛驢徒步進行如此漫長的跋涉。

甲錯和女兒也曾經在州裡去碰過運氣，如果州裡能聽取他的意見，下一道命令，使他們如願以償，他們就可以不必再去省城了。但事後，他和小白姆回想起在州城的經歷，幾乎說不出任何具體的人和事來。在他們的印象中，所有的機關都是一些奇特的地方，不管藏族還是漢族的幹部，面貌都是一樣的，不管老少、男女，都像是一個母系氏族的人，誰見到你都是先皺眉頭，都懷疑你是不是來找痲煩或是想偸點什麼東西的。不知道是聽不懂？還是聽不見你的話。他們的門房無一例外地都要盡一切努力阻止你進去，阻止你說話。盡量不看你，無論你笑得多麼溫柔、多麼卑微，也不管你多麼焦急，多麼氣憤。卽使你闖進去了，他們問你要各種各樣的證件，各種各樣蓋了各種各樣印章的信件，他相信那些死的東西，死的紙張、死的文字、死的印章。活人的眼睛，活人的臉，活人的話，他們絕對不相信。他們的嘴只用來吸煙、喝茶、打電話，不停地吸煙、喝茶、打電話。把嘴都佔用了，沒有功夫回答你。他們的十個指頭寧願忙着打毛衣、打撲克牌、寫字、搬腕子，都不願舉起一根手指頭爲你指指路。甲錯和白姆好不容易遇到一位會微笑、也願意傾聽的人民公僕。那笑容很可愛，就像喝醉了酒以後的醉態，他似乎在聽你講話，又像在表演聽你講話，有時也會回答你一兩句，他的回答像是答覆昨天或上個月什麼人向他提出的問題。當甲錯結結巴巴申訴意見的時候，他會突然問一句毫不相干的話來：

「你帶的有藏紅花沒有？」

「沒有，首長！」

「好，接着講吧……」他在又軟又會轉圈的椅子上向左轉了一個三百六十度。

聽着聽着他又插了一句：

「蟲草呢？蟲草有沒有？」椅子又向右轉了一個三百六十度。

「沒有，首長！」

「好，接着講……」他微笑着不時在紙上記一兩個字，不多一會他又插一句：

「你帶的有麝香吧？我聞見了。」椅子急速轉兩個三百六十度。

「沒有，哪樣也沒帶，首長，我從不打獵……」

「那好，太好了！」他微笑着肯定的是什麼呢？是不打獵？還是那些意見？不得而知。

他立卽站起來。「你的話我都聽清楚了，我們一定要解決林業……你不就是反映的林業問題嗎？」

「是的，首長！」甲錯眞高興，他全都聽進去了。

「我們一定要改變目前林業生產的落後狀況，我們國家的木材從來都供不應求，要更新工具，多進口一些機械電動設備，加速修築公路，木材運輸也很不理想，季節性局限太大，每年從十月到第二年的五月大雪封山，汽車運輸全面停頓。在秋、多、春三季應該利用金沙江來流放木材，金沙江是永不冰凍的熱流，我們卻不善於利用。……」他像在做一篇林業生產的大報告一樣。甲錯和小白姆一聽，完全弄反了。當他們再向這位首長解釋的時候，首長已經進入最後一道程序了。微笑着站起來：

「總之，你們的意見很好，精神可嘉！太好了，對領導有很多啓發，你看，我都記下了，記下了，謝謝！謝謝！再見！再見！我很忙，你們應該知道，我眞羡慕普通老百姓的閑，我要是個普通老百姓就好了！再見！再見！」他微笑着用力抓着甲錯的手一陣狂抖，再用力抓着白姆的手一陣狂抖，好像他們再要不走就非得把他們每一節關節抖散不可。甲錯和白姆只好退出他的辦公室。小白姆看見阿爸臉上一會想哭，又哭不出來，一會想笑，又笑不出來。

「小白姆，是不是我的嘴笨到想說個不可以，說出來的是可以了呢？」

「沒有，阿爸，要麼是我的耳朶有毛病……」

「他怎麼會聽反了呢？」

「不知道，要麼，他們不聽；要麼，聽不懂；要麼，聽反了……不知道毛病出在哪兒？」

「不知道……」甲錯愁苦極了。「要是我們會寫漢字就好了，字不會看錯，只要沒寫錯，就不會看錯……」

「認漢字寫漢字可不是一天兩天的事呀！阿爸！小學就是六年，六年小學畢業出來的人，寫的漢字就像鷄爪子爬的一樣，連他自己都看不懂。」

「要麼是他們的耳朵有……毛病？」

「可也不能個個都有毛病呀！說出來，誰也不相信呀！」

「是呀！」

「這就是當老百姓的難處……阿爸！我不明白，他們爲哪樣都那麼忙呢？忙哪樣？」

「國家大事。」

「國家大事都是些哪樣事？」

「反正都是老百姓不能問的事，跟我們老百姓也不相干。」

「那到底是些哪樣事？」

「我也不知道，你也別猜，猜到了也不會給你發獎，大事，你咋個能知道？我們知道的都是小事。」

「小事誰來管呢？」

「小事自己管。」

「老百姓的死活都得自己管？」

「那可不，民主嘛！人民對自己的死活都得作主。」

「啊！」小白姆似乎明白了。「我們向領導講的事是大事還是小事呢？」

「我看不是小事，可大事小事都得上邊定，他們定這是大事，就是大事；他們定這是小事，就是小事。」

「幹部不難當嘛，阿爸！」

「對！不難當，難坐。」

「難坐？」

「是呀！又軟又會轉圈的椅子就那麼多，都想坐，爭着坐，想着法把別人拉下來、推下來、哄下來，自己坐，苦着哩！比在林子裏下卡子捉狐狸都難，沒才幹是坐不住的。」

「可他們就是聽不清我們的話，阿爸，省城可還去？」

「我看還得去。」

「要是去省城跟來州城一樣，像一場夢遊，我們爲哪樣還要去呢？」

「不！省城的幹部至少會比他們要清楚。」

「聽說省城的大樓還要多，電話更多，他們的國家大事更多，更忙呀！」

「小白姆，我們的路三股已經走了一股了，走到底吧！孩子，你怕了？」

「我不是怕，覺得又可氣，又可笑，我一見他們的樣子就覺得可笑。」

「人家還覺得我們可笑哩！」

「我們有哪樣可笑？他們才可笑。」

「他們一輩子都不覺得自己可笑。」

「不知道自己可笑才更可笑哩！」

眉批：這些來自普通人的對話真是太妙了！我們在生活中（不是在舞臺上）看到過許多人（各色人等，有尊有卑，有貴有賤）的拙劣表演，可笑之極。他却自以為有非常精湛的表演技巧，盡情地賣弄，卽使是穿着皇帝的新衣，却能一直堅持到他個人命運的大幕降落，在大幕徐徐降落的時候幾乎都伴之以莊嚴肅穆的哀樂……

小白姆只好跟着阿爸去省城，到了省城的城郊，他們居然遇到一位善良慈祥的漢族農民老大媽，姓王。當王大媽聽說他們是從那麼遠的地方一步一步走到這兒來的，情不自禁地就可憐起他們來了。雖然他們只是到門前來討一碗熱水。王大媽卻留下了他們和他們的小毛驢，騰出了小兒子進城住學之前住過的一間偏屋。大兒子和兒媳婦拉車進城送菜去了，夜晚不回來，只有她和小孫子留在家裏。王大媽晚上煮了一大鍋飯請他們吃，他們不肯吃，寧願在木碗裏揑自己帶來的糌粑。王大媽無論怎麼勸他們，他們都不肯。

「你們吃的那東西多噎着慌呀，吃碗飯吧！飯就是爲你們煮的。」

「奶奶！」小白姆說：「我們吃不慣大米，眞的吃不慣，不信你問我阿爸。」

甲錯不斷點頭。其實他們吃過大米，不僅吃得慣，而且喜歡吃，覺得比糌粑要好吃多了。但他們不能吃，已經夠打擾王大媽了。再說，他們怕吃了大米飯，再吃沒有酥油的糌粑就嚥不下去了。旺堆送給他們的酥油和奶渣快要吃完了，還得想到去路和來路一般長。何況他們此行的目的是神聖的，雖然父女之間都沒有點破，他們在各自的心裏都向神發過願，而且苦行從來都是虔誠的表現，缺乏虔誠絕對達不到神聖的目的。父女倆人只要交換一下目光就全明白了，也就寧靜了、愉悅了。

「唉！」王大媽嘆息着對他們說：「我知道，你們准有天大的寃枉，不然能受得了這份辛苦、奔波、勞累？風餐露宿，忍飢挨餓，一級一級的上訪，眞作孽呀！」

小白姆覺得很難對她說清楚，只好默默地點點頭。

「語言又不大通，處處都是陌生地方，陌生人，一定有天大的寃枉……」

王大媽懷裏的小孫子對他們用手在木碗裏捏來捏去的糌粑很感興趣，一直盯着看，還向他們伸出小手來討要。甲錯趕緊揪了一小團糌粑遞給他，王大媽連忙把孫子拉開。

「我們可吃不慣這種東西，那是哪樣呀？」

「糌粑，奶奶！」小白姆笑着說：「這就是炒熟了的青稞麵，拌着茶水就能吃了。」

「啊！」從王大媽的眼睛裏可以看得出，她絕不認爲那是人能夠食用的東西。粗糙，而且是可怕的褐黃色。王大媽並不是一個好奇心很重的人，但她的同情心很重，想了半天不好問，最後還是說出來了。

「姑娘，我想問一句……不該問的話，要是不該問，你就不說，奶奶也不怪你，要是能說，我就問。」

小白姆很親切地把小板凳移得靠近王大媽的膝頭，仰着臉看着王大媽。

「問吧，奶奶」

「你們爺兒倆上訪告狀，是哪樣案情呀？」

「案情？」小白姆不懂什麼是案情，她看看阿爸，阿爸似乎也不懂，默默地咀嚼着嘴裏的糌粑。王大媽說：

「就是你們家受了些哪樣委屈？」

「啊！我明白了，奶奶，你是問我們爲哪樣來上訪？可對？」

「對，對！」

「我們是爲了……青山的事……」

「青山是你們的親人？」

「我說的是……樹……」藏族人說漢語，錯也常常出在四聲上。

「啊！是叔，哎呀呀，可不得了，他咋個了？」

甲錯很氣憤地打着手勢告訴她。

「砍！砍……砍了！」

王大媽嚇得立卽閉上了眼睛，她似乎看見了鮮血淋漓的殺人的場面。她的感覺和甲錯父女的感覺是那樣合拍。父女倆在以前談到這件事的時候，人們從來都是冷漠的，由於第一次得到正確的反映而激動不已，他倆的淚水不自覺地都湧出了眼眶。

「這還了得，山裏人眞是蠻呀！無法無天！無法無天！」

「奶奶！也有山外來的人，漢人，官家……」

「那當然，沒權沒勢敢無法無天？這可是血海寃仇呀！對！姑娘！你們爺兒倆做的對，去告，告到省裏，省裏不接狀子就告到北京。古時候多少烈女子進京告御狀、滾釘板都不怕，如今還不至於滾釘板吧，你們做的對！」

甲錯和女兒交換着會意的、欣喜的目光。甲錯從懷裏掏出一枝自制的短蘆笛來，吹了一支喜悅的曲子，引得王大媽的小孫子跺着雙腳大叫。笛聲忽爾模倣着焦尕的叫聲，小孫子以爲屋裏眞的有一支雲雀在飛鳴，回頭尋找。甲錯把短笛送給了孩子。

甲錯和白姆在入睡前念了一千遍佛號，感謝佛給他們一個良好的預示。第二天，星星還沒落，父女倆就悄悄起床了。他們以爲可以偸偸地不打攪王大媽，誰知道王大媽比他們還早，給他們做的米粉粑粑已經蒸熟了，硬給他們塞進牛皮口袋裏。甲錯父女合掌向王大媽千恩萬謝，感動得王大媽一把眼淚、一把鼻涕，她把他們一直送到進城的公路上，分手時給了他們一張紙條，寫着她的地址，希望他們有難處再回來。王大媽如此盡心盡責，使得甲錯父女又是一番感謝。

請您設想一下，在一個大都市裏，早晨七點多鐘，在高樓林立的街上，人流車流的高峯時間，崗亭裏的警察突然發現一對服裝色彩特別鮮艷的藏族父女，牽着一頭毛驢出現在十字路口，他們在高達二十度C以上氣溫下穿着沉重的羊皮楚巴，引起數以百計好奇人的注意，一會兒功夫就圍得水洩不通。都市裏的人最容易擠成團了，一成團，這個團就像雪球似的越滾越大，把十字路口堵得死死的，卡車、臥車、摩托車和自行車的大軍在螞蟻一樣衆多的人羣中掙扎，都在按喇叭。交通警察趕緊把四個方向的黃色標誌燈全都打開了，警鈴同時按響。接着就往交通隊打電話，還沒等他報告，交通隊值班隊長就大發雷霆了，在此之前，隊長已經接到至少有八個十字路口的電話報告。隊長給他一頓臭罵之後告訴他：立即把毛驢牽走。他放下電話就從崗亭上跳下去，拼命擠進重圍，二話不說把毛驢硬從人的旋渦中拉出來，拉進一條小巷，隨卽小巷也塞滿了人。這時，交通隊派出的警察也趕到了，分頭疏通大街上的人流和車流。

民警牽着毛驢在小巷子裏人聲吵雜聲中和甲錯有一段對話：

「你破壞了交通秩序，你看看，搞成這個樣子！」民警聲嘶力竭地喊着。

「你知道信訪處在哪兒？信訪處！」

「毛驢不許進城，你知不知道？」

「我們要找書記……」甲錯爲了讓警察聽見，把嘴湊在他耳朵上。

「趕快出城，不出城就沒收你的毛驢。」

「我們要反映……反映問題……」

「要不看在你是少數民族的份上，非重重地罰你們不可，還有什麼話好說，向誰反映問題？」

「你不要發脾氣！」

「趕快走！我的爹！」警察急得直跺腳。

「阿爸！走吧！」小白姆似乎明白是怎麼回事了。

「往哪走！我們不認路……」

「我領你們出去，爹！」警察拉着驢氣呼呼地快速往前跑，毛驢還不大樂意跟他走，不斷地往後掙。小白姆在它旁邊輕輕地拍着牠的屁股。

「大爹！我們去哪兒呀？」

警察像是突然聾了，不回答任何問話，只顧拉着毛驢往前奔。

「大爹！你把我們往哪兒領呀？」

警察瞪了她一眼。

白姆扯扯警察的袖子：

「大爹！你咋個不說話了？」

警察咬緊牙關不出聲。

「是不是不許我們藏族人進城呀？」

警察目不斜視，只顧注視着前方。

「是不是不許上訪？」

「……」警察額頭上豆大的汗珠不停地往下滾，心裏越想越窩火，為了一頭瘟驢，一大早挨了一頓臭罵。

「是不是不許小毛驢上訪？」白姆故意逗他，他還是不理不睬，就像只會走路的石頭人。

小白姆和甲錯只好不問，跟着他走，等到了地方或停下來再說了。走着走着，小白姆聽見身後像軍隊出操的沙沙腳步聲，當她轉過身來一看，咯咯大笑起來，笑得甲錯摸不着頭腦。

「白姆，這時候還笑得出？」

小白姆笑得更厲害了，笑得蹲在地上。

「笑哪樣？」甲錯有點生氣了。

「笑哪樣？你側轉身來看看嗎！」

甲錯回頭一看，才知道，他們身後跟了至少有一個代本（代本，藏軍單位名稱，相當一個團。）的各色人等，男女老少，排成多路縱隊，小巷有多寬，隊伍就有多寬，一對對少見多怪的眼睛盯着甲錯、白姆和小毛驢，好像他們三個都是珍奇動物。

小白姆對甲錯說：

「阿爸，你看，城裏人好傻啊，也不幹活，他們種不種青稞？」

「他們把青稞往哪兒種？到處都是人造石板，把泥土都蓋住了。他們沒見識。」

阿爸這句話說得小白姆好痛快！城裏人沒見識，我們有那樣好看的嘛？跟着看，還越跟越多。小白姆想想笑笑，笑笑又想想，想着想着冷丁地又笑起來，笑得那個警察也忍不住了。

好不容易才轉出鬧市區，警察給他們指了一條出城的小路。告訴他們：

「從這條路一直走，出城，不許再回來。」

小白姆笑嘻嘻地說：

「你又會說話了？」

甲錯連忙打斷白姆的話：

「好好聽人家講。」

小白姆這才閉上嘴，警察對他們說：

「不是不讓藏民進城，也不是不許上訪，是不許牠——毛驢進城，不許毛驢上訪。城市交通有城市交通的規矩，沒有規矩不能成方圓。這麼多車，這麼多人，不聽指揮還行？人有人行道，車有車行道，就是沒有驢行道，你們看看！」他指着尾隨來的閒人說：「城裏人最喜歡出事，就像鄉下人喜歡過節，出一丁點事都擠上來看。不要說你們牽了頭一牛城裏人都沒見過的毛驢。上個月有人蹲在馬路邊，看一隊螞蟻搬一只死蒼蠅，不到五分鐘，人山人海！誰都非要看個究竟不可。外頭的人看不見往前擠，裏頭的人受不了壓往外頂，結果是人壓人，人踩人，打起來，駡起來，把過往車輛堵了一個半小時。值勤交通警察受到警告處分，還扣了三個月的獎金。再一次告訴你們，除非把毛驢寄存在郊外，不然你們就別想進城，第二次抓住你們就不是初犯了，屢教不改，罪加一等。聽明白了沒有？」

「明白了。」甲錯並沒完全明白，但他趕快說明白了，警察這才和他分手，分手前還給他們敬了個舉手禮，使得甲錯措手不及，兩隻手一起擡到了額頭上。引得周圍的人一片笑聲。

他們父女二人拿出王大媽給他們的紙條，逢人就問，從下午找到黃昏，才找到王大媽家，王大媽以爲他們的狀告准了，誰知道連信訪處也沒找到，因爲小毛驢的牽累被驅逐出城，白跑了一天。王大媽叫他們趕緊吃飯，甲錯卻認爲餵毛驢要緊，王大媽給小毛驢拌了一槽草料，算是先安了甲錯的心。王大媽請他們吃米飯，他們仍然不吃，只接受王大媽給他們每人端來的一碗菜湯，他們權當是酥油茶，連喝帶捏糌粑。吃飽了，小白姆不停地感嘆說：

「城裏就沒有牲口走的路？只能人走？多不公平呀！」

「是我忘了提醒你們，你們一走我就想到了，又追不上你們。」王大媽很懊惱地說：「看，鬧成這樣，大街上，看熱鬧的人少不了，我們中國就是人多！」

「可不，我們一路上背後都排着隊，有小孩，還有大人、老人，他們都沒見過毛驢？還是太閒了，沒事做？……」小白姆想想又笑起來了，笑得止不住，在城裏的情景太可笑了，阿爸像一支大軍的首領，可惜牽的不是一匹駿馬。

王大媽等她笑夠了對她說：

「把毛驢留在我家，你們只管去闖衙門，放心，一定給你們餵好。」

「我們放心得很，奶奶！就是過意不去，我們出來的時候沒想到走這麼遠的路，哪樣都沒帶，眞不好意思，沒有一樣東西孝敬您。」

「你這話就說外了，可別這麼想。」

「一路上我們也找過好多的機關、政府，誰也不想聽我們的話，一見到我們，沒等我們開口，他們就說：沒時間——工作忙——寫份材料來——找有關單位——上省——進京——找中央。這些官話連我都會說了，看來吃公家飯也容易。」

「是呀！官易民難，官就是青天，沒青天叫咱們小老百姓咋個活呀！睡吧！我的大兒子、兒媳婦又進城送菜去了，白天不許送菜的人力車進城。每天晚上他們都得去送菜，你們每天晚上都可以來住，雖說你們是少數民族，也別見外，當自己家。」

「謝謝奶奶！」小白姆給王大媽叩了個頭。

王大媽連忙把小白姆攙了起來。

「起來，這可不合適，行大禮可不合適。」

「合適，奶奶，你是我的奶奶呀！」

這句話又說得王大媽淚流滿面。

在小白姆和王大媽談話的時候，甲錯背靠着牆坐在小櫈子上已經昏昏欲睡了。

第二天，甲錯父女倆在城裏，花了半天的時間就找到了信訪處，他們並不知道這是哪個機關的信訪處。他們在問路的時候，別人告訴他們：廳局以上單位都有信訪處，你們找什麼廳局的信訪處呀？他們怎麼也說不上來，只說找大衙門的信訪處。有個好心的中學生把他們帶到一座高樓旁邊一間小屋的小窗前，他指那小窗口，似乎告訴他們父女：菩薩就在這裏頭，別看廟門不大。也許眞的有神靈護佑，他們遇到了奇蹟，這個奇蹟是許多個偶然性碰撞在一起才出現的。按一般規律，如果一切都很順利的話，在信訪處門外的窗口排隊，輪到你，只允許你簡單扼要陳述你要上訪的問題，出示介紹信或證明文件，沒有介紹信和證明文件，必須提出有說服力的理由，信訪處可以簽一個便箋，轉到有關部門去接受詢問。然後就是上不完的樓梯，拜見數不清的同一面孔、同一語調的人，在那張便箋上蓋很多相似的橡皮圖章，最後還得回本地原單位解決。大部份人要「二進宮」、「三進宮」，有人「八進宮」都得不到解決。甲錯和女兒一開始也是按這樣的流程進行的，先排隊，很長很長的隊，前進得很慢很慢的隊，等排到窗口，不見其人，只聞其聲：

「證件、介紹信，什麼問題？快！」

「我要見書記。」

「書記？」小窗口裏的人望了望這張褐紅色的臉。「什麼書記？」

「頂大頂大的書記。」

小窗口裏的人又問了一句。

「你反映的是什麼問題？」

「見了書記才能說……」

這時，小白姆不失時機她把阿爸那卷獎狀塞進了窗口，他們聽見窗口裏的人們開始小聲商量起來，不一會兒，窗口內傳出話來，聲音很柔和。

「下午兩點再來，不用排隊，在門口等着，有人帶你們去見書記。」

「可是眞的？」

「是眞的，下午兩點，帶的有錶嗎？」

「哪樣？」

窗口裏伸出一只戴手錶的手來。

「我說你帶的有手錶嗎？」

「沒有。」

「會看嗎？」

「不會。」

「會問嗎？」

「會。」

「那就經常問問街上戴手錶的人。」

「好，謝謝嘍！」

「下一個。」

甲錯和女兒高興得笑了。省城裏的官到底明白事理，也許是哪一尊菩薩的法力。他們哪裏知道，小窗內剛好有一位不小的書記，今天上午恰巧是他在信訪處「蹲點」的時間。他正好聽到一個上訪者要見頂大頂大的書記，不見書記不說話。書記猜想：他們一定有很重大的問題，上訪者又是一對少數民族父女，而且當過十次修路的勞動模範，他親自看到了那十張獎狀。既然來「蹲點」，就得「蹲」出點名堂來。他當場就做出了決定，這個即興的決定充分顯示了他能夠做任何決定的地位。他決定在當天下午黨委會開會的時候，讓黨委委員們一起來聽聽，讓他們看看自己這個當「班長」的處理問題的態度和方法，使所有的領導幹部都能舉一反三，得到些啓示。特別是處理少數民族問題，要非常小心，非常謹愼。領導幹部不需要、也不可能處理每一件事，抓典型事例就夠了！這可能就是一個某種典型的案件，可能會涉及到黨羣關係、民族政策、邊區經濟政策、土地政策……等等。在上訪者的大軍中有幾個能有這樣的好運氣呢？只有小白姆和甲錯。因爲，第一：書記到信訪處蹲點是第一次，也許是最後一次，因爲他太忙了，日理萬機，屬下又有成百成千需要他關心的單位。第二：做了下午黨委集體接見甲錯父女的決定之後就有緊急公務離開了信訪處。「蹲點」要特別把功夫用在點子上，這個點子就極爲精彩。黨委召開全會按照少數民族上訪者的請求，集體聽取上訪者的申訴，這不是一條很重要的頭條新聞嗎？所以人們經常說：要碰到點子上。甲錯父女就碰到點子上了。

世上最容易消磨的就是時間，特別是沒有進過大都市的甲錯和小白姆，他倆既不敢走得太遠，怕到時候摸不回來，又想看看那些琳瑯滿目的商品，幾乎一大半都是不知用途的東西。好在沒有錢，不必擔心受店員的欺騙。所以他們遊逛得很輕鬆。特別是街上戴手錶的人很多，平均每五分鐘就要問一次：幾點了？有人不回答，只把手腕伸給他們看，但他們看不懂，只好拉住人家不放，一直問到人家回答之後才肯罷休。他們在百貨商店玩具櫃臺前躭擱的時間最長。玩具槍很多，有各類手槍、步槍、衝鋒槍、機關槍，很多槍既可發出聲音，又有火光。城裏的孩子特別喜歡玩槍。小白姆和甲錯不喜歡，槍聲太吵，而且讓人想起很多悲傷和不愉快的往事。他們最喜歡的是猴子翻跟斗；機器人擁抱親嘴、跳青蛙、飛蝴蝶，這些維妙維肖的人和動物使他們總也看不夠。小白姆笑得肚子疼。在將到下午一點的時候，他們倆就開始緊張地找那個給過他們很大希望的信訪處了，他們按照記憶中每一個拐角的特點原路返回，只拐了三個彎就找到了，原來並不遠。他倆知道時間還早，但早到總比遲到好。他們站在信訪處的門前等待着幸運時刻的到來，奇怪的是在逛商店的時候一個小時過得飛快，乾等的時候，一個小時總也過不去。甲錯對小白姆說：

「這回沒白跑，總算見着個書記，你累嗎？小白姆！」他看見小白姆的上下眼皮總想往一起碰。

「累，阿爸！想睡。」

「來！靠着我。」他貼着牆跟滑坐在地上，把小白姆摟在懷裏，讓她的頭靠在自己的手肘上。「睡吧，睡吧！這個鐘點最長……」

小白姆一閉上眼睛就睡着了。她漸漸覺得自己的腳濕了，她用勁睜開眼睛。啊！原來是他們從高原上走來的路變成了彎彎曲曲的河，水上一排昂哇，一排額日瓦（藏語的黃鴨 Tadorna ferruginea (Pallas)）又是一排昂哇，又是一排額日瓦，一直望到源頭，全都是昂哇和額日瓦，他們平伸着銀白和金黃的翅膀，就像是河上泛起一層銀浪，一層金浪向小白姆湧來，湧到小白姆和甲錯的面前，全都伸着長頸子向甲錯和小白姆鳴叫，同時拍打着翅膀，所有的昂哇和額日瓦都想向甲錯和小白姆表示敬意，隊形全都亂了，把他們圍了起來。越來越多，遮天蓋地。牠們七嘴八舌地爭着想告訴小白姆和甲錯一些關於高原上的消息，但聲音太雜亂了，怎麼也聽不清。小白姆向牠們拋起自己的一雙長袖，牠們立刻都靜了下來，只有搧動翅膀的微小的聲音。小白姆告訴牠們：我好高興啊！能在這兒見到你們，家鄉的鳥！你們都是從家鄉來的嗎？從我長大以後，在家鄉也很不容易見到你們，你們是從哪兒飛出來的呢？一個最大的昂哇說話了：我們又回到家鄉了，今天早上從天那邊飛回來的。風告訴我們：家鄉的溪水又都在唱了。小白姆高興得跳了起來：眞的？樹呢？樹也都從地底下冒出來了？大昂哇說：都冒出來了！今天早晨，是風把它們從泥土裏喊醒的。告訴它們：倉央甲錯和小白姆找到要找的人了。剛從泥土裏冒出來的樹太高興了，都哭了，每一片樹葉都在落淚，溪水把乾裂了的海子又都灌得滿滿的，漫到了路上，路都變成了河，我們就跟着河游到你們的面前。甲錯忽然唱起歌來，小白姆一轉臉，她眼前的阿爸年輕得都不認識了，聲音就像早晨落在水波上的霞光那樣撫媚動人。所有的昂哇和額日瓦都乖乖地合起了翅膀。

我那溪水湧流的家鄉啊！
我要歸去，重新找回青春時光，
天鵝的銀翅膀，黃鴨的金翅膀，
快帶我飛回我的故鄉……

千萬只昂哇和額日瓦嘩地一聲把翅膀齊刷刷地豎了起來。這時，有個城裏的孩子，看樣子只有五歲，抱着一支玩具衝鋒槍，搖搖晃晃地走過來，朝着昂哇和額日瓦開了一個排射。「賓賓賓賓賓……」槍筒裏冒着火光。

所有的昂哇和額日瓦立即都驚飛了。小白姆向牠們大聲喊叫着：

「那是假槍！昂哇！額日瓦！那是假槍呀！」

昂哇和額日瓦都已經聽不見了，飛遠了……

河又變成了路。

一個腰裏掛着一支眞槍的軍人站在小白姆面前，甲錯連忙把女兒拉起來。那軍人面帶笑容地說：

「上車吧！書記在等你們。」

甲錯和小白姆這才明白過來，他們鑽進早已開着的車門，這是一輛黑色的轎車。他們沒想到，這種甲蟲一樣的小汽車裏還這麼亮堂，四處都是鬆軟的。甲錯想：要是家鄉人都能坐上這種汽車，再讓我修五年公路也心甘情願，這種汽車拉不走樹林，連一棵小樹也拉不走。從車窗看出去，店鋪和人都是紛亂不清的。不多會兒，小汽車進入一片城市裏很難得見到的小樹林，速度就漸漸慢了下來，在綠蔭中緩緩馳行。這綠蔭使甲錯父女大為驚奇和興奮。在處處都是人造禿山般的高樓大廈羣中，竟會有一片綠洲？還有泉水，還是能噴出花來的泉水。花朶，一大片不同色彩花朶，在花壇裏又拼成一個巨大的花朶。車繞着花壇馳行了半圈，停在門廊下。他們從車裏爬出來，那個軍人引導着走進一間凉爽清淨的大屋子，像活佛的小經堂那樣，所不同的是窗簾的顏色不同，活佛使用杏黃色，這裏是紅色。屋四周的沙發上已經坐了十幾個穿着幹部服的人，都端坐不語，小白姆第一眼以爲是些塑像。只有單獨坐在正面的一位頭髮幾乎全白了的人站起來，他向甲錯父女招手說：

「坐在我旁邊。」

甲錯父女被那軍人領到他面前。

「這是書記。」

甲錯雙手合十，向他致意，此時他和小白姆深感遺憾的是連一條哈達也沒帶來，他們從這位書記莊重的像貌和令人尊敬的白髮上看出：他無疑是個很大的書記，是個可信賴、有威信的書記。不獻條哈達可是太不合適了。但他們的確窮得連一條哈達也沒有。剛剛坐下，那軍人給他們面前也擺上和其它人面前一樣的青花茶杯。甲錯從這些一樣的茶杯上聯想到喇嘛寺裏的大經堂，在經堂裏聽經的喇嘛和講經的喇嘛面前都有一只相似的木碗。書記說：

「那位來當翻譯的藏文教師來了嗎？」

那軍人小聲回答說：

「來了，在外邊等着哩。」

「請他進來。」

不一會兒，一個幹部服上衣之外仍然穿着楚巴的中年藏人走進來，他留着分髮頭，一條中縫非常正直。他彎着腰向所有的人鞠躬。書記向他招手。

「請過來，坐在我旁邊。」

「書記！您好！」他誠惶誠恐地坐在書記和甲錯的中間。書記說：

「你們互相認識一下。」

藏文教師欠身向甲錯和白姆表示敬意，用藏語問好，並說：

「我叫哲仁培楚。」

「倉央甲錯，小女白姆。」甲錯和小白姆站起來向他還禮。

書記對翻譯說：

「請你告訴他們，在座的都是黨委委員，我們今天有個例會，這是我的建議，讓全體黨委委員一起聽聽從邊區來上訪的羣衆意見。處理一個案件，解剖一隻痲雀，請他們大膽地說，絕不會受到打擊報復，我可以保證，知無不言，言無不盡，言者無罪，聞者足戒。我們一定會爲他撐腰，該平反的平反，該補償的補償……我在這裏說的話是有份量的……」哲仁培楚在書記說話的時候，他都小聲用藏語翻譯給甲錯父女，他翻譯得很流利。甲錯請翻譯轉告書記，他們父女非常感動，非常感激書記和各位委員在公務繁忙中能接見他們。書記帶頭和全體委員向甲錯鼓掌，表示歡迎。

在聽取甲錯父女申訴之前，書記做了一個簡短的發言：

「同志們！大家都聽到了，基層羣衆對我們這些人民公僕是寄託着很高的期望的！毛主席教導我們說……雖然毛主席在文革問題上有過錯誤，做爲完整的毛澤東思想體系，仍然是我們黨的指導原則，四項基本原則之一就是堅持馬列主義和毛澤東思想。毛澤東思想的核心就是羣衆路線，脫離羣衆和不問羣衆疾苦就是官僚主義，久而久之，我們的黨就會得不到羣衆的擁護，就會變質！同志們！這不是我聳人聽聞，這是毛主席、小平同志的一貫教導。」他爲了引起嚴重注意，提高調門地說：「同志們呀！你們哪一位到信訪處門前去過？哪一位？」

沒人應聲。他深表遺憾地說：

「沒有……但我希望，我請求諸位在百忙之際都要去看看，上訪的羣衆爬山涉水，忍饑挨餓到了省城，夜裏就睡在馬路上，當含寃受屈的羣衆提出的問題得不到解決，排大隊，我們這些人民的公僕能睡得着嗎？你們懂得席不安枕、食不甘味是什麼感覺嗎？很多同志都不懂，飽食終日！飽食終日！無所用心！」這時，他用右手五個手指猛叩了一下桌子，茶碗蓋跳動了一下。「我們黨艱苦奮鬪幾十年，付出了極大的犧牲，成績是主要的，建立了一個社會主義人民共和國嘛！這是舉世公認的嘛！毛主席一九四九年十月一日在天安門城樓上向全世界宣告：中華人民共和國成立了！中國人民站起來了！這是誰也不能抹煞的！由於種種原因，每一個歷史階段或多或少的犯了一些錯誤，尤其是建國以後，有些錯誤很嚴重，但錯誤和缺點比起成績和建樹來，仍然是次要的，十個指頭之中的一個，而且是小的。」他學着毛澤東的習慣動作，伸出一個小手指來。「在一個十億以上人口的大國，執政黨的錯誤危害很大，影響深遠，產生了很多寃假錯案。但我們黨在十一屆三中全會上做出了劃時代的英明決策，其中也包括平反寃假錯案，反映了中國共產黨的偉大胸襟和勇氣，敢於承認錯誤，糾正錯誤嘛！糾正了，我們黨仍然不失爲偉大、正確、光榮的革命政黨！當然能否不再犯錯誤？尤其是不再犯嚴重的錯誤？這就要求我們全黨同志，特別是領導同志戒驕戒燥，謙虛謹愼，虛心向羣衆學習，耐心聽取羣衆的意見。希望同志們共勉！」他搓了搓雙手，覺得該講的大原則已經都講到了，接着輕聲問翻譯：「這位……？他叫什麼錯呀？」

「倉央甲錯。」

「這位倉央甲錯同志和他的女兒，從金沙江地區來上訪，首先我給大家看看這些……」他從面前的文件夾裏掏出十張泛黃的獎狀。「請大家傳着看看。」他把十張獎狀交給坐在前排的一位黨委委員。

小白姆輕輕碰了一下阿爸的腿，狡黠地笑着眨了眨眼睛。

黨委委員們在傳閱時個個嘖嘖嘆息，深受感動。

書記又發言了。

「同志們！築路五年，十次獲獎，平均半年當一次勞模，他——倉央甲錯同志不能不算是有功之臣了吧！中國共產黨不能忘記在歷史上對革命有過貢獻的同志和朋友，不管在哪個歷史時期。這樣的同志還要蒙冤，黨會特別不安。現在請倉央甲錯同志反映意見……」

翻譯連忙用藏話通知甲錯，甲錯用藏話說：

「書記，各位首長，我會說漢話，說的不好，特別是複雜的問題，別人總是聽不懂，今天有翻譯，我很高興，可以說得更清楚一些……」

翻譯用漢話說了一遍。書記說：

「我事先考慮到這一點，才請了一位翻譯來，請慢慢講，不要緊張……」

甲錯比較自信了，他說：

「我反映的事不是我自己的事，平叛、文革時期，我都受過寃枉，坐過幾年牢，吃過不少苦，都過去了，算不得哪樣，佛祖也吃苦，吃的苦比誰都大……」

這一段翻譯出來以後，書記不失時機地揷話說：

「同志們，一開始我們就看出了一個老勞模、老英雄的寬廣胸懷，自己受寃枉，文革坐了牢，吃了苦，沒有個人要求。同志們都聽見了吧！他這次上訪並不反映他個人的問題，有多麼崇高的風格呀！而我們有些老同志，在歷史上受了一點點衝擊，或者說不只一點點吧。總是沒完沒了，對黨梗梗於懷，比一比這位少數民族同志、黨外羣衆，難道你不感到羞愧嗎？倉央甲錯同志，請講……」

「我說的也不是哪一個個人的事，是大事，我看是很大很大的事。」

書記又插話了。有時候高級幹部的插話比正式報告的教育意義更大。

「聽見了沒有？他反映的是大事，很大很大的事，我們有些領導幹部只會把目光放在鷄毛蒜皮上，不抓大事……請繼續講。」

「我請求書記下命令：取消大城！」

「什麼？什麼？」在座的人雖然都很注意聽，但沒一個人能聽得懂他說的是什麼意思。

書記也聽不懂，他問翻譯：

「沒翻錯吧？」

「沒有，我完全忠於他的原意……」

「大臣是什麼？什麼叫取消大臣？請倉央甲錯同志解釋一下。」

翻譯把書記的指示傳達給甲錯，甲錯說：

「大城是我們縣這幾年新修起的一座城……」

「啊！」書記似乎明白了。「有這樣的事嗎？我怎麼不知道，邊區縣的請示報告制度堅持得最差，他們修建了一座新城都不往省裏報，這是好事嘛，好事也不上報！請繼續講。」

「大城是老百姓叫出來的，因爲它比縣城還大。」

「政府怎麼叫呢？」

「政府叫它林業局。」

「啊！」全體與會者這才搞明白。

「林業局比縣城還要大，說明林業發展得很快，爲什麼要取消它呢？」書記親切地問甲錯。甲錯說：

「他們只會殺害那些樹……」

「翻譯同志，他是用的殺害這個詞嗎？」書記問翻譯。

「是的，我的翻譯很準確。」

「他們把山上的樹統統殺害了，把屍體用犛牛、拖拉機拖下山，像天葬場上的師傅那樣，肢解，分屍……」

書記和委員們先是瞠目結舌，然後又忍不住哈哈大笑。

「翻譯同志，」書記小聲問：「他用的是這麼可怕的詞嗎？」

「是的，我帶的有藏漢詞典，您要看嗎？」

「不了，請繼續講。」

「他們把樹的屍體分段裝在卡車上運走……我們家鄉的溪水啞了，海子逃跑了，歌不流了，舞不動了，心被火燒焦了……」

許多黨委委員忍不住還是噴出笑聲來，有人仍然認為翻譯用詞不當，有人認為倉央甲錯思路不清。還是書記比較清楚，嚴肅認眞地問翻譯：

「是不是可以這樣來理解，山上的樹伐光了，運到內地來了，家鄉的溪水枯了，海子乾了，歌唱不出了，舞跳不起了，他的心裏很難過……」

「可以這樣理解。」

「好了，這就好了！倉央甲錯同志，你反映的都不是大問題，有些話說的也不夠科學……」

甲錯通過翻譯聽了書記的話，又通過翻譯回答書記：

「我覺得是大事，是很大很大的事。」

「不能這麼看，倉央甲錯同志，你住在邊遠地區，不可能從全局來看問題，林業局不能取消，我們全省有二十萬林業大軍，他們承擔着很重的生產任務……」

「二十萬……天呀！二十萬！」甲錯的眉頭皺得更厲害了。「他們不做好事。」

「不對，」書記說：「木料是社會主義建設必需的物資，我們國家很缺乏木材，別的不說，就說造紙吧，不造紙怎麼出版黨報，沒黨報，人民生活就沒有方向，黨報從中央到地方要印億萬份，不砍伐怎麼辦？」

「殺光了怎麼辦？」

「還有新生的樹苗呀！」

「一棵樹要長幾十年、幾百年……」

「我們會有辦法讓樹木速生的，現代化什麼都能辦得到，你放心，倉央甲錯同志，我們不僅要對今天的人負責，還要對子孫後代負責。溪水枯了，我們可以普及自來水，多造些鋼管嘛，多開幾個無縫鋼管廠。你看，我們窗外就是人工噴泉，想噴多高就噴多高，可以噴出花來，還可以按照音樂的節拍來變化，非常好看。海子乾了更不必發愁，我們可以擴大爲耕地，我們曾經化過很大的力氣圍湖造田，現在它自己乾了，我們不是更省力了嗎？也可以改成牧場。總之，這不是壞事，是好事，大好事。至於唱歌的問題，老年人唱不出歌來很正常，我就唱不出歌，年輕時候經常唱歌。『我是一個兵，來自老百姓，打敗了日本狗強盜，消滅了……』現在唱的就不好聽了，培養年輕人吧，倉央甲錯同志……」

「沒有老師了……」

「怎麼會呢？發現了好苗子可以送音樂學院，那裏的老師多的很，什麼男高音兒，女高音兒，花腔女高音兒，都有，……」

甲錯不住地搖頭，爲書記聽不懂自己的意思而痛苦不堪。他不明白自來水和溪水有什麼相同之處；也不明白海子乾了爲什麼會是件大好事；更不明白向人學的歌怎麼能和向大自然學的歌相比……

「我們也有舞蹈學院，芭蕾舞，穿着小短裙，那技術可高着呢！一轉能轉好幾圈……再說，我們還有錄音機、唱片，還可以看電影、電視……」

甲錯再一次說：

「心已經燒焦了……」

「這很不科學，心是不會燒焦的，你的憂愁太多了，社會主義各項事業都在蓬蓬勃勃地發展，也包括邊區的林業。目光向前，振作精神，像你五十年代參加修築公路那樣，投入偉大的現代化建設中去，你就會愉快起來的……」

「唉！要是那些公路沒有修就好了……」

「這種想法要不得，絕對要不得，這是倒退的觀點，復舊的觀點，無所作爲的觀點！」

甲錯深情地說：

「書記，我們家鄉——我說的不是現在，我說的是過去，你沒去過，雪山腳下的森林就像滾滾烏雲，一條條的溪水在開滿鮮花的草原上歌唱。鳥，到處都能看見鳥在飛，聽見鳥在叫……還有熊貓、獐子、羚羊、猞猁、金絲猴……我心裏有唱不完的歌，就像山坡上的溪水那樣，我一唱歌能讓幾百個小窗子同時打開，每一個小窗子裏都露出一個小姑娘的臉……現在……沒有了，一樣也沒有了……」

「倉央甲錯同志！」書記極爲耐心地說：「歌呀！舞呀！樹呀！溪水呀！好像沒有什麼有機的聯繫，你應該學文化，要懂得點科學道理。小白姆，你年輕，更應該學。無論多麼不如意的現代化都比原始落後的時代好！我們不能爲了原始時代美好的、值得留戀的自然風光妨礙現代化。無論多麼美好，無論多麼值得留戀……翻譯同志！你能準確地把我的話翻譯給倉央甲錯聽嗎？非常準確地……有點難吧？」

「難是有點難，我完全可以，所有的話我都很準確地翻譯給他聽了……」

「可爲什麼他會聽不懂呢？」

小白姆突然怯生生地用漢話說：

「因爲你是書記，阿爸是山裏人。阿爸的話你也不能全都懂……」

「啊！小白姆說得對。」書記似乎找到了答案。「這是文化層次問題。」他對翻譯說：「那就請你盡量翻譯給他聽吧！」

翻譯把書記的話慢慢翻譯給甲錯聽。甲錯聽完以後請翻譯把自己的話翻譯給書記聽。

「金沙姑娘也會死的，瀾滄姑娘也會死，怒姑娘也會死，到時候誰都要受乾渴，誰都要……」

書記聽了這段話笑起來了。

「不會，金沙江怎麼會乾？瀾滄江、怒江也不會乾，杞人憂天，除非天不下雨……」

甲錯傷心而憤怒地說：

「金沙姑娘要是死了，她的魂靈要報仇，要生出可怕的事情，很可怕的事情……」

書記不悅地小聲說：

「看來已經不只是文化層次的問題了。」他悄聲問翻譯：「你是不是覺得他不太正常？」

「書記，您說呢？」

「我認爲是。」

「您說是，那……那一定是。」

「這樣吧！你把我的話告訴他：我們不能無止境地討論下去了，沒有時間，我們都很忙。謝謝他們不遠千里來省城上訪，向我們反映問題，我們一定會認眞考慮，請他放心。中國人民在中國共產黨領導下，一定能實現四個現代化，一定有辦法、有能力解決我國所有的問題。對於他們上訪的善後處理：一、發給適當的路費，請他們回去，不必去北京了，如果有必要，我們會代替他們向中央反映，我認爲這些問題沒有必要向中央反映。二、他們的動機是好的，是應當肯定的，但我們希望他們再也不要爲這類問題離鄉背井、徒勞往返。三、今晚在招待所給他們要一個房間，晚飯和明天的早飯免費供應，再給他們帶點乾糧。」

翻譯如實翻譯了書記的話。書記見甲錯沒有說話，問他：

「這樣處理合適嗎？」

甲錯非常失望地嘆了一口氣，喃喃地說：

「我們不能在城裏過夜。」

「爲什麼？」

「我們一共三個。」

「另外那個人呢？」

「住在城外，昨天我們是三個一起進城的，警察不許他在城裏走路，把他趕出去了。」

「有這種事？我們從來沒有規定什麼人可以進城，什麼人不可以進城，查一查。」

小白姆「噗」地一聲笑了，說：

「阿爸說的是我們的小毛驢。」

書記和委員們都笑了。書記說：

「多給點草料錢，讓我的司機把你們送到城外小毛驢住的地方去，有地址嗎？」

「有！」小白姆掏出個紙條來。

「好的，不用給我，上了車給司機同志。」書記向他們伸出手來。「再見！小白姆，你能聽懂很多漢話，我看得出來，也很聰明，再見，倉央甲錯同志！要開朗，不要鑽牛角尖，注意身體。」

甲錯突然覺得非常累，累得不想再說任何話了。走出會議室以後，甲錯甚至聽不見他背後爆出的一陣哄堂大笑。小白姆可是聽見了，她想：他們笑哪樣呢？有哪樣好笑?!

那輛黑色的小汽車已經等着他們了，還是那個軍人給他們打開車門，上了車交給他們一個大信封，信封裏有甲錯的十張獎狀。汽車很快就離開了這片沙漠中的小綠洲。小白姆把王大媽的地址交給了司機。

眉批：我猜想，作者都不知道這段文字會如此深刻。不僅甲錯感到累，我也感到累。為甲錯的掙扎感到累，為書記的演說感到累，為人與人不能相通、不能理解感到累，我相信，所有的讀者都會感到累。當然，這並非作者精心結構的結果。因為作者是在記實。

王大媽看見他倆竟然是坐着高級轎車回來的，高興得巴掌連聲響。而且如此風光的轎車一直開到門前。她的門前過去從未停過小汽車，只停過手扶拖拉機。小毛驢看見牠的主人們是從那麼個怪物的肚子裏鑽出來，嚇得又是叫又是踢騰。父女倆下車以後那軍人又交給甲錯一個小信封，告訴他們：這是書記給他們的路費和草料錢。小白姆接過小信封，道了謝，汽車就一溜煙開走了。

王大媽興奮得一口氣問了一百多個問題，都由小白姆回答，回答都是一個字：好！甲錯一語不發，王大媽以爲他是高興傻了，他坐在牆角裏，兩眼無神，臉色灰白。小白姆向王大媽做了必要的解釋。

「阿爸太累了，說話太多……」

「那就趕緊歇着吧，反正大事辦成了，不枉走這一程。你們呀！眞是福星高照！條件都答應了吧？」

「都答應了，奶奶！」小白姆怕照實說費唇舌，也說不清。

「那就好！人呀！就是要個舒心、順心，這回就好了，爺兒倆安心回家吧，慢慢走，走走歇歇，別累着了，也別餓着，反正公家發了路費。」

「是的，奶奶！我要照應一下阿爸，給我一碗開水。」

「好的，你先攙你爸進房躺着。」

小白姆這才躲開王大媽熱心而興奮的囉嗦，扶着阿爸進了房，又出來接了王大媽端來的開水。

甲錯一躺下就不言不語了，一動也不動。他知道：這條路已經走到頭了！走了這麼遠，還是一個死胡同，多麼長的一條死胡同啊！

眉批：我們總以為死胡同是短的，應該說有短的，進了短的死胡同並不可怕，退出去就是了。可怕的是進了長長的死胡同，有時候一代人走到死才發現是一條長長的死胡同，想退已經來不及了……

小白姆沒有問阿爸什麼，連一句也沒問。因爲她和阿爸的魂靈是一個顏色，水色魂靈，太清亮了，相互照得清清楚楚。她用嘴吹着碗裏的開水，輕輕地吹着，一直吹得不燙了，嘗過，再端到阿爸的嘴邊上，甲錯用乾裂的嘴唇一小口、一小口地喝着。

王大媽探頭進來問小白姆：

「吃了飯再睡吧，飯煮好了。」

小白姆小聲說：

「謝謝奶奶，我們在書記那兒吃過了。」小白姆說了一句謊，她知道，再好的吃食，阿爸也沒有慾望了。

「啊！怪不得。」王大媽這才縮了出去。

小白姆嘆息着獨自在思索：人們爲哪樣都看不見我阿爸的心呢？那麼多有文化、有知識的幹部都看不見。唉！也難怪，連阿媽都看不見，離開阿爸去嫁了人。別人咋個能看得見呢？可我從一睜開眼就能看見阿爸的心，他的那顆心只要輕輕地一顫，我就能看到。

眉批：能看到另外一個人的心，（卽使另外那個人是自己的骨肉至親。）這樣的人是極少極少的……

十、紅嘴想思鳥

我掩卷休息了一會兒，有一種說不出的沮喪情緒籠罩着我，精神上的沮喪比肉體承受的打擊要沉重得多，我最怕的是精神上的沮喪。但我必須承認這位業餘作家描寫的甲錯是比較準確的，雖然和我過去看見的甲錯完全不一樣，但這就是他，是老來的他。老來的我和年輕時的我也完全不一樣。我被長期沉重的精神沮喪拖累得很遲鈍，很怯懦，很無奈。年輕時那種任意飛翔般的自信已經喪失殆盡。……我想，他也是。

我必須趕快把這手稿看完。

俗語說：歸心似箭。甲錯在歸途中的心情卻相反，他走得非常慢，使得小白姆和小毛驢時時要停下來等他。尤其是當他們離家越來越近的時候，公路沿着金沙江迤邐延伸，向着高峻的雪山。最後一段沒有小路，往日的驛道和公路重合在一起了，他們必須從公路上走。大卡車一輛接着一輛，吼叫着冲下來，每一輛卡車都滿載着原木，原木被繩索、鐵鏈捆綁得緊緊的。在甲錯看來，那些卡車早就不是或許會吃青草的巨型犛牛了，而是一些張牙舞爪的怪獸，它們蠻橫地在公路上狂奔，甲錯、小白姆和小毛驢常常被擠在路邊，被卡車捲起的塵土所淹沒。一輛過去了，又是一輛，又是一輛，他們一直在閃躲，連眉毛上都蒙着黃塵。甲錯時時迷惘地轉過身來，目送着卡車上被捆綁着的那些原木，那些不久前還好端端地挺立在雪山下，向湛藍的天空緩緩擺動着修長臂膀的雲杉，一團團白雲從它們身邊飄過，現在都變成無枝無葉的、被截成一段段的木料送往遙遠的地方，再剖成片、鋸成條、切成塊……變成沒有生命的東西。曾經被綠色瀑布淹沒的山谷裏剩下了些什麼呢？一片無頭無幹的樹樁，被砸得粉身碎骨的幼樹。泥土和陳年的落葉被雨水冲進金沙江，山的筋骨全都裸露在日光下……凡有靈性、有色彩、有聲音、有芳香的東西都隨着森林的消失而消失了。披着美麗翎毛的鳥類，披着光鮮皮毛的獸類，湖泊和湖泊裏的魚，草地和草地上的彩色蝴蝶、蜻蜓、蚱蜢，千姿百態的溪水以及它們的低低的吟唱，全都消失了……現代化就是一個沒有靈性的世界嗎？甲錯極其痛苦地用惆悵的目光看着女兒，摸着女兒被陽光烤焦、佈滿塵土的小臉。他的嘴蠕動了好幾次才說出話來。

「小白姆，你牽着小毛驢先回去吧！」

「不！」小白姆立即從阿爸的臉上看到了一種陌生而不祥的陰影。「阿爸！我們一起出來，就一起回去。」

「你先去。」聲音很微弱，但很堅決。

「不，阿爸，我不放心。」小白姆急得聲音一下就嘶啞了。

「放心吧，你先回去，我就來。」

「您到哪兒去？我就跟您到哪兒。」

「我哪兒也不去，去哪兒都沒得用。」

「可您……爲哪樣不陪我回家呢？」

「小白姆，女兒，你還不知道我嗎？我要一個人慢慢看看，想想，我一輩子有一半時間在路上，一半在睡覺。讓我到山林裏走走，找個有溪水的林子裏透透氣，我已經透不過氣來了，我恨！這車隊，這灰塵……」他把噴着怒火的眼睛突然轉向吼叫着馳過身邊的卡車。

「我陪您去。」小白姆打了一個寒噤。

「不！聽話，讓我一個人走走，你回去吧！」

「阿爸！您別再操心了！管管我們自己的火塘吧！那麼多人都不管，您爲哪樣非要管？我們已經盡到心了，上了州，上了省，哪樣話都講過了……您管不了那些事，您只有一件破楚巴，連一棵樹都遮不住……」

「是的，所以我才恨！」他突然大聲喊叫起來。

小白姆從生下來都沒聽見阿爸說過恨，卽使是平白無辜的坐了幾年牢，他都沒說過恨。

小白姆顫抖着說：

「阿爸！您咋個了？跟我回去吧！只有您能照顧好您的小白姆。風來了，小白姆躺在您懷裏，您用胳膊爲小白姆遮風。雪來了，小白姆躺在您懷裏，您用大巴掌擋住小白姆頭頂上的雪花……阿爸，跟您的小白姆回家吧！我們的家，有我，有小毛驢，只要有您一支歌，屋裏就暖和了……」

「阿爸的嗓子沒有歌了，就像沒有水的山溪，小白姆！你先回去吧！」

「阿爸！我們一起回去，我不放心，很不放心呀！您一個人在外面走，要出事的……」

小白姆越想越怕，哭泣着抱住阿爸。車隊從他們身邊轟隆轟隆地馳過。那些被捆綁的原木在甲錯眼前痛苦地吱呀吱呀地呻吟着。甲錯推開女兒，語氣很輕，但很堅決地說：

「回去！」

小白姆知道阿爸只說兩個字的份量，強忍住哽咽，點點頭，但她卻邁不動自己的腳步。

「回去，……小白姆！」十分輕，十分嚴厲，十分柔情又十分悲涼……無可挽回了，小白姆又點點頭，仍然沒有移動自己的腳步。

甲錯注視着女兒，喉結蠕動着。他離開過那麼多女人，離開就離開了，只在記憶中留下共同的歡樂，那些歡樂從不轉換爲悲傷。歡樂漸漸淡漠了，人的形象也就模糊了。只有山林裏的溪水和他的小白姆是他心靈中永不模糊、永不消失的聖潔玉女，一離開——哪怕時間很短，都會牽疼他的心。但他今天一定要離開她，這是女兒也知道的空前嚴重的事實。她知道任何努力都不能改變阿爸的這個決定了，但她卻擡不起自己的腳，這是甲錯也知道的，他知道女兒擡不起她那雙穿着破靴子的小腳，不是因爲累，而是因爲她將要和小毛驢走一段回家的路……雖然是一段很短、很熟悉的故鄉路。出來的時候是兩個人一頭驢，回到家只有她自己和一頭只會聽、不會答話的驢。

這時，一輛重型卡車載着沉重的原木快速衝下來，在轉彎處減緩了速度。甲錯突然像年輕小伙子似地，雙手抓住車廂板，雙腳躍起一蹬，翻身滾入車廂，緊緊地抱住一根原木就隨着高速奔馳的汽車遠去了。

小白姆久久注視着那輛在滾滾黃塵中隱沒的卡車。一輛接一輛相似的載着原木的卡車被自己的車輪掀起的塵土所淹沒。她很害怕，她不知道阿爸去哪兒，去做什麼事情，有什麼比不知道更可怕，更讓人擔憂的呢？

「小毛驢！我實在走不回去了，馱馱我吧！」在迢迢千里的往返路上，她從沒騎過小毛驢，快要到家了，她騎上了小毛驢。小毛驢不僅不討厭，反而很高興，打着響鼻，健步如飛地走着上坡路。小白姆歪着身子坐在驢背上，把臉轉向山下的金沙江，她再也不願看見那些迎面馳來的、凶猛巨獸般的卡車了。

小白姆騎在小毛驢的背上，一路訴說着，她確信小毛驢聽得懂她的話。

「小毛驢！我怕，很怕，你不怕？我不知道會出哪樣事情，只曉得要出很可怕的事情。我的心好慌啊！從來沒有像這樣慌過……小毛驢，走上進村的岔路口，你停一停，那裏有一個瑪尼堆，讓我下來，拜一拜，念一百句：唵嘛呢叭咪吽。在瑪尼堆上加幾塊我念過佛號的石頭，保佑保佑我的好阿爸！佛陀呀！是該您顯靈的時候了，是該您發慈悲的時候了！我怕，我從來不爲沒有臨頭的禍事害怕過，禍事臨頭我也沒有害怕過，現在我眞的害怕了！佛陀！求求您，大慈大悲的佛陀！……」

小毛驢離開公路，走上進村的小路，在那個插有許多紙幡的瑪尼堆邊打了個響鼻停住了……小白姆渾身顫抖着從驢背上滾落到地上。

小白姆回到家第三天就聽到人們在風傳：公路上出了怪事，樹神顯靈了，上下十幾個停車場載運原木的卡車輪胎在一夜之間都被扎破了。林業局全線停工，砍倒的樹木運不出去，維修車日夜加班也補不完被扎破的輪胎。剛剛補好一批，另一批汽車的輪胎又被扎破了。林業局調了許多駕着摩托車的警察到處搜索、埋伏、調查，發動羣衆揭發檢舉……因爲林業局不相信有什麼神怪，雖然藏民家家都相信是樹神顯靈，誰敢去揭發檢舉樹神呢？第四天傳出的消息說，警察在夜裏發現了破壞者，是個老年藏民，穿的是破羊皮楚巴，戴着一頂舊線帽，只在手電筒的光柱中閃現了一下就鑽進樹叢逃走了，沒有看見他的臉。跑得很快，就像一只岩羊，十二個警察都沒追上，逃到山頂上還吹了一聲長長的口哨。他站在最高的懸崖頂端，蹲在一塊岩石上俯瞰着那些追逐者。步槍射程正好達不到，而且岩頭上的風速很快，開槍完全不可能擊中。警察們和他相峙了一夜，天色漸漸明亮起來的時候，人們看到的卻是一只在第一線陽光中舒展翅膀的大鷹。於是，人們紛紛傳說，確實是樹神顯靈，樹神先變成人形，有人追，變成岩羊，天亮起來的時候，又變成大鷹。警察們氣惱地向那隻大鷹開了幾槍，大鷹飛起來在天上繞了一圈，竟向那些警察俯衝過去，等警察們擡起槍的時候，大鷹急速上升，沒入雲端……這傳說使許多人暗暗高興，只有小白姆一直忐忑不安，她一開始就知道樹神就是阿爸，她知道，阿爸太恨那些瞪着一對大眼睛的機器怪物了。阿爸代替樹神在報復那些妖魔，阿爸一定很痛快。但小白姆知道：眞正的神力從來都抵不過魔力。雖然他並不知道漢族有一句古話：道高一尺，魔高一丈。何況阿爸是個人，阿爸是人，他不是神，神不會那麼苦，苦得說不出話來，苦得渾身痙攣，苦得流淚，苦得大喊大叫，苦得鋌而走險。神沒有痛苦，神只有安詳地微笑。小白姆並不擔心阿爸會被抓住，她知道，當愛或恨調動他的全部激情的時候，他的機警、才智和力量是無與倫比的，特別是在金沙江兩岸的懸崖峭壁上，大鷹也難找到他。他會像社蒙(藏語的香鼬 Mustela altaica Pallas)那樣，在最光滑的石壁上攀緣，他的鼻子能聞見任何一種動物的氣息。在水裏，他就像陝姆(藏語的水獺 Lutra lutra Linnaeus)，能藏身在水下的石板縫裏。她擔心的是阿爸的孤獨和煩悶，孤獨和煩悶會把他推向毀滅的深淵，那深淵在哪兒？有多遠？那深淵是什麼？此時的小白姆還不知道。

當鄰舍們向她傳播新聞的時候，她也像別的女孩子一樣，人云亦云，嘻嘻哈哈，當有人問到甲錯的時候，她總是那句話：

「幫人趕馬送貨去了，就要回來了。」

「現在還有不用汽車運貨的生意人？」

「他去的地方不通車。」

「可不是，不通車的地方還多着哩！」

「你眞是個明白人。」小白姆咯咯地笑了。

眉批：小白姆呀！小白姆，你真是個善良的精靈。

一個偶然事件發生了。

這個事件並沒發生在公路上。

伐木工劉二毛，那天調休，提了根帶瞄準鏡頭的小口徑步槍，爬了三個小時的山路才進入一個待伐高山針葉林區。他當然知道，只有在這片森林深處才能打得到小鳥。作業區和作業區附近早就看不見一根翎毛了。在高聳入雲的雲杉和冷杉的世界裏，林木的枝葉上飄動着像紗幔一樣的寄生物。越走越靜，越走越涼，雪山上的寒氣滲入林中。他沿着一條幽暗的溪水往上走，因爲溪水通過的地方地勢肯定比較平緩堅實。劉二毛最近很得意，這是每一棵樹和林中的每一隻鳥都不知道的。他從東北林區調來已經一年多了，四十五歲的光棍不久前總算成了個家。雖然娶的是個藏族女人，也不是個原封大姑娘，據說如今原封大姑娘壓根就找不到。反正伐木三年，老母豬當貂獼。只要上床不咬人就行。

他腳上的高統膠皮靴子踏着溪水，走着走着看見一頭熊瞎子，再定睛一看，是個人！嚇了他一跳。一個老藏，躺在溪水邊的石板上。是死？是活？遠處還真看不清。劉二毛渾身的汗毛直往上豎，他假咳了兩聲，脫了毛皮帽子，往後扒拉扒拉頭髮。據說這樣可以使活人的火性散得更遠些，如果眞遇見什麼妖魔鬼怪，它們也不敢輕易靠近。再說，手裏還提着根槍，也不是燒火棍。這時候他看見那個人坐起來了，正對着他看，既看不出這個老藏是惡意，也看不出是善意。不過，外來的伐木工都知道，老藏就跟老虎一樣，你不惹它，他也不會先動你。老藏又都信仰佛教，並不輕易殺生害命。可在這深山密林裏，一個人也沒有，他要是看中了我手裏這桿槍，不就壞了嗎？不怕一萬，就怕萬一，咱們最好別見面。劉二毛隨即離開溪水，從右側一條小徑插進一塊林中空地。

好一塊平整葱翠的草地，只有十步方圓，開了一圈野薔薇，中間是茸茸的淺草。他有點累了，坐在柔軟的草地上，拿出背囊裏的饅頭，鹹牛肉和一瓶燒酒，一邊對着瓶口呷酒，一邊撕鹹牛肉就饅頭。眞湊巧，一隻紅嘴想思鳥（紅嘴想思鳥 Lecothrix lutca (Scopoli)）「古兒古兒」地叫着落在一棵大冷杉下的一叢茨蓬上，一根最高的長枝托着它的身子，連續彈動了十幾下才穩定住。一線陽光像是特地爲劉二毛投射下來的，因爲這一帶全都是幽暗的，只有這孤零零的一線陽光。也許是這隻紅嘴想思鳥怕冷才找到這縷陽光的。劉二毛覺得既幸運又詫異，因爲紅嘴想思鳥一般只在海拔二千米以下的常綠濶落林或是常綠、落葉混交林裏生活，爲什麼會飛進這高寒針葉林裏來呢？媽拉八字！我明白了！如今海拔二千米以下連毯毛也沒了，這些鳥兒也是萬般無奈，就像越南人渡海逃亡飄到北冰洋一樣。劉二毛只把半截饅頭、酒瓶和鹹牛肉放在草地上，並沒馬上提槍。他俯臥着，用兩只拳頭撐着下巴頦兒。先欣賞欣賞再說。小鳥長得十分精巧，天造地化，讓你讚嘆不已。它的額面、頭頂和枕部是有點黃的橄欖綠，頭的前部比較淺，背、腰、尾上是略顯暗灰的橄欖綠覆羽，尾的中央尾羽頂端是亮藍色，外側尾羽稍向外叉。翅膀最美，紅色的翅斑，赤紅色的外緣。頦和喉是明亮的輝黃色。上胸又是嬌艷的橙紅色，下胸和腹部及尾下羽都是乳黃色。最妙的是它的小嘴，一滴血紅。劉二毛情不自禁地輕聲叫好，眞它媽的好看！他爹媽是咋操的，全長還不到一百三十個毫米，有這麼多色彩，這麼伶俐，還叫呢！這麼小個身子，叫出這麼好聽的聲音來，你就壓根摸不着它的調門，變化多端，學都沒法學。一邊叫還一邊拍着翅膀。是不是在找對象、搞戀愛呀?!不然哪能這麼一付沒出息樣？你就別那麼高興了！

劉二毛慢慢、慢慢用手在草地上摸索着找自己的槍，摸索了好久才摸到。又輕輕拿到身前來，用自己的左手托着，以手肘當堠架開始瞄準，一切都像電影上的慢鏡頭那樣，而且是一點聲息也沒有。整個這座神秘陰沉的大森林，只有這一縷金色的陽光，投射在一隻本來是最幸運——而現在又是最不幸的紅嘴想思鳥的身上，只有他的鳴叫和欣喜的表演。劉二毛很快就在瞄準鏡裏看到那隻小鳥了，他把十字紅線的交點移到小鳥的胸上。這時，劉二毛聽到一聲人的驚叫，他很意外，小鳥也很意外，立即止住了叫，但沒有飛，它好像在辨別這聲音的來源，劉二毛很快就明白過來了，已經沒有時間再在瞄準鏡裏欣賞這隻小鳥了。

「啪！」小口徑步槍的聲音並不很響，但森林太靜了，響得連劉二毛自己都吃了一驚。

紅嘴想思鳥立即像一團小絨線球似地從茨蓬的枝條上滾落下來。森林一片死寂。那一縷陽光還在，不同的是，它照耀着的卻是一隻突然失去生命了的一隻小鳥。這是劉二毛最過癮、最暢快、最心醉神迷的一瞬間。爬了那麼高的山，走了那麼長的荊棘路，不就是爲了這一刹那嗎?!他爬着奔過去，拾起染着鮮血的紅嘴想思鳥，它的翅膀無力地耷拉着，脖子歪在一邊。近看那羽毛的色澤和紋路更加精彩。他撥弄着小鳥不能直立的脖子，用嘴學着它的叫聲……他完全忘了在他開槍之前那聲人的喊叫。他正在得意地撥弄着小鳥的時候，忽然覺得身後有一隻熊的影子，嚇得他打了一個寒顫，大叫一聲轉過身來，他以爲這樣可以把熊嚇得倒退一步，好趁機拖起槍逃跑。轉過身來一着，原來不是一隻熊，是個老藏氣呼呼地噴着一股子青粿酒味來。劉二毛聞到酒味反倒放心了。據說鬼和妖怪都不能眞地喝酒。雖然這個老藏一身泥汚，蓬頭垢面，是人無疑。劉二毛沒打招呼先嘿嘿一笑。

「你好哇！老鄉！」

老藏跌跌撞撞地走到劉二毛面前，好久都沒說話，只是不停地大喘氣。喘得劉二毛心裏直發毛。不是鬼，不是怪，是人，可是人裏頭也會有瘋子。萬一他是個瘋子，不講理，這麼大的塊頭，跟他抱着摔，無論如何也摔不過他。拳擊，也沒把握，三十六計，走爲上策。他一邊「嘿嘿」笑着，一邊提起槍就走。那老藏出乎劉二毛意料之外的利索，沒等他轉身，老藏一伸手，熊變成了長臂猿，一把就抓住了他的領口。

「你爲哪樣……打死牠？」

嗨！這問題提得多新鮮！爲哪樣？不爲哪樣！能提問題，而且還會說漢語，說明他還不是瘋子。

「犯法嗎？」劉二毛用手往上一擋，想把老藏的手給打掉。誰知道，那只手就像鉗子一樣，除非你別要這身衣服。劉二毛正沒辦法脫身的時候，老藏主動鬆了手。劉二毛轉身想一溜了事，那老藏一扭身剛好立在兩棵大樹幹之間擋住他的去路。

「怎麼，找碴呀？」

「你爲哪樣……打死牠？」

唉嗨！看樣子還非得正面回答不可嘍，回答就回答，看你拿老子怎麼辦。

「我高興，我不打死它手心癢癢，不打死牠我心裏不舒坦，不打死牠我……」

「牠惹你了？」

「牠惹我？敢嗎！」

「牠要啄你的眼睛？」

「啄我的眼睛？我一跺腳它就得沒命地逃，一逃就是幾十里。我就是不跺腳，不言語，輕輕地提起槍來，瞄準它開槍，打死它！」鬪嘴你鬪得過我嗎？

「它罵你了？」

「罵我？它根本就沒看見我，要是它看見了我，早就飛了……」

「它只會唱。」

「這還用得着你說，我早就知道，唱得還挺好聽。」

「你也覺得好聽？」

「當然，好聽就是好聽，難聽就是難聽，我有耳朵，一聽就知道。」

「好聽，你爲哪樣打死牠？」

「怎麼？好聽就不能打死牠！哪隻鳥不是因爲會叫才被打死，不叫，你能發現牠嗎？就像一九五七年那樣，毛主席的偉大戰略佈署，讓知識分子鳴放，一鳴放，不就把右派抓住了嗎！不鳴放，你知道右派在哪兒?!」

「你不覺得……這是作孽？」

「作孽？想不到你還是個鳥道主義者！」劉二毛哈哈大笑起來。「告訴你，我不是佛教徒，什麼教都不信，只信馬列主義毛澤東思想，只要不違犯四項基本原則，走遍全中國。」

「牠！」老藏指着那隻死鳥「牠還有婆娘。」

劉二毛一聽笑得更厲害了，要是手裏沒有那桿槍支撐着，一定會笑得倒在地上。

「有婆娘，很可能，或者是個未婚妻，也可能是個戀愛對象，反正有一隻小母鳥正在哪根高枝上等它，搖着帶尾巴的小屁股，等着它往背上跳。雖然我不知道寡婦的滋味，老光棍的苦情我還是有體會的。」

老藏怒不可遏地逼近他一步。

「它有兒子，女兒……」

「很有可能！可能還在蛋殼裏，也可能已經出了殼，張着黃嘴丫子『吱吱吱吱』叫着等它的爹媽餵食哩，很可能，完全可能。這跟我有什麼關係？這跟我放槍打鳥有什麼關係？我放槍打鳥又跟你有什麼關係？」

老藏很悲哀地看着那隻死鳥，自言自語地說：

「它再也不能唱了……」

「對了！它再也不能唱了，很可惜。就是打死我，我也唱不出這麼好聽的音兒來，我剛才就承認它唱的好，唱絕了！可我比它厲害，能一下子就讓它靈魂出竅，『砰』的一聲，它的歌就斷了，這個漂亮的男高音兒就嗄兒了，玩兒完了！世界上就再也沒有它的聲音了。沒了就沒了，人，咱們是人，老哥！照樣喝酒、吃肉，照樣結婚養孩子，照樣坐汽車、乘飛機，看戲看電影，照樣背着槍打鳥。老哥，咱們是人，你咋不站在人的立場上，偏要站在鳥的立場上，我看你眞成問題！爲這件芝蔴大點的事眞生氣，生這麼大的閑氣，犯得上嗎？」

老藏沒有回答他，但呼吸越來越急促，渾身肌肉緊張，鼻子尖幾乎頂住了劉二毛的鼻子尖。

「你的良心……有沒有？」

「良心？我的良心大大的有。」劉二毛覺得嘴皮子再耍下去有點危險，他膽怯地說：

「你想幹什麼？」

「幹什麼？」老藏抓住自己腰間的刀柄。

「怎麼，想動武？你講不講理？」

「你……」

「要動武到山下去，在人前幹，要動刀就動刀，要動棍就動棍，老子不含糊你！」劉二毛一邊說一邊倒退，一只手在地上抓起自己的背囊。

老藏用腳輕輕一絆，劉二毛就仰面八叉地倒了。他連忙舉起那只死鳥搖晃着，像搖晃着一面投降的白旗。他的這個乞憐動作所引起的效果卻完全相反，使得老藏更爲憤怒，他抽出帶鞘的藏刀向這個他以爲是最殘忍的人劈過去。頓時，劉二毛的額頭上出現了一個長長的傷口，鮮血濺了滿臉。

老藏的憤怒立卽被驚嚇所淹沒，藏刀落在地上。他哆哆索索地從劉二毛的背囊裏找一些草紙遞給他。又氣又怕的劉二毛渾身顫抖，接過老藏遞給他的草紙，捂着傷口，結結巴巴地說：

「你……你要承擔法律後果……」

老藏拾起地上的藏刀，對劉二毛說：

「我住在耳朵村，叫警察來找我。」說罷惆悵、悲哀地看了一眼落在地上的那隻死後還如此美麗的紅嘴想思鳥，轉身慢慢地走了。

那一線陽光驟然消失，像舞臺上一樣，主角已經死去，最高潮的一幕已經結束，所有的燈光都隱沒了……。

老藏慢慢地走着，不時還回顧一下，他知道這個獵鳥者的傷不輕，但他很後悔，這有哪樣用處呢？鳥已經死了，那麼多鳥都被他們打死了，每一個伐木工平均有一桿槍。他們卽使不打鳥，鳥的棲息之所日漸縮小，很快也就沒有結巢之枝了。

劉二毛一手捂着額頭，一手提着槍和背囊從地上爬起來，他眞想從背後給那老藏一槍，但他知道，那樣他也全完了。這個耳朵村的老藏眞狠！這時他忽然想到，萬一他不住在耳朵村，他只是想騙騙我……對！他眞是在騙我，連個名字都沒告訴過我。劉二毛向那老藏大聲喊着：

「喂！你叫什麼名字？你叫什麼名字？」

那老藏轉過身來，叉着腰停頓了一會，讓林中的迴聲完全散去之後，以更大的聲音回答他：

「倉——央——甲——錯！」

山林頓時此起彼伏地發出至少有十次迴響，迴響漸漸沉寂之後，他才慢慢轉過身去走了。

劉二毛一聽，手腳都發冷了，上下牙齒不住地磕碰着。

「明……明、明、白了，這一下……明、明、明白了……我娶了他的婆娘！這是報復！可……可，這是故意傷人罪！」

眉批：劉二毛屬於那種總以為自己「明白了」，而又永遠不明白的聰明人。

十二、悲劇臨近終場了嗎？

不知道為什麼？看到這兒，我很想認識一下那個槍法很準的劉二毛，甚至也很想看看他現在的——甲錯過去的妻子。

甲錯從山上走到公路邊，已經入夜了，是個沒有月亮、也沒有星星的夜晚。公路上過往卡車已經不多了，偶爾有一輛趕夜路的卡車馳過。甲錯已經決定了，他要從這裏步行回耳朵村，先看看女兒，然後進城去公安局自首，告訴他們：他不僅打傷了人，他還扎破過許許多多——記不清有多少只汽車輪胎。他不準備向他們說任何道理，只要求坐牢。他的表弟，當過喇嘛的旺堆曾經告訴過他：釋迦摩尼本來是最不願說道理的，他只是捨身修行、渡人、渡一切有靈性的生命。後來他的行為，首先是他的行為震動了衆生，衆生才請求他說法，他才說，他的話才寫進經書。他的話並不很多，後世的弟子、信徒為了解釋他的話，寫了更多的經書。把佛陀的話解釋得越來越深奧，越來越神秘，越來越難懂了。甲錯當然不敢有成佛的奢望，但他矇矇矓矓感覺到佛祖做得很對，語言是沒人懂的，連佛陀那樣智慧的語言都沒人懂，佛陀並不強求人們懂，他只是按照他自己的大光明心去做。至今有多少人能懂佛陀的語言呢？那些活佛、高僧懂嗎？如果他們都懂，絕不會對自身身外之物有那麼多慾望。但世世代代的凡人都懂佛陀的善行和他莊嚴的法相。我算哪樣？——甲錯自以爲想得很清楚。——我就像高原上的一棵小草，只是幾萬棵小草中的一棵，從堅冰中鑽出來，尋找自己的一線光明、一滴露珠，夏天開花，秋天結子，用最大的力量在風中搖擺，這就是我的吶喊，我的乞求，誰也聽不見，看不懂，結了子就枯了，明年是另外一些小草，或許高原上的泥土都流失了，再也長不出小草來了。當一棵小草還沒有枯死的時候，它要在風雨中搖搖擺擺；要開花，盡量開得大些、香些；要結子，結得盡量多些，結得盡量飽滿些；我也該枯黃了……這時，他覺得自己腳下的破靴子踏在地上的聲音變得更響了些。他停下來，用手去摸地，原來是木板，他這才明白自己正走在一座木橋上。是一座搭在山澗上的木橋，兩邊還有欄杆。他撫摸着欄杆，是的，是一座很結實的木橋、木橋、木橋……

一輛開着大燈的卡車吼叫着開過來，在木橋上平穩地馳過。好寬的木橋！可以並排開過三輛卡車。他參加過修橋，修過很大很長的橋，最長的有二十五孔，每一孔跨度是五十米。

他記得當年金沙江公路主線遲遲不能通車的原因就是有一座不太長的橋沒有完工，使得全線不能通車，所有的車都只好停在橋頭上，等待着……那年雨水大，水泥橋墩沒凝固就被沖垮了，接連着被沖垮了好幾次，好像是天意！那時候我好着急呀！所有的民工都很着急，好多人都在求菩薩，跪在泥地上。雖然公路工程指揮部不許我們求菩薩，我們還是求。現在想起來，多蠢呀！也許正是天意，天機總是日後才悟到的。那時誰能知道公路會毀掉森林呢？像一條殘酷的吞沒一切綠色生命的多頭巨蟒。

路再平，沒有橋，不能通車！——一刹那間，甲錯心裏冒出一個火辣辣的念頭來。他退到山坡上，雙手合十，默默地祝禱着，他希望熄滅那念頭。當他重新睜開眼睛的時候，那座橋的影子仍然矗立在他眼前，和他那念頭混爲一體，而且晃動着向自己移動，越來越近。它爲什麼會晃動呢？剛剛我還在橋上，剛剛還通過了一輛大卡車，結實得很，平穩得很。天啊！要是天空中突然降下一團天火該多好！燒掉幾座木橋，這條巨蟒就會像被腰斬數段似地癱瘓了，所有運載原木的卡車都停在半路上。他仰望夜空，沒有月亮，但滿天繁星，天是冰冷的，哪來的天火呢？……靜極了……。

把橋拆掉！——哪兒來的聲音？是我自己？還是別人？這聲音很陌生，尤其是這聲音傳達的意思。

誰來拆？——誰在問？是我自己在問？還是別人在問？這聲音也是陌生的，不，似乎有一點熟悉。

我來拆！——哪兒來的聲音？是我自己的？還是別人的？這聲音很熟悉。

要拆就趕快拆！——這又是哪來的聲音？是我自己的？還是別人的？這聲音這麼熟悉，可我想不起是誰的聲音，在哪兒聽見過？

橋拆了他們就停止殺害了嗎？——我快要聽出來了，我快要聽出這是誰的聲音來了，只要他再說一句我就能聽出來。

活人不就是要有一個態度嘛！——這難道又是另外一個人，因爲這是一句肯定的回答。

態度？態度是一句話嗎？——我聽出來了，很像那個人的聲音，他又在問，問誰？問我？

當語言沒有用處，沒人聽懂的時候，就不要再用語言了，像佛陀那樣。——又是一句回答，好像不是另外一個人，是同一個人的自問自答。

不用語言用哪樣呢？——往往一着急，太熟悉的人的聲音反而想不起來是誰了。

哪樣都可以。——啊！聽出來了，這是倉央甲錯的聲音。倉央甲錯？倉央甲錯？倉央甲錯是誰？是誰？——他在原地敲着自己的腦袋轉了好幾個圈才悟到，倉央甲錯不就是我嗎！

他打了一個寒噤。

他慢慢走向木橋，迎面一輛卡車開過來，車燈的光很強，甲錯的眼前爆着火花，他立卽閉上眼睛轉過身去，閃在路邊，卡車從橋上飛地馳過去。他轉過身來，睜開眼睛，久久才看清橋的輪廓。他重又轉身奔上高高的山頂，向公路的兩端看過去，沒有燈光，公路眞像一條潛伏在暗處的蟒蛇。他在山頂上喊了一聲：

「橋！」

「甲錯！」橋居然回答了他。

「我要拆掉你！」

「拆吧！我也不想站在這兒，當兩段路的結頭。」

「最好你自己坍掉。」

「我自己不會坍掉，人們在我身上釘了很多大鐵釘，不是還有你釘上的嗎？甲錯！」

「是的，有我，有我……」甲錯悲哀地大叫起來。「老天！爲哪様沒發場天火把你燒掉呢？」

「你膽怯了！甲錯！」橋向甲錯挑戰。

「我？」甲錯憤怒地問：「你說我膽怯？」

「是的，我說的就是你，甲錯！」

「不！不——！」甲錯大吼一聲，這吼聲似乎不像是人的聲音。他從只有三十度的斜坡上快速衝了下來。他在橋下舉起一塊至少有二百斤的巨石，向橋面下的撐杆砸去，一下就斷了一根，他自己都不知道哪來的力量，一鼓作氣地東砸西撞。他看見眼前還有好多人和他一起幹，他沒功夫去看他們是些什麼人，只覺得是一些影子，這是在星光下，看見的當然只能是一些影子。也許是自己的影子？但此時他沒有細想的功夫。他只顧去運用手和巨石，砸了撐杆，再砸欄杆，砸了欄杆砸橋板，一塊一塊地砸，最難砸的是橋的面板，連續十幾次才砸斷兩塊。他再去扳、去搖、去拽，用木桿去撬，一直毀得沒有一塊完整的板子，沒有一根完整的樑和柱……等他歇下來喘喘氣的時候，他才發現，他身邊的人影全都沒了，那麼快就沒了！怎麼會一下就都溜掉了呢？只剩下他一人……或許本來就沒有另外的影子？

當他滿身泥土、雙手流血，搖搖晃晃像一個爛醉如泥的人走進縣公安局的時候，夜班警察吃了一驚，以為出了命案。甲錯坐下來，要了一小桶涼水，一口氣喝光，然後向警察敍述自己做過的事；打傷劉二毛，扎破無數汽車輪胎，破壞了一座公路橋樑，他只說事實，不說原因和動機。警察做了筆錄，讓他用還在流着血的手指在筆錄上按了一個血手印。

縣人民檢察院迅速立案提出公訴，縣法院張院長親自擔任本案的審判庭庭長。因為甲錯的罪行涉及到破壞公共交通，這在邊境地區有懲一儆百的特別必要，如不嚴肅法紀，接踵仿效，後果不堪設想。這個案件看起來很平常，它既無血腥味，又不驚險，也沒有偵察、破案等一系列顯示辦案人員才華和勇敢的經過。但開庭時非常轟動。法庭當然要設在縣委大禮堂，從山民的經驗來看，大禮堂裏的事就必然具有娛樂性，只要能娛樂娛樂就好，旁聽證可以在入口處自取，不對號入座。所以，沒到開庭時間就已經座無虛席了。

縣人民檢察院院長親自擔任公訴人，宣讀了一篇有充分準備、言之有據，並具有強烈震撼的起訴書。起訴書的第一部份是論證公路設施爲社會主義全民所有的財產，是保衛國防、繁榮邊區人民經濟生活的命脈。總之，它是全體人民的生命線、國防線。第二部分敍述了案情的嚴重性，被告這種蓄意破壞公路交通，是對社會主義極端仇視的表現，至於被告是否受境外特務機關的指使，本檢察長表示懷疑，要求法庭備案，由有關機關繼續審查。第三部份對被告的思想發展進行了分析：倉央甲錯出身於流氓無產階級，自幼游離於社會生活之外。全國解放後，一度有過好的表現（暗指修築公路）。應該指出，即使那一段好的表現，也是與他的個人英雄主義和風頭主義相結合的結果。在一九五七年平定反革命叛亂的偉大鬪爭中，倉央甲錯立場動搖，犯有窩匪、縱匪罪，當時鑑於捲入人數太多，區別首惡、脅從，執行寬大政策，收審後免予刑事處分。但被告並未從這一嚴重事件中吸取教訓、接受教育。當公安機關在釋放被告時最後詢問：你所包庇的是什麼人？被告仍然堅持錯誤立場，回答說：她是一個女人。諸位！請注意！女人！生活在激烈階級鬪爭的歷史時期，有抽象的女人嗎？她明明是一個反動的貴族女人，她是一個凶惡的、敵視社會主義祖國、分裂社會主義祖國的壞女人！無恥的女人。當時念及被告文化水平低下，愚昧無知，並未給予重視。文革中，雖然處理過重，運動後期全部平反。但對其一貫的反動思想並未進行嚴肅批判，以至愈演愈烈，發展到今天故意傷害他人，破壞國家運輸車輛，拆毀公路橋樑。這是被告反動思想惡性發展的必然結果。在法庭調查階段，被告只供認犯罪事實，拒不交代犯罪動機。當我們了解了他的犯罪事實和嚴重後果以後，被告的犯罪動機也就昭然若揭了！我們不可能無休止地和被告糾纏下去，不可能無止境地調查下去，聽被告神智不清的囈語。鑑於被告罪行嚴重，作案方式猖狂惡劣，建議法庭予以重判，「以儆效尤」。最後四個字一字一頓，但掌聲零落。人們對這篇如此周密的論斷毫無興味，最無興味的人就是被告，他從始至終都在昏昏欲睡，好像這篇公訴書沒有一個字與他相干。

眉批：實際上也的確是沒有一個字與他相干。

審判的高潮卻出人意外的是在劉三毛出庭作證的時候。劉三毛出現在衆人面前時，和他在森林裏獵鳥時的打扮完全一樣，雄赳赳氣昂昂地提着一桿帶瞄準鏡的小口徑步槍，背着一個背囊。他的出場引起一陣不安，人們紛紛議論：怎麼可以帶着槍進入法庭呢？太出格了。法庭庭長隨卽站起來做了解釋。證人劉二毛持槍進入法庭是經過特許的，在他進門之前，法警對他的小口徑步槍進行過檢查，並退出了槍栓，對法庭上的任何人均不可能造成威脅和傷害，他的槍只是作證時的道具，像演戲一樣，請大家不必緊張。並由劉二毛向大家展示了空鏜。大家聽罷解釋以後，不僅不滿情緒得到平復，同時也興趣倍增，因爲大家都感覺到接着會有一場好戲。

劉二毛首先請法庭和旁聽者驗看了額頭上的傷痕。

「這就是鐵證，同志們！請允許我將當時的情形做一個表演，因爲我沒當過演員，還要一扮二，演的不好，請多多包涵。」開場白之後，他就把那天發生在森林裏的全過程，點滴不漏地進行了表演。對自己的怯懦和驕橫，既不擴大，也不縮小，盡量再現當時的情境，做到恰如其份。至於鳥叫聲和那聲槍響，當然不能來眞格的，只展示了一下他的口技天才，效果很好，引得旁聽席上的觀衆們非常興奮，連呼：値得！値得！雖然先聽了一個大報告，緊接着有這場精彩的折子戲看看，也算得到了補償。劉二毛在表演時一再插入旁白：我沒還手，並不完全是我膽小。我是啥分量？他是啥分量？吃國家計劃糧，受共產黨多年教育，有知識，有文化的工人階級一份子，能跟他一般見識?!我跟他完全不是一個數量級！劉二毛的表演有始有終，一直表演到倉央甲錯通名報姓以後，他的自言自語：「明……明、明白了，這一下……明、明、明白了……我娶了他的婆娘！這是報復！這是故意傷人罪！」感情眞摯，如同身臨其境，全場轟動，掌聲如雷，孩子們還比賽着吹口哨，一直到法庭庭長拍案厲聲訓斥才算平息。可見邊疆地區的文娛生活是何等貧乏！戲劇部份雖已結束，劉二毛意猶未盡，請示庭長，還想說幾句話。經庭長點頭同意之後，劉二毛說：

「同志們！可千萬不能低估了女人的力量，從大處講，女人可以誤國，偉大領袖毛主席那麼英明，怎麼會到了文革時候犯了那麼大的錯誤？就是女人，就是那個江靑……」

「證人劉二毛！」庭長拍了一下驚堂木。

「到！」

「不要說與本案無關的人和事！」

「是！……從小處講，女人可以叫一個男人瘋狂，這個瘋狂有兩種瘋狂，一種是讓你失去理性的瘋狂，一種是讓你快活的瘋狂。說起我那個婆娘，藏族女人，被告的前妻，不！不能稱爲妻，因爲她跟被告同居多年，還生過一個女孩，但他們從未辦過結婚手續，在法律上無效，所以在她嫁給我的時候也無需辦離婚手續。我可不含糊，立即領結婚證，請看！」他像變戲法一樣，把結婚證從袖筒裏抽了出來。「我的婚姻得到法律的充分保護。被告，這個倉央甲錯就是因爲女人讓他失去理性，讓他憤怒得瘋狂；我就是因爲女人叫我快活得瘋狂。爲什麼？秘密在哪兒？在這個地方不好說，不便說，因爲旁聽席上有不少未滿十八歲的青少年，我只能說，我的女人很好，我說的是晚上……床上……到此爲止。」他做了一個裁判在球場上的暫停動作。「我認爲她是最能讓我快活滿意的女人，是漢族女人不能相比的……」

旁聽席上有人喊叫：

「喂！你比過嗎？老光棍！」

「不許旁聽人員插話。」法庭庭長立卽下令禁止。

「是的，是沒比較過，如果比較過，我不就犯了錯誤了嗎！這事可不能放在一塊堆比試，但我可以斷言，她是最好的……」

「不要說與本案無關的事！」法庭庭長又一次向劉二毛提出警告。

「對不起！與本案有關的話馬上就到。我覺得她最好，將心比心，被告也會覺得她最好。最好的女人跑了！……同志們！想想啥滋味？不是個滋味！非瘋不可！這就是被告的犯罪動機，聽說澳大利亞還是奧地利，反正有個奧字，從前有一個醫生寫過不少關於這方面的書，在年輕人當中挺希罕，是叫啥名呀？好像是弗德洛依？……」

旁聽席裏有人站起來糾正他。

「弗洛依德。」

「對，弗洛依德，我也買過一本，翻了翻，咱喝的墨水不夠多，看不明白，反正就是那麼個意思，可千萬不能低估了女人的力量，我在以前的四十五年都他媽白活了。托中國共產黨的福，托社會主義的福，總算有了個女人。我說這些不是爲了在大庭廣衆之中談女人，我們這些木把子就是愛談女人，都是在林子裏談，愛咋談就咋談，談的那個葷呀！連我都聽不大進……」

「不要說與本案無關的話，你講的話時間太長了，一分鐘之內必須結束。」

「就完！主要是那場戲佔的時間比較多些。我是說，我在這兒談女人是爲了幫助法庭分析被告的犯罪動機……」他看見法庭庭長又一次舉起驚堂木，立卽說：「完了！」然後向各方鞠躬，好像名演員謝幕一樣。「多批評！多指教！謝謝！謝謝……」口哨聲、掌聲、罵聲……亂成一片。

證人講完之後，法庭允許被告自我辯護。但倉央甲錯只回過頭來用目光在旁聽席裏尋找着什麼，當他看見小白姆在一個角落裏向他站起來的時候，他朝滿臉淚水的女兒苦笑了一下，只一下就又把臉轉了回去。

小白姆也悄悄地低着頭坐下了。

被告的自我辯護好像就是看看自己的女兒。法庭庭長再一次問他。

「被告還有什麼話要說嗎？」

他沒有回答，只搖搖頭。

最後由法庭庭長宣讀早就擬好並經中共縣委討論通過的判決書。判決書不長，對案情敍述得比較簡略，大部份篇幅是根據某某法、某某條、某某款，關鍵之處——也就是法庭內所有人都要聽的一句話：判處徒刑十年，剝奪政治權利兩年。

正當法庭庭長要宣佈休庭的時候，小白姆快步從旁聽席裏走出來，走到法庭庭長的面前，遞交了一個大信封。法庭庭長只好當堂從信封裏將一疊紙抽出來，那疊紙就是甲錯在修築公路時得到的十張獎狀。法庭庭長草草過目之後宣佈：

「這是被告親屬向法庭臨時呈遞的十份獎狀，獎狀證明被告在五十年代修築公路時期有過貢獻。這一點公訴書裏已經提到過，肯定了他有過一段好的表現。但是，今天被告已經用他的罪行全部否定了他過去的理想和成績。如果我們仍然認爲這些往日的功績可以折罪，那不就成了天大的諷刺了嗎！原件退還。」法庭庭長把十份獎狀重又裝進信封擲還給小白姆，

小白姆失望地抱着大信封走下主席臺，走到阿爸面前，彎下腰親吻着阿爸傷痕纍纍的手，甲

錯用手撫摸着她的小臉，他倆都沒說話，全場都站了起來，但鴉雀無聲。甲錯從女兒手裏拿過那個大信封，「嘶」地一聲，信封裏的十張紙變成了二十張；再一下，四十張；第三下，八十張；他把八十張小紙片拋向空中，紙片四散着飄落下來，緩緩地飄落着……。

「休庭」法庭庭長的一聲喊，人們才又騷動起來。

法警立即從小白姆手裏拉走了倉央甲錯。小白姆捂着眼睛匆匆擠進向外蜂湧的人流之中……

還要說什麼呢？什麼也不需要說了？不！我還想探討一下這個應該說並不凶惡，甚至可以說很善良但又很瘋狂的人的內心。我在卷首就曾經斷言，他在精神上患有一種病症，妄想、幻視、幻聽，自動編撰。一個成人，老人，竟會像兒童那樣把那些無知覺、或微知覺、低本能的生命想像爲高級生物，想像爲和人一樣，認爲它們也會痛苦，也會歡樂，也有悲哀，也有親情，也會在別離時依依不捨，相見時興高彩烈，情感纖細、深沉。把一草一木都人格化了。他把只有人的美妙感覺和權利也加在它們的身上。這一切都是他以動人的、忘我的心態和如醉如癡的目光看到的。

對於罪犯來說，大自然太神秘了！大自然本身就有一種強大的、美的震懾，這種震懾使處於原始狀態的人深受壓抑。大自然的綠色甚至可以把處於蒙昧狀態的人淹沒，倉央甲錯就是一個被淹沒的人，他的靈魂陷入不拔。

他是一個少見的愚昧而又富於幻想的人。我甚至有一種與法律相悖的想法：與其說他是在蓄意犯罪，不如說他是在夢遊。並使我想起堂·吉訶德。

他爲自己編撰、導演並主演了一部他一個人的悲劇。對！只能說是悲劇，雖然劇情很可笑。但這部悲劇終於臨近終場了！

〔眉批：倉央甲錯並沒有給億萬人編撰、導演一部悲劇（他沒有至高無上的地位和權力。），只不過是有意無意為自己編撰、導演並主演了一部悲劇，一部悲天憫地的悲劇。對於某些聰明的、自以為對於歷史具有重要意義的人來說，這個悲劇中的劇情甚至很可笑。我以為最可悲的正是那些真的笑出聲了的人。

這部悲劇臨近終場了嗎？不！遠遠沒有……！

有些自命為有文化的大智者，實際上是最愚昧的人，非常愚昧！

十二、妻子

看完小丁的手稿，又看完所有的法庭文件，天已經大亮了。有人在叩門，我打開門，小丁端來給我洗漱用的熱水，迫不及待地問我。

「都看完了？」

「都看完了。」

「我的……？」

「大作也拜讀了。」

「有什麼指教？」

「不敢當，我已經按你的要求，斗膽在原稿上加了一些眉批，不能算是意見，只能算是一些即興的感想，請不要見怪。」

「哪裏，謝謝！您要不要找張院長交換一下意見？」

「現在不，我還想再作些訪問，再去看看倉央甲錯，你覺得合適嗎？」

「完全可以，只要您確定了時間，縣裏可以給您往監獄裏打個電話，您是知名人士，完全可以得到特別許可。」

「謝謝！我想最後找張院長做一次純私人性質的私下交談，行嗎？」

「當然行，您打算什麼時候走？」

「早飯以後就走，請你替我結算一下房錢、飯錢和牲口的草料錢。」

「好的。」丁秘書並沒有馬上離開我，遲疑地問我。「教授！你覺得對倉央甲錯的判決是重了？還是輕了呢？」

我實在很爲難，不知道怎麼回答好。

「我想……這似乎不是個輕……或重的問題……」我無法再說什麼，複雜的心情一定形之於色了。

他不好再問，就出去爲我張羅早飯和結算帳目去了。

我匆匆洗漱之後就下樓獨自心不在焉地吃早飯。吃完早飯，那位業餘作家來告訴我帳目結完了，我如數付給他糧票和錢。走到大門口，我的馬已經備好了，我謝了他，他把縣公、檢、法聯名寫給監獄的一封介紹信，以及我要找的人的地址、路線圖交給我，約好四天以後見面。

離開縣城以後我就去了大城。在一排排像蜂房似的工人宿舍去找人，實在是困難之極。相似的門，相似的窗，編號又非常繁亂，有甲、乙、丙、丁，有A B、C、D，有單元、門，還有正號、負號。我按照丁秘書給我的地址和路線圖牽着馬像進入諸葛亮佈下的八卦陣，足足找了一個小時才算找到。

門上掛着椽子穿成的珠簾。我扣了幾下門框，沒人應，我又扣了幾下。一個穿着漢人裝束的中年藏族婦女走出來，頭髮染過，也燙過，嘴唇上還塗了很濃的口紅。她會說漢語。

「找哪個？」

「我找劉二毛家。」

「是，他不在，上工去了。」

「那就找你。」

「找我？你是誰？」

「我們總不能站在門口說話吧……」

「是的，」她笑了。「請進。」

我跟着她走進屋。裏外兩間，外間完全按照藏人的習慣設置了火塘，火塘上吊着七八個大大小小的銅鍋和鐵鍋，熱氣騰騰，肉香撲鼻。地板上鋪着鮮艷的新氆氌墊子，靠牆的几上擺了座大鬧鐘，十二吋的黑白電視機、收音錄音機、裝水果的高腳碟子。牆上到處都掛着夾有照片的鏡框，其中大部份是她和劉二毛的合影，摟着抱着的，並排坐着的都有，還有劉二毛背着小口徑步槍、提着死鳥的照片。從外間往裏間看，是一間按照漢人，或者說是按照東北人的習慣佈置的。高坑頭，坑上擺着茶几，十幾床各色錦緞被子疊成一堵很高的彩色牆。窗前擺着一架罩着布套子的縫紉機。她請我坐下，我盤腿坐在火塘沿的墊子上，她看我很內行，問我。

「酥油茶喝得慣不？」

「喝得慣，最喜歡喝了。」

她拿起微火煨着的一把閃光發亮的新銅壺，給我往包了銀的木碗裏倒了一碗酥油茶。

「老劉就是喝不慣，他說很難聞。這是早晨才打出來的，請嚐嚐……」

我呷了一口。

「很香，酥油很新鮮。」

「同志，你是……從哪兒來的？」

「我來的地方可遠了。」

「這麼大年紀還出這麼遠的公差？太辛苦了！」

「我這次不是出公差，是來看老朋友的。」

「你以前來過？」

「來過，那是三十多年前的事了！」

「你的朋友現在住在大城裏？」

「不在大城，也不在小城，住在耳朵村。」

她一聽見耳朵村，臉上頓時泛起一片紅暈，她偏着頭瞟了我一眼。

「耳朵村誰家？」

「倉央甲錯……」

她這才仔細觀察我的臉。

「您是……我聽說過您，在照片上也見過您，不太像了。」

「那當然，三十多年了呀！」

「啊！」此時她忽然找不出一句合適的話來。「您還挺念舊的……」

「老了嘛！人老了什麼都不重要了，剩下來的就只有念舊了……」

「您來找我是……？」

「是……」我怎麼才能把來意表達得婉轉一些呢？

「是爲甲錯的事……」她倒先說出來了。

「是呀。」

她立卽決絕地說：

「他跟我已經是分了岔的河了，他的死活我不管，我的存亡他也管不着。」

「我沒別的意思，你的事他想管也管不了，他的事你想管也管不着，我只是想知道當初你爲什麼能捨得耳朶村，捨得小白姆？」

她的淚水一下就灌滿了眼眶，女人總是比男人多情、深情，且容易動情。

「這是我捨得捨不得的事嗎？不捨得咋個辦，捨得又咋個辦？您的朋友早就不是往年的甲錯了，是個老白癡，整天像丟了魂兒似的，有時候家裏連一把炒麵都沒有了，找他都找不到，就是找到他，你知道他在哪兒？他寧肯蹲在一個水坑邊上幫螞蟻過海，撿根枯樹枝給它們搭橋，撒把樹葉子給它們當船。無論你咋個吵鬧，他都像一頭死犛牛，一聲不哼。您說說，一個火塘裏沒火的家能留得住婆娘？留不住的！除非是女人無路可走……」

「是呀！」我只好嘆息。

「再說，我在他眼裏連他的小毛驢都不如，第一是他的小白姆，第二是毛驢，第三才輪到我……」

「你們剛剛結婚的時候不是挺好嗎？」

「時間很短，孩子才五歲他就坐牢去了，孩子快十歲他才出來。您是他年輕時候的朋友，您不覺得他完全變了一個人嗎？」

「不！這次回來我還沒見過他。」

「他的事您總該聽說了？」

「聽說了。」

「您應該從他的事情想到他現在的樣子……」

「是的，不過我覺得他的變化不大。」

「啊？」她大爲驚訝，她無論如何都不明白我爲什麼會覺得他的變化不大。她一驚之後就沉默了。我只好重新引出一個話題來。

「現在你覺得日子過得怎麼樣？」

「現在……這一個就是疼老婆，當了半輩子伐木工，從東北到西南，叫砍就砍，叫鋸就鋸，砍光了活該，再說，這輩子能砍得光嗎？山又不是哪一個人、哪一家人的！溪水不流，人總能找得到水喝，這座大城的居民喝的就是地下水。我們老劉一回家就能帶回東西，不是帶回布來，就是帶回肉來，酥油從來就沒斷過。女人圖哪樣？就圖個男人的心在你身上。老劉一進門就笑，還逗着我也笑。我早都不算年輕了，又是個少數民族，他看着我，樣樣中看，看不夠。您說說，自己的婆娘有啥好看的，天天看也看不夠，說個不中聽的話，夜裏還得摟着抱着……」

我能說什麼呢？什麼也說不出，我不能說她改嫁不對，也不能說她不幸福，可幸福是什麼？各人有各人的答案。各人的答案又反過來決定他們各自的選擇。

「喝茶呀！」她打斷了我的沉思。「你不是喜歡喝我們藏族的酥油茶嗎！」

「喝。」我端起碗來一口喝了半碗，她立卽又給我添滿。

「我知道甲錯早晚會毀了自己，也毀了家，謝天謝地！我早走了一步，用不着陪着受審，可憐的小白姆，她已經被她阿爸籠糊塗了，阿爸做的事都是對的，她還跟着學，也不勸勸他，只有小白姆的話他還能聽得進。」

「我想問個問題，甲錯爲什麼打傷劉二毛？你想過沒有？」

「想過，我不相信他是爲了我，他要是爲了我去打人，我餓死也不走這一步，那是碰巧了。

了。我勸過老劉多少回，一是一，二是二，甲錯不是那種人，爲了一隻鳥我一千個、一萬個相信，爲了我，我一千個、一萬個不相信。」

「是嗎？」我完全相信她的話，但我只能在她面前表示懷疑。

「可他爲什麼扎破車胎？拆毀公路橋樑呢？」

「那還用問，思想反動！」

「你怎麼會這麼看？」

「誰都這麼看。」

「他跟你流露過？」

「他跟我談過好些話，我都聽不明白，像聽喇嘛佛經一樣，雲裏霧裏。」

「你應該很了解他，你們在一起生活了很多年。」

「法院沒問過我一句，他的事和我沒有一絲瓜葛……」她誤會了我的意思，有點不高興。

「對不起！我只是一個甲錯多年不見的老朋友，有一種……有一種說不清楚的感情推動着我，要我來看看他和他的親人，也想幫幫他。來了以後才知道出了這麼大事情……」

「我說您呀！您有您的工作，工作一定很重要，您有您的薪水，薪水一定也不低……」

「不算高。」

「您走的地方又多，認識的朋友數不清……」

「那可是。」

「您管得了那麼多嗎？要是我，連打聽都是多餘的。您這麼大的年紀了，還像小兄弟、小姐妹們那樣割不斷，分不開？我跟甲錯過去是多年夫妻，現在是路人，一個人牽掛那麼多腸子能走得動嗎？年輕的時候我迷歌，自以為是迷他那個人，中了歌的邪，我也滴着淚、嘔着血地唱過愛呀！情呀！永生不忘呀！淚水能滴穿石板呀！那時候我都信，不可能的事我都信。多傻啊！淚哪輩子能把石板滴穿？滴穿一張紙也不是那麼容易呀！」

看來，她把話已經說絕了，還問什麼呢？茶也喝飽了。我站起來向她告別，謝謝她的茶，順便告訴她，我打算去看看甲錯，問她有什麼東西、有什麼話要帶給他？她連連說：沒有，沒有，沒有！

我牽着馬走出伐木工人宿舍區，看來劉二毛是無緣相見了。不過小丁的記實小說裏有不少生動的描寫，加上在劉家又看到一些照片，差不多如見其人，如聞其聲了。

走着走着，忽然覺得有人在身後扯我的袖子，我停住腳步回身一看，是央宗。

「你？」我感到有點奇怪。

「您眞的要去看他？」

「他？」我想了一下才悟到她說的他是指的甲錯。

「我一定要去看看他，我沒有你的心腸硬。」我忍不住還是回敬了她一句。

她不好意思地抿了一下嘴，什麼也沒說出來，遞給我一個小白布包。

「這是什麼？」

「帶給他，別說是我給他的。」

「爲什麼？」

「不爲啥。」

「那你就不用管了，我一定給你帶到。」

「不！您發誓不對他說。」

「我從來沒發過誓。」

「不！您得發誓。」

「不！」

「那就還給我。」

「不！我要帶給他，不說就是了。」

「發誓。」

「我不會對他說。」

「發誓。」

「我不知道怎麼才叫發誓。」

「我替您說，您只要說一句：我向佛發誓……」

「好吧！」我嘆了一口氣。

她用藏語小聲虔誠地說了一大篇誓言，從她臉上的表情可以得出，誓言是嚴峻的。等她說完之後，我說了一句她要求我說的那句話：

「我向佛發誓。」

她這才轉身回去。我走了一段路打開布包一看，原來是一塊酥油。

我特意騎着馬跑遍了大城的大街小巷，感覺一下到底有多大。跑下來的結果，的確比縣城還要大三分之一，除了林業大廈、消防大廈之外，幾乎全是木製房屋。有用原木建造的，有用板材建造的，有些是別墅式的住宅，修建得非常精美，外牆上還塗了彩色油漆，很像白雪公主的住宅，連圍牆都是木板製作的。城內各種商店、餐館、影院，應有盡有，這裏的居民的確非常方便。當然，如果做到盡善盡美，恐怕還需要更長的時間和更多的木料。但他們處處洋溢着快樂和自信，一付財大氣粗的樣子。因爲材即是財，比紙幣過硬得多，木材是最緊俏的商品，所以無論什麼緊俏商品都可以用木材去交換。我深信他們完全會把大城建設得更大、更舒適，並日漸完美。他們每人都會爭取在最後一棵冷杉鋸倒於雪線之下以前，搭好自己的小窩。可是，我像幼兒園的小朋友一樣，突然想到：最後一棵冷杉鋸倒之後，他們吃什麼呢？因爲他們的運糧車是運原木出山的回程車。

他們燒什麼呢？燒自己的木板房？房子燒了，他們又住在哪兒呢？

他們這麼多人以後做什麼事呢？好像這個問題比較容易，可以打麻將，打撲克牌和睡懶覺。社會主義的優越性之一就是工資照付——用錢買穩定。當然，也可以再開到更高的山區去，可更高的山區就是雪線以上，海拔四、四〇〇米以下還有些褐色的草甸，有些鳳毛菊、虎耳草、紅景天之類的低級耐寒植物，再往上就只有堅冰、積雪和岩石了。並不是所有伐木工的體質都能攀登得上去的……忽然又有一個奇想，他們還可以去砍伐名勝古蹟、千年佛寺、公園、歷代故宮、陵園、首長住宅內的樹木，如名聞世界的黃山迎客松、各地倖存於世的唐柏、宋杉、元檜……可這些樹加起來的工作總量也不夠一個縣的伐木大軍幹半個工作日，半個工作日以後呢？唉！俗話說：老小，老小，越老越小，返老還童了。我總是像小時候聽大人講故事那樣問：以後呢？以後的難題本來應該由以後的人去解答。可這些以後的難題是我們這一代人給留下的呀！這麼一想，又不像幼兒園的小朋友了，一秒鐘之內就長出了「白髮三千丈」。眞是：老小，老小，忽老忽小；掙錢不多，操心不少。

十三、杜鵑醉魚

我爲了找到甲錯的表弟旺堆，冒險單人獨騎向高山牧場——連塘馳去，據說連塘是這一帶僅存的少數幾個高山牧場中較大的一個牧場羣，因爲連塘距公路網最遠。犛牛的習性近寒，五月之後，牛羣都趕到三千米以上的牧場上去了，那裏的季節只相當於初春。高原牧場的優劣決定它的水草是否豐美，水草是否豐美取決於牧場是否在森林環繞之中。連塘四週正是綠得近於黑的高山針葉林，在連塘草原中間有一座遠近百里著名的碧水湖。由於牧牛人要盡量讓牛羣吃到最嫩的草芽，經常流動。旺堆也不可能留在一個固定的地方，我必須一路向牧牛人打聽過去。對於旺堆，應該說只在記憶中留着一個大經堂裏只喝茶不誦經、鬼頭鬼腦的小沙彌的模糊影子。大概是因爲哲塘大寺早已成爲廢墟，他才無寺可修，出來放牛的。俗語說：跑了和尚跑不了寺。現在是跑了和尚也沒了寺。以俗人的目光來看，放牛要比當喇嘛自由得多。一頂小帳篷拆裝一次只要十分鐘，哪兒背風、哪兒花多往哪兒搭。我連續問了五個牛羣的牧牛人才問到旺堆和牛羣的去向。他的牛羣散放在湖東側的一條月牙形草地上，白色的牛毛帳篷頂上揷着一面黃色的小幡，似乎是仍在表明他是個出家人。帳篷外有個小男孩在擠奶，我問他才知道旺堆在湖邊看魚。

「看魚？」我感到特別奇怪，看魚？童心未改？因爲我知道藏民是不吃魚的。我策馬向湖邊走去。湖水清淨得讓你驚奇，似乎是無色的，你看到的顏色全是湖底裏的沉澱物的顏色，每一根沉落的枯枝，每一片樹葉都非常清晰，使你產生一種錯覺，以爲一伸手就能夠得着水下的東西。正是木本杜鵑不停盛開並不停凋謝的時候，紛紛揚揚的杜鵑花瓣被風捲入湖水，開始只浮在水面上，漸漸先後都沉入水底。花瓣在小魚的追逐下使水中時時泛起一陣陣粉紅色的閃光。

一個看來很蒼老的牧牛人坐在湖邊，正專心致志地注視着落滿花瓣的水面。他的鼻梁比常人稍稍隆起，兩頰有兩條由上而下的皺紋，甚至可以說是皺折。光頭，筋骨顯得很結實，但非常瘦削，中等身材。仍然穿着暗紅色的袈裟。使我聯想到隋朝的石彫羅漢。但我遲遲沒有下馬。他就是旺堆？他就是三十多年前那個做鬼臉的小沙彌？他不會這麼老了吧？一直到他發現了我，把臉轉向我，我才扳鞍下馬，走向他。他從頭到腳，又從腳到頭細細地看了我兩遍。伸出手來拍拍他身邊的草地，示意讓我坐在他旁邊。我順從地坐下來。他並不看我，又把臉轉向湖面。我正要問他還沒啓齒的時候，他用漢語以肅穆的聲調對我說：

「別出聲……看！……聽我的，你現在看到的……以後永遠再也看不到了……」

我從他的語言裏聽得出來，他並非危言聳聽。我按照他的要求，順着他的目光看過去。湖面上剛剛飄落下一層杜鵑花瓣，一羣魚跳着浮出水面，用它們那圓圓的小嘴啣着那些花瓣奔跑開來，有的魚費力地將花瓣吞入口中，又費力地吐出來，剛吐出來，又吞進去。我想問他：這是什麼原因，這些魚在做什麼？沒等我出聲，他用手止住我，小聲說：

「看……聽我的，你現在看到的……以後永遠再也看不到了……」

我又把目光投向湖面。開始只是一兩條魚，漸漸有十幾條，幾十條魚的銀色的肚皮翻轉過來了，但它們還在游，有的翻滾着游，有的側着身子游，有的仰游，個個都是一付憨嬌的樣子，更多的是輕輕地擺着着翅尾隨波逐流。我有點緊張，以爲這些魚快要死了。難道這些杜鵑花瓣有毒嗎？在這一點上，我感到慚愧，因爲我缺乏研究。我又把臉轉向他，想問他，但他先於我用手止住我，並不看我。

「看……聽我的，你現在看到的……以後永遠再也看不到了……」他的聲音極爲輕微，也極爲嚴厲，迫使我必須認眞對待，從此打消了再向他提問題的念頭。爲什麼在他第三次提醒之後我才明白過來呢？這一切正在消失，並將永遠消失！——這一感悟使我的心砰砰跳動起來。我閉上嘴，目不轉睛地觀察着、欣賞着那些魚兒。漸漸，一條魚又重新現出了黑色脊背，又一條，又一條，許多肚皮朝天的魚兒又恢復了原狀，快速地擺動着尾翅，重又去追逐並吞沒那些正在飄落和正在沉落的花瓣……他這才把臉轉向我，對我說：

「這是碧水湖一景，年年如此，叫做杜鵑醉魚。魚兒自醉——自醒，——自醉——自醒……牠們明知道要醉，醉了，醒了，再去找醉……」他的漢語咬字不清、四聲不準，但聽得出，他很有文化，言語很耐人咀嚼，且含有很濃的禪意。

沒等我說話，他又說了。

「明年公路就通到這兒了，這兒又成了伐木場……到了明年，這裏的一草一木，魚、花、湖水，一幅幅的圖畫都要給撕碎了……這種孽，天都作不到，這裏的冬天很長，幾乎有半年時間，風呼雪吼，看起來所有的草木都被沉沉冰雪埋葬，都以爲春無來路了。節令一到，最柔嫩的花朶、草葉都能再生，都能從雪層下面冒出來，千年萬年，生生不滅。做壞事，人比天殘忍得多，天做不到，不敢作的孽，人敢作……」

他的話讓我大吃一驚，這些正是我想問的問題，我並沒說出來，只是剛剛在想。

「你是甲錯的朋友吧！」又是一個意外。

「你怎麼知道?」

「我在甲錯那兒看見過你的相片，我不會相面。」

「可那是三十多年前照的，跟現在的我完全是兩個人。」

「不!人是不會變的，——我從來都這麼看。形變了，神不會變。」

「啊?經歷了這麼多磨難，神還不變?」

「不變。我不用問就知道你經歷過很多磨難，這是我們這一代人的福氣。但你的神沒有散。」

「有道理，我的神要是散了，也就沒勇氣、沒心思到這兒來了。」

「你是專程來找我的吧……?」

「是的，沒想到吧?」

「沒想到，不過，世上實在也並沒有什麼想不到的事。」

「我去看過小白姆、央宗，還打算去看看甲錯，幫他想想辦法……你怎麼看?對他，對他的案子……」

「他不是罪人!」旺堆直截了當地說出了這句話，對我來說，他是第一人，也是我聽到的第一句如此簡單明了的、肯定性的結論。但他緊接着又說了一句:「又不能說他不是犯人……」

「是呀，他要在牢裏關十年，受十年罪。」

「他在牢裏，苦，也不苦。」

「怎麼會，也不苦？」

「他做了不該做的事，也是他非做不可的事……」

他的話準確得使我差一點要大聲叫絕。

高山上起霧了，高山上經常起霧，實際上就是雲。當你在雲端裏的時候，你絕不認為那是雲，而以為是霧。一片一片，一團一團的雲沿着湖邊彌漫過來，向我們靠近並漸漸淹沒了我們。旺堆在我面前成為一個時而隱、時而現，時而清晰、時而朦朧的人。同樣，我在他面前一定也是這樣。我們後來的談話幾乎全都在雲霧之中，所以聲音也時強時弱、時高時低……

「誰都一樣……」他在繼續他剛剛講過的話。「不該生，又非活不可……」太悲觀了，這種厭世的調子在發達的國家裏是很時髦的，可為什麼在如此偏僻，如此高峻的山林裏生活着的人也會這麼想呢？

「你覺得我的話太喪氣了吧？」雲霧中只現出他的一隻眼睛，迷朦的目光透過雲隙看着我。「我常年都在牧場上，從春天起，一天比一天高，到了秋天，一天比一天低。我最明白，就像這山上的狼一樣明白，再過幾年我就既不能上也不能下了。」

「爲什麼？」

雲隙中又現出他另一隻眼睛。

「哪樣都不會有了，剩下的祇有天堂了。我們這些凡人、犛牛，從討人喜歡的熊貓到討人厭惡的豺狗，從醜陋的蛇到漂亮的蝴蝶，都在不住了。」

「天堂？」

「眞正的天堂。」我只能看見他的嘴。「只有神仙才能在的天堂。以後……以後的事，我和狼、魚、鳥一樣，都還沒想過……」

一團又厚又重的雲向我們撲來，他和我都迷失在雲團裏。我大聲喊着說：

「我來找你是……」雲團裏的水珠使我窒息。

「我知道，」雲突然淡了，我眼前的他是一個淡淡的影子，像褪了色的照片。「我正在說的話和你想問的是一回事，你找我不是想問甲錯究竟是個什麼人嗎？」

「是的，我想搞得清楚些……」

「你太勤奮了，佛陀留下那麼多經書，好多事我們都沒搞清楚，那當然不是佛陀的過錯，是我們這些念經的人沒念清楚……」他又被雲團呑沒了，在他的右上側露出一對碩大無朋的牛角。跟我說話的好像就是那雙牛角。「也有人覺得從佛陀那兒就沒寫清楚。我不這樣看，因爲信徒和狂徒都可以講解佛陀的經書……其實，每一個人都在寫經，你也在寫，不過大多數人的經沒有寫在竹簡上、貝葉上、紙上、絹上，而是寫在自己的路上，一旦寫下來了，就不能改，也不能重新寫了，佛陀也不能……」

我聽見牛鈴的聲音，叮咚、叮咚……但我分不清鈴聲來自哪個方向。我又看見了他的上半個臉，很清晰，鼻樑以下就什麼也看不見了，怪可怕的。他的眼睛並沒看我，也沒看任何地方，只是瞇着……」

「甲錯是我表哥，我們很少來往。他是個粗人，沒文化；也是個細人，對有些事，太細心了……」

忽然，雲霧像變戲法一樣，他的上半個臉又不見了，給我看見的是他捧着一捧花瓣的雙手。

「他是個強人，十頭犛牛也別想拉動他；也是個柔弱的人，一滴眼淚能把他澆得渾身透濕……」

他把手裏的花瓣抛向空中，那雙富於表情的手在輔助他的語言。

「他只有一顆十六歲孩子的心，要唱歌，一定要唱出叫人也叫自己心醉的歌。你已經看到醉是什麼樣子了，那些魚，你看到了，醉是很美的……」

風把一朵杜鵑花送到他的手心裏。

「唱不出，他就像琴上的弦一樣，『崩』一聲就斷了，弦斷了，歌也斷了……」

一個牛頭，龐大的牛頭伸向他的手，像是要用舌頭去舔他手心中的那朵落花，這時，流動的雲幕驀地把一切都遮住了，我只能聽見他的聲音，很遠。

「我跟他不一樣，我也唱，可以用心，也可以用嘴，他不能，非得用心不可。弦緊了我能拉出高亢的歌，弦鬆了我能拉低沉的歌，弦斷了，我能在琴柱上拉，沒有聲音我也能聽見……」

他的整個的頭部全都顯現出來了，像一顆新出土的石彫佛頭。

「在琴柱上拉是很有味道的，因爲我的歌並不是唱給別人聽的，給我自己，給犛牛聽的，牠們都能聽得懂……」

他的頭又隱去了，在他的左側現出了一條搖擺着的犛牛尾巴。

「在霧裏，犛牛只要聽見我的弦子響就不會丟失，就會圍着我……人想聽懂人的歌，很難。」

牛尾巴漸漸隱沒了，我又看見了他的一隻手，一隻比劃着的右手。

「人想弄懂天地萬物，過去未來，其實，人連人都不懂，丈夫不懂得妻子，妻子也不懂丈夫。人跟人懂了才有愛。甲錯總以爲他懂得女人，每一次他都在後來才發現他並不懂得她，她也不懂得他，以爲懂也就以爲有愛。我們人世間很多事都靠『以爲』在維持着，『以爲』比糌粑都有用……」他笑了，我第一次聽見他的笑，像輕輕的咳嗽聲。

他的手又隱去了，現出他的胸來，有毛的胸前掛着長長一串念珠……

「如果你能懂我，我能懂你，那不就是極樂世界了嗎？世上沒有一對完全一樣的人，各有各的相貌，各有各的想法，有人爲今生，有人爲來世，也有人總在昨天的夢裏走不出來……」

他那雙悲憫的眼睛大睜着又在雲隙中閃現了，他看着我，目光很嚴厲。

「你要去看甲錯，這是你想做的事，也是你非得做的事，可以。但千萬別勸說他，別跟他講道理，你有你的道理，他有他的道理，道理就像一塊酥油，你怎麼捏，捏成什麼樣子，都可以，越是通用的大道理越沒力量，有時候天大的道理抵不過一張不言不語、不哭不笑的臉……」

雲團驟然過完了，我驚駭地發現我們的周圍全都是威武雄壯的犛牛，巨大的，向前伸出的尖角，披着一身長毛。所有的牛都仇視地瞪着我，好像我是一個怪物，牠們隨時都可能衝向我，用長角把我挑向天外去。

旺堆看出我的驚懼，他說：

「犛牛比人溫順、善良。你看，只顧說話了，沒招待你喝碗酥油茶……」

「不了，我還得趕緊下山去，不然天要黑了，我不太熟悉這一帶的路，酥油茶哪裏都能喝到，謝謝你跟我說了這麼多話，明白了好多事……」

「我的話等於沒說，一點都不希罕。倒是你在這裏看到了杜鵑醉魚，以後再也看不到了，再也不會看到了，誰也看不到了……」他說的那麼絕對，有一種奇異的力量，刺痛了我的心，使我抱住馬鞍卻無力踏上馬鐙，我把臉貼在光滑的馬頸上，許久都不能復原，他也沒有幫助我，只和他的那羣犛牛一起靜靜地注視着我。

現代人！我們自詡為現代人，由於貪婪自私而多麼乏味和野蠻啊！多少大自然自身存在着的、美好的東西被我們輕率粗野地永遠毀掉了！

等我扳鞍上馬以後他就轉過身去了，沒有招手送別這一類的客套。我狠抽了一鞭，馬兒被這意外的鞭笞激怒了，飛似地狂奔起來，頸上的每一根長鬃毛都直直地豎了起來。一直跑到山丫口牠才放慢腳步，我聽見背後傳來琴聲。我勒住馬頭，轉過身來，遠遠看見旺堆盤腿坐在地上，犛牛圍着他，他把頭深深埋在自己的胸前，弦子擱在腿上，那悲涼的樂曲既是從弦子上流濺出來的，又是從心裏傾洩出來的。馬急於下山，我一再都勸不住牠，使得我和馬在原地轉了好多圈。最後，我只好放鬆韁繩，任其向著即將落入血泊中的太陽奔去……

在馬上，對於旺堆的話，我一時也無法整理清楚。而那些種種醉態的魚兒卻仍在我眼前翻滾，擾動着粉紅色的花瓣。我從未聽說過魚兒會醉，而且還是自醉——自醒——再自醉。落花與游魚的遊戲，多麼奇特，又是多麼自然！其實，有許多讓我們感到非常奇特的現象恰恰是非常自然的現象，其原因是我們——人類逐漸在失去自然。無怪每到秋天，北京人都要湧到西山去看紅葉，人多得比紅葉還多。會不會有一天，人們會長途跋涉去參觀一棵僅存的普通的銀杏樹呢？人們會對它能生出如此光滑和美麗形態的葉片，對它能結出如此奇妙的果實驚嘆不已。尤其是發現了它那白的核和核內淡綠色的仁，準會跳起來歡呼。學者們會翻閱許多古籍（就是今天的書）來證實它曾經在不久之前大量存在過，並查到銀杏核的食用和藥用價值。學者們會呼籲人們爲這棵銀杏樹建造純金的柵欄加以保護，並爲失去銀杏樹繁盛的時代悲哀不止，痛心疾首。提出許多先進科學方法進行人工繁殖，夢想使其重新成爲隨處可見的樹。想到這兒，忽然冒出一個非常使人失望的問題；如果到了銀杏樹都幾乎絕種了的時代，地球上還存在幾個人了呢？首先是學者已經絕跡了，因爲人類的任何一次刼難，最先遭難的是學者、知識份子，最安全的是擁有強大武力的獨裁者和少數逢迎拍馬的人。

九寨溝被讚美爲人間仙境，幾乎全世界的旅遊者都要沿着中國工農紅軍三十年代初走過的路線，翻越雪山、草地前往參觀。其實，九寨溝只是偶然在伐木大軍的斧鋸下被一位有權而又有點文化的人（這樣的人很少）解救下來的一條自然狀態的小山溝。五十年代初，這樣的山溝，在大西南的許多山區隨處可見！千千萬萬旅遊者很少有人在九寨溝賞心悅目的同時走進森林深處，去看看曾經被砍伐過的那一片森林殘留下來的樹樁，你會不寒而慄。

那些銀白肚皮朝上還在奮力擺動着翅尾的魚兒又在我眼前浮現，特別是當它們醒來之後，快速地享受着清醒者自如的快樂。我的目光跟踪着一條魚，它從水面滑入水下，又從水下衝出水面，用尾巴濺出水花，用嘴頂開花瓣。——眞美！不一會兒，它又想享受另一種快樂了，先只是啣住花瓣，很快又甩掉了它，快速旋轉地扭動着身子游開，游得遠遠的，游到沒有花瓣的水面上去，繞了好大一圈，它又慢慢地游回來了，開始勇敢地大口地吞了一片花瓣，馬上又吐了出去，接着又吞了一片，卻吐不出來了。它感到恍惚，可能是一種輕微的旋暈，它又吞了一片，再吞一片就浮在水面上不動了，竭力保持自己的平衡，漸漸它控制不住自己了，露出了自己的肚皮，雖然它還在掙扎，水已經不再聽話了……它可笑地在水中盲目地東衝西撞，的確，醉態也很美。

我擡頭向前看去，眼前一片緋紅的晚霞，那些翻滾着的魚兒把晚霞攪得五彩繽紛。當我認眞定睛去辨認雲霞中的魚兒的時候就看不淸了，越來越模糊，越來越暗淡，終於成爲一片黑暗。我的心隨卽也沉入黑暗。

在晚霞燃燒過的天邊結晶了三顆星星。這時，我不敢再眨一眨眼睛了，說不定正當我眨一下眼睛的時候，一張美麗的圖畫又被撕毀了……

十四、籠中鳥

一想到要進監獄我就有一種說不出的沮喪和痛楚。因爲進監獄首先要跨進一座大門，一秒鐘之前，在你身前的那道與你無關的鐵門忽然移到你的身後，當它「啪」地一聲關上並落鎖的時候，你就很難預料什麼時候再在你面前打開，讓你重新回到你來的那個生存空間，雖然你也曾覺得那個生存空間很窒息、很禁錮。這一次，只有這一次進監獄是我第一次不用擔心鐵門會隔斷我的回程之路。到達梨花谷監獄已是夜間十點了，在距離監獄五十米的時候，首先來迎接我的是探照燈的光柱，接着就是二十五米高的崗樓上機槍、步槍上鐙的聲音。

「站住！站住！」一個提着衝鋒槍的武裝警察向我跑步接近。

我太熟悉這一切了，勒住馬，從容地從馬背上跳下來，特意對自己默念了一句話：這一次進監獄完全不同於以前，是另一種身份。

我把縣公、檢、法給我的介紹信交給他，他收下信件並不看，首先是對我進行一次很有經驗的快速搜身。然後用槍口指着我：

「走在前面。」

我拉着馬走在前面，在監獄大門前，有一個年輕的警官在等我，他從警察手裏接過介紹信，打開門燈，看了信件，做了一個手式，獄門自動開啓。正好一輛三輪摩托車開出來，駕車的是一位上了年紀、發福了的人，穿警服，沒戴帽子，敞着領口，這隨便的穿着說明他是這裏地位比較高或最高的行政長官。他從年輕警官手裏接過信件，只聽警官說了幾句什麼，便從車上跳下來，向我伸出手。

「陳教授！我接到電話了，沒想到你這麼晚才到，歡迎！」他向警官吩咐說：「找個犯人把他的馬溜一溜，多餵些精料。請！上車。」

我坐上摩托車的船形兜。身後的大鐵門緩緩落了下來，但沒有聲音，所以沒有讓我受到驚嚇。

「我是監獄長。」做了最簡短的自我介紹就發動了摩托車，在平坦的路上低速前進。他側過身來問我。「教授！有什麼新精神？上邊！」他還用一根手指了指天上。

又來了，新精神難道對這些大大小小的官長們如此重要麼？我婉轉地回答他。

「我是個普通的教授，什麼精神都不知道，也不關心。我只關心我所研究的野生動物的處境。」

「啊哈！您保密！」

「不！我眞的是什麼都不知道，從來不去打聽那些和我無關的事……」

「無關？上邊的精神對您無關？一個知識份子，高級知識份子，不關心氣候？我不信。」

「我這個知識份子的確不關心……」

「我知道，您說話要講對象、場合，我只是希望您透露那麼幾句……」

「眞大！」我很生硬地轉移了話題，環顧着像一座城池般的監獄，似乎很欣賞，同時又藉以表示我和他的身份一樣，可以在進入監獄之後大聲說話。他當然不知道我此時的心態，他回答我說：

「大？根本就不夠用。」他儼然像一位十八世紀歐洲古堡的侯爺。「我這裏頭有二十個車間，還有製革工廠，你要不要訂做一件皮茄克？我們有幾個犯人的手藝可高明哩！軍區司令員都來我們這兒訂做過茄克、皮鞋，怎麼樣？教授！來一件……」

「不了，我用不着。」他哪裏知道，我在文革期間也曾在盤獄製革作坊裏幹過兩年，我如果在他們這兒訂做一件皮茄克，不是等於把難以忘卻的記憶披在身上嗎！

「還有茶葉加工廠、茶園……帶兩斤好茶葉回去？」

「不！謝謝！」任何監獄裏生產的食品我都吃不進。

「蘋菓園、葡萄園，魚塘……」

還有魚塘？監獄養魚塘周圍有杜鵑花嗎？這裏的魚會呑食杜鵑花瓣嗎？會自醉——自醒——重又自醉嗎？

「我們的魚都是用犯人的糞便飼養的，長得很快，要是白天您有時間，隨時歡迎參觀……」

「謝謝！」

「逢年過節，還有精彩的節目表演，犯人裏頭樣樣人才都不缺，誰說中國缺乏人才？胡說八道！唱歌的、跳舞的、唱京戲的，有滋味着哩！」

「是嗎？」其實，我比他更了解是什麼滋味，我就曾經在監獄京劇班子裏敲過小鑼。一個扮演李玉和的犯人，在臺上和臺下戴的是同一付拷子。

「我幹這種工作已經幾十年了，對業務有了一整套經驗，據說我們這些老傢伙都得下了，一刀切，讓那些年輕的來幹，他們行嗎？準他媽的出問題，不信咱們走着瞧！經驗不是三天五天就能得到的。」

「那當然。」我只能應付他，因爲此時我完全沒有心思和他討論任何他感到迫在眉睫的問題。「我能馬上見到倉央甲錯嗎？」

「當然可以，進了這座大門，一切都在我的管轄之下。可以說，全都是因爲我有威信，說一不二，在這個圈圈之內沒有敢對我說個不字的。你信不信？」

「當然信。」這一點我太相信了，因爲我進過不只一個監獄，體會太深刻了。雖然我知道他說的信並不可靠，威在這裏是絕對可靠的。

「教授！你聽沒聽說？在幹部政策上有沒有例外？比方說，有特別業務專長的行政領導幹部可以不在一刀切之內呢？」

「我沒聽說。」我實在沒興趣考慮他的切身問題，就像他不熱衷我所關心的問題一樣。

「倉央甲錯的身體怎麼樣？」

「不算太好，還過得去……」很快他又把話題轉回去了。「中央要是知道我們這種工作的特殊性就好了，並不是隨便什麼紅蘿蔔、白蘿蔔都能栽在這個坑裏的。」

他把三輪摩托停在監獄辦公大樓前。我想像着：這座六層大樓絕對比宋徽宗時代東京大理寺獄的官署至少要大十倍。好氣派！肯定從設計到施工都是犯人中的人才。他把我帶進一樓的貴賓接待室。中間是一張鋪着白桌布的長桌，長桌周圍擺着許多靠背椅，桌上擺着花瓶，花瓶裏插的是永不凋謝的塑料花。貼着牆擺了一圈皮沙發。四壁掛着介紹監獄內部設施和生產勞動場景、以及各級首長視察監獄的大照片。監獄長把我讓在沙發上坐下，值班警察倒茶、遞煙，並向監獄長請示要不要準備宵夜之類的問題，我實在等不及了。

「只要開水，其餘什麼都不需要。」我對正在抽煙並準備大發議論的監獄長說：「監獄長，現在能讓我見見倉央甲錯嗎？在這兒？還是……？」

「就在這兒，我陪您。」

「不了！監獄長，您日理萬機，怎麼敢勞累您呢？」我實在害怕有個人坐在旁邊。「你該不是對我不放心吧？」

「哪裏話，您想見的是一個判了刑、結了案的犯人，再說，您是個名人……」

「如果不違犯你們的規章制度，如果你眞的放心，我很想和倉央甲錯單獨談談。」

「他的案情，您……？」

「我全清楚，恐怕比法官、檢察長和他本人都知道的要多。」

「我是擔心您的安全，萬一他……」

「沒事，他不會平白無故傷害人。」

「那可不一定，他的犯罪動機至今都搞不太清楚，藏族人，心很深，沒法搞清楚，我很理解辦案單位的難處。」

「沒事，您去休息吧。」

「警衞要不要，總得留個警衞吧？」

「不！叫他們在外邊等着，談完了我會叫他們。」

「好……」他似乎很尊重我的樣子，站起來說：「恭敬不如從命。」

「哪裏話，請休息，夜已經很深了。」

「我休息還早哩，還得查夜。」

「謝謝！請便。」

監獄長不大情願地走出去了，他隨手帶上身後的門。

屋裏靜極了。我竭力想像着甲錯的樣子，但無論如何也想不起來，我們畢竟已經分手了三十多年。以前從來都是別人到監獄裏來提審我，或少數被特許的人來探望我。我一直爲此感到心安理得，我從來都不是錘，從來都是錘下接受鍛打的東西。從來都不是大厦屋脊上的龍頭，利用別人爲我擺設的高位，居高臨下，去恐嚇人，給人以壓力。現在，我反而覺得很不安……

腳步聲？是腳步聲！我不知道我應該坐在什麼位置上，沙發上？還是坐在桌邊的椅子上？坐在哪一張椅子？椅子那麼多……我有點驚慌失措地站起來，門推開了。兩個警察帶着一個鬍鬚連成片的老人走進來。他比我想像中蒼老得多，一件光板羊皮楚巴已經滾成了黑色。腳下沒有靴子，只裹着一些五顏六色的破布。他長期被迫形成的習慣性目光向下，雙手交叉在腹部……我不知道應該怎樣開場，我的兩張嘴唇像突然被粘在一起了。一個警察在他的背後放了一個櫟木條凳，對他說：

「坐下！」

他先用一只手在身後摸了摸那板凳，然後才慢慢地退着坐下來，兩只手很自然地擱在膝頭上。我當然知道這都是監獄裏的要求和訓練的結果，我也曾以同樣的姿式坐在傳訊者的面前，不敢看，只是猜測：他是什麼人？提審？外調？探視？訓話？查證其他犯人的言行？要我告密？每一次都很想先偷看一眼。甲錯此刻好像並沒有猜測，一點都沒有偷看我一眼的欲望。

「首長問你什麼你就回答什麼，要老老實實，不許亂說亂動！」警察似乎看出了我在這個場面裏的尷尬樣子。

「是！」他恭恭敬敬地站起來，低着頭伸出舌頭，平伸出雙手向我鞠躬——這是藏人為了表示最大尊敬做出的姿態。

我太尷尬了，不僅尷尬，而且很羞愧，怎麼？我成了首長！他向我的一躬使我非常慌亂，我和他隔着桌子，我沒法去阻止他，尤其當着警察的面。我向警察揮了揮手，示意讓他們出去。

兩個警察退到門外，掩上門。現在，只剩下我和他了，溫熱的眼淚開始在我的眼眶裏湧動，我仔細地打量他，想在這個人身上找出往日甲錯的影子，但找不到。

他只是等待着……

我走過去，牽着他的手——手掌很粗糙，像馬牙石。我讓他坐在桌邊一張靠背椅上，他的雙手無法按標準擱在桌下的膝頭上，因爲那是不被允許的，犯人的雙手必須擺在明處，他只好把手放在潔白的桌布上，黑色的皸裂的手和白桌布形成刺目的鮮明對比。

他還在等待着……

我好幾次想說話都哽咽住了，而且我一直想不出應該先說一句什麼話來起個頭。我淚汪汪地看着他。

他的眼睛看着白桌布，或許什麼都沒看，他的目光是茫然的。

「你……你是倉央甲錯……」話一說出去我就十分懊惱起來，怎麼會像審訊他的法官那樣開始呢？這樣，我把自己擺在什麼位置上了呢？眞該死！

「是，我是倉央甲錯。」

「我想跟你談談……」

「首長，問吧！」

我又僵住了，怎麼說都不對，我對我自己很不滿意，這不是個口才問題，這是個什麼問題呢？在這樣的地方，各自都承擔着沉重的精神負擔，一對多年未曾見面、未曾通過信的老朋友，應該怎樣開始？這是我急於找到而又找不到解決辦法的問題。

我們中間有一堵牆，這堵牆對於我來說，是透明的，對於他來說，是黑暗的。

又是長時間的沉默……

我在困境中掙扎。

他在等待，似乎一點也不着急，因爲他沒有任何期待。

「唉！」我的一聲嘆息使我解脫了危機，這不就對了嗎！「甲錯！你怎麼會幹了那麼多傻事呢？」除了「傻事」這兩個字不夠確切之外，他應該從我的語調裏感覺到，我是他的朋友。但他仍然是痲木的。——那座牆還在。

「我認罪服罪，我打傷人，扎破汽車輪胎、拆毀公路橋樑，投案自首，都交代清楚了，得到了寬大處理，判刑十年，我一定認眞勞動改造……」這段話我當然很熟悉，這是服刑犯人在回答問題時必須首先要說的一段話，不說這一段就是個態度問題。我也說過類似的話，不是說的，是背誦的。小時候背誦《左傳》，快如流水，但我並不知道，也不想知道那些文字包含着什麼意思。在監獄裏許多必需背誦的話一開始還知道是什麼意思，久而久之，說多了就忘了那些話是什麼意思了。

「我在服刑期間，服從分配，幹重活，不偷吃瓜菓，一顆葡萄也沒偷過，有人說是甜的，有人說是酸的，我不知道是甜是酸。我只是聽說有人偷，哪個偷過我不知道，也沒看見過。」這也是他必需說的話，這叫表態，同時也有表白，但他沒有告密。

「甲錯！」你怎麼會聽不明白我的話呢？是我，不是那些審問和訓誡你的人。「十年呀！十年以後你多大年紀了？」

他扳着指頭計算着，非常認眞，那是些已經不靈活、幾乎扳不動了的指頭，像一根根裏着泥的胡蘿蔔。

「六十四歲……」他終於算出來了。「我活不到十年，死在獄裏聽說也是火葬，我沒想過能得到天葬……」

「你不想提前出獄？」

「提前……出獄？誰都想，這裏的犯人都想……我……我……向首長坦白：我不想，我到了外邊還會去扎輪胎，還會去破壞公路橋……」

「爲什麼？」

「我管不住自己，我會身不由己……」

我的眼淚驀地滑出眼眶。好在他一直都低着頭。我悄悄用手拭去眼淚，停頓了很久，我怕一開口會哭出來，一直等到我自己覺得比較平靜了，才再一次問他。

「你爲什麼會管不住自己呢？甲錯！你已經爲了這些事把一個家都弄散了。」

「只是可憐了女兒……我自己在哪兒都一樣，這是命，……首長！我還迷信，不好，我又改不了迷信……」

我給他倒了一杯茶。

「甲錯，喝茶，這是漢人的清茶，不是酥油茶。」

他那雙傷痕纍纍的手慢慢、慢慢向茶杯靠攏，像去補捉一隻會跳的螞蚱。這過程很長，他做得非常專心，最後他捧住了茶杯，顫抖着凑到乾裂的唇邊，他的頭更低了，只能聽見他輕輕啜水的聲音。

「甲錯！你還會唱歌嗎？」

他茫然地搖搖頭。

「不！我不會……」

「你還會跳舞嗎？」

「不！我不會……」

「往年你可是個能歌善舞的人呀！」

「忘了，忘了，全都忘了……」

我緊緊地咬住自己的嘴唇，隱忍着……後來我不由得小聲哽咽着唱起來：

「溪水呀！溪水，

點點滴滴都是大樹歡樂的淚，

感謝晨光的照耀，

溪水呀！淚水……」

這首極爲簡單優美的歌，老來都還記得，而且我是用藏語唱出來的。

他開始聽見這歌的時候，似乎還不明白這是什麼，甚至有點驚慌失措，當我重復第二遍的時候，他的頭猛地擡了起來，那雙混濁的眼睛直楞楞地看着我。我繼續唱，看着他。他的眼珠痛苦而劇烈地顫抖着，半張着嘴，弓着的腰漸漸挺直起來。我大叫了一聲：

「甲錯！你不認得我了？」

他的眼睛奇蹟般猝然迸發出親切而熟悉的光亮，那光亮只有年輕人的眼睛裏才會有，當年，每當他將要歌舞之前，我才能在他的眼睛裏看到這光亮。

「甲錯！你不認得我了？」

他渾身像秋風中的大樹一樣顫抖着。

「你眞的不認得我了？甲錯！」

他擡起了腳，走向我，像在夢中。我記得，他是最容易進入夢境的，他把左手搭在我的肩頭，我把右手搭在他的肩頭。我倆一起輕輕地唱着：「溪水呀！溪水」，一起緩緩地擡起腿，按着歌曲的節奏舉起手臂，拂擺着無形的長袖，一步一步跳起來……到了第四拍就跳得很自如了，一節唱完以後我們都忘情了，節奏越來越快，歌聲越來越響亮。往日的弦子聲，往日的歌聲，衆多的男聲，衆多的女聲；往日的聲音重合着今日的聲音，青春的聲音重合着蒼老的聲音。陽光和燈光相映交輝，綠色森林和白雲在天花板上旋轉……早已逝去的歡樂全都回到我們面前來了。我們簡直以爲腳下是高山草原，用力跺着腳，用力踢踏着腳，忘了這是地板……我們的腳步聲像擂鼓似地在這靜夜裏傳出窗外。兩個警察抱着衝鋒槍衝進來，他們一開始以爲我倆正在撕打，看着看着才知道是在歌舞……

甲錯陡然看見了警察，看見了槍，嚇得失聲叫了起來。我把他扶在椅子上坐下，他立即驚恐地站起來。

我對警察說：

「沒事，你們去吧，我們還沒談完呢，有事我會叫你們。」

警察「嘿嘿」笑了一聲退了出去，他們一定覺得不可思議。

「坐！」我把甲錯重又按在椅子上，給他續了茶。

他的短暫的、絢麗的青春之夢被警察的槍口驚飛了，他的廻光返照的歡樂和狂熱又熄滅了。我和他互爲明鏡，無情地映照出我和他的白髮蒼蒼的暮年……背景是監獄。

甲錯低着頭，一雙傷痕纍纍的手重又擱在潔白的桌布上，神經質地顫慄不已……

我輕聲對他說：

「甲錯！我能幫你嗎？我這次來就是想看看你，也想幫幫你……我見到了小白姆、旺堆，還有……」我沒好把央宗的名字說出來。

他搖搖頭，許久許久沒說話，也不看我。

「或許能有點辦法，我去努一把力。」

「不！」他的語很輕，但很堅決。「現在這樣很好，我盡了心；他們，執了法；你，做到了一個老朋友應該做的事……這樣很好……眞的……」

「甲錯，你聽我說……」

「我知道，你不說我也知道，秀才！你看見我受罪比你自己受罪還要難過，我知道。有一回我在屋裏看見路上有一個人冒着風雨雷電往前走，我難受死了，老想走過去把他拉過來……後來，我也在大雷雨裏走過路，反而不覺得很難受，也很平常……你來看我，這就是天大的恩情。這麼多年，這麼長的路，你來了，打聽我，找我，找我的親人，見到了，這種人——世上像你這種人，少有。這有多麼好！多麼好！秀才！我是個山裏人，不是佛……是的，你從不朝拜佛，我知道……」

是的，這有多麼好；見到了，這有多麼好！——我想重複一百遍。見到了，這有多麼好！不管走了多少路，有多少懊惱、惋惜、遺憾……不管在哪裏見面，見到了，有多麼好啊！

「秀才！咱們都不年輕了，在一起還能回到年輕時候，一小會兒，只有一小會兒，一滴露水珠那麼大的一個夢，閃閃亮……我還能要什麼？也沒什麼好說的了。我只有一樁心事放不下，那就是小白姆，我一直放在心尖上的小白姆……」

「小白姆很懂事。」

「啊！對了！」他忽然想起一件事來。「我給你保存了多年的十一首歌，小白姆交給你了吧？」

「交給我了，翻譯得眞好！」

「那年在公路上修路，有個喜歡學藏文的技術員幫着我一起翻譯出來的，年年都想寄給你，不是你沒了通信地址，就是我出了事。總算保留到今天，總算交到你手上，你看過了？」

「看過了。」

「多好的歌呀！達娃在嘔自己的心，可惜當時我沒給你翻譯出來，當時，我讓她的歌迷住了。不過，那時候我翻也翻不好……」

「達娃後來怎麼樣了，我這次來還去哲塘寺看了看，她們家的馬店連地基都找不到了……」

「後來……」甲錯嘆息着欲言又止。

「後來你又見到過她了？」

「見到過，等我見到她的時候，她已經不在地上走了……」

「不在地上走了，什麼意思……」我吃了一驚。

「……在天上飛……」

「在天上飛？」我明白了。

「是的，秀才！那天，我們一走，走得那麼遠，她的歌聲都夠不着你，她借大鷹的眼睛都看不見你。一年以後，我見到達娃的阿媽，她說，從那天起，她有眼睛不看人，有耳朵不聽話，反反覆覆唱着一支歌：

「我的歌就像澆在岩石上的浪花，
岩石默默無聲，默默無聲；
這不是大江大河的浪花呀！
這是我小小心靈中噴湧的真情。

不幾天，達娃就不見了，誰也不知道她到哪兒去了，再也沒有回來過。哲塘大寺在人禍中毀了，馬店也沒人投宿了。她阿媽為了等女兒，一直都留在無人投宿的馬店裏，有人說馬店裏的燈火從來都沒有熄滅過，後來馬店和人一起倒在荒草裏，那一帶再也沒有燈火了，只有一團鬼火。人們都說，那是達娃的阿媽，還在等着自己的女兒……前幾年，哲塘湖還剩下一小片水的時候，達娃回來了，我在湖邊那條小路上見到她，就是那條我們和她分手的路，就是那條她有心給你唱歌的路，就是那條你無意給她留下念心的路。我仰着臉問她：你不是達娃嗎？她在天上用翅膀回答我：是的。我又問她：前些年你都在哪兒？好嗎？她沒回答我，反問我：你呢？我吸了口氣。她給我唱了三支歌：

「為了在人世間採摘一顆希望之果，
苦了我自己的雙脚；
找到的却是遍地的蒺藜淡，
人越多，情越薄……」

借用岩羊的四只銀蹄，
奔進深深的林莽，
今夜，每一片樹葉都在和我一起顫抖，
明天，它們却不能和我一起逃亡。

想起哲塘湖的碧波蕩漾，
借了一雙天鵝的翅膀；

為了傾聽往日我自己的歌聲，
我在湖邊小路的上空往返飛翔……

很快，哲塘湖的水就完全乾了，只剩下了一片蒲草，水鳥全都飛走了。只有一隻天鵝還在飛，還在叫，叫得聲音沙啞，飛得羽毛脫落，一直到精疲力竭，跌落在蒲草叢裏。有人親眼看見它從天上跌落下來的，但誰也沒找到一根羽毛……」

他講完以後，我們沉默了很久。三十多年前，達娃在我的心目中只是路邊許多美麗花朵中的一朵，而我卻是達娃心目中閃亮過的唯一的一顆星。

「一年以後，蒲草也沒有了……」

「啊！」我去的時候已經看到了，一片寂寞的荒灘。

「我再也不敢從那條小路走了……」

「是嗎？」

「不！不是不敢走那條小路……」

「……？」

「是不敢睜眼看，如今處處我都不敢看，處處都讓人傷心、氣憤。現在，在獄裏，心裏還舒坦些，牆很高，哪樣都看不見。我眞不願出去，除非先摘了我的眼珠子……」

「甲錯！你忘了，你還有個很可愛的女兒呀！」

「忘不了，你喜歡小白姆？」

「很喜歡，她很聰明，可惜沒學點文化。」

「這是我的過錯……秀才，要是你有力量，帶她走，只當是你自己的女兒，帶她到內地去讀書，學一點給後人積德的學識。」

「好的，只要她自己願意。」

「唉！」他嘆息了一聲。「哪樣叫願意？哪樣叫不願意？我一生一世都想要我願意要的東西，命運給我的都是我不願意要的……你有兒子嗎？」

「有個兒子，比小白姆大幾歲。」

「你兒子會喜歡她的，我敢打賭。」

「是嗎？我可不敢，我那兒子太老實了，他從來都不知道怎麼來表示喜歡，包括對我。」

「你可還記得，我們在一起聽到過第一聲克修叫，我還找到過第一朵杜鵑花。看起來，那不是應在我們身上的，應在下一代人的身上了。」

我當然記得，一個四月下旬的早晨，我們奇蹟般等到了第一聲布穀鳥叫，他在林子裏找到了第一朶杜鵑花，他跑到我面前，慢慢鬆開雙手，一朶血紅的米仔杜鵑，花萼朶上還沾着雪花，他的雙手爲幸福的預兆顫抖不已。我們互相賀喜。一切我都歷歷在目，因爲那時所經見的幾乎都是美好得不可能再經見的事。醜惡的、令人痛苦的事卻一再地重演。往事鮮明如永未熄滅的篝火。我們得到了幸福嗎？如果把爲了追求愛而經受的苦難也算做幸福的話，應該說：我們都得到了。我以爲：爲了追求愛（得到或沒得到）而經受的苦難是可以算做幸福的。如果不是，難道爲了追求權力、財富去製造恨，從而得到洩恨和糟踐的快感才能算是幸福嗎？！人世間在這三者之外還有什麼呢？我不知道甲錯怎麼想，看來他把幸福的希望又寄托在下一代的身上了，在三十多年前那個奇蹟出現的早晨，那朶杜鵑花原來是替他的小白姆找到的，或者可以說，他找到的就是小白姆，雖然那時候他還不知道他會有一個小白姆。我甚至認爲他的這種寄托本身就是幸福。」

並不是所有的人都能從生活自身的美好旋律中得到如歌般的欣慰。軍號聲從窗外傳進來，我這才重又回歸現實。這是監獄高音喇叭裏播出來的起床號，我立即想到那些犯人在夢中驚醒，「在最短促的時間裏慌張地穿衣服、整理舖蓋、洗漱時的情形。甲錯雙手撐着桌面，搖搖晃晃地站起來，軍號聲擲給他的是漫長的時間和狹小的空間，他將回到牢房裏去。

一串鳥鳴！在窗外，像是紅嘴想思鳥！這鳴聲和監獄是多麼的不諧調！我的第一個念頭：這是人的口技。甲錯急忙轉身撲向佈滿緋紅色晨光的窗臺，他那佈滿皺紋的臉忽然舒展開來了，他仰望着灰濛濛的天空，尋找着，把目光投向獄牆和獄牆邊的一棵矮小的洋槐樹。他的眉稍、眼角，包括每一根白髮都在晨光中顯出由衷的喜悅。他喃喃地問我：

「是鳥叫吧？不是我聽錯了吧？」

「是的，你沒聽錯。」

「我聽同牢房一個當過教師的犯人說，現在，一隻鳥要在三桿槍的槍口上活命，我眞不相信還會有鳥飛、叫，卽使還有幾隻鳥，它們敢飛、敢叫嗎？」

我們聽到的的確是鳥的叫聲，既不是我、也不是他的錯覺。但他沒有看見那隻鳥，我卻看見了。在他轉身撲向窗臺之前，我看見一個警察提着一隻鳥籠從窗外走過。我沒有告訴他，那是一隻籠中鳥。很久他都在窗內向外仰望着天空，但天空是寂靜的，獄牆上的電網是寂靜的，那棵矮小的洋槐樹也是寂靜的……我只告訴他：

「那隻鳥不在這兒了……」

「飛了？」

我沒法回答他，只好改變話題，反問他：

「還有什麼話要告訴我嗎？」

「沒了，讓我說一聲：謝謝嘍！」

「甲錯！我們倆個人之間還有謝謝這種客氣話嗎？」

「沒有，我是替小白姆說的……」他立卽用最大的控制力控制住自己的哀慟，猛地推開我，頭也不回地衝出門外。這時我才想起央宗托我帶給他的酥油，我追出去：

「等等，還有這包東西。」

他楞了一下，打開小包，用舌頭舔了一下味道，立卽脫口而出地說：

「是央宗讓你帶來的吧？這個賤婆娘！」

「……」我遵守誓言，沉默不答。

「我一舔就知道……」他想扔，又克制住沒扔，把小布包塞進懷裏，嘆息地說：「我也賤！」

我用模糊的淚眼看着他在倆個警察的押送下，走進長長的甬道。我非常熟悉那甬道，潮濕，燈光很亮，腳步的回聲很大……

十五、罪人？囚犯？好人？

和甲錯分手以後我就從監獄裏出來了，這是我生平進出監獄時間最短的一次。似乎我的座下馬也不喜歡這個大門緊閉的「莊園」，跑得特別快，中午之前就趕到了縣城，很快就到了法院。由丁秘書帶着我走進張院長的宿舍。在張院長和我握手的時候，丁秘書向我投以含意不明的微笑，才轉身退出去。

張院長是個漢藏合璧的家庭，夫人是一個只有三十幾歲的藏族婦女，乾淨漂亮，鮮艷的寶藍色楚巴上一點油迹都沒有，這在藏族婦女中是很少見的。客廳裏設有藏式火塘，他們把我讓在火塘邊的上座。不一會兒，那位藏族夫人就把酥油茶和各種奶製品、點心拿了上來，好像變戲法一樣。張院長一邊往嘴裏扔着油炸奶渣，一邊問我：

「跑了哪些地方？見了哪些人？」

我把我近日來的活動一一向他做了彙報。

「怎麼樣？對本案有什麼異議？」

「唉！」我長嘆了一聲：「何止是對本案有異議……」

「啊？」張院長很驚訝。「那倒是要洗耳恭聽。」

「請問什麼是法律的準則？」

「啊？連法律的準則都有異議？我這裏有不少法學方面的書，要不要我給你讀幾段……！」

「不！不需要，我也學過一點法，我學法不是爲了執法，而是爲了對付審判。我可以斷言：全人類還沒有一個國家、一個民族的法律是健全的，不管是以階級利益爲立法基點，還是以普遍的人性爲立法基點的法律都是不完備的。」

「啊？這麼說，基點有問題。」我在他的語氣裏聽出了嘲諷的味道。

「對！請問，難道僅僅只有人類生存在我們腳下這顆星球上嗎？」

「主要是人類！」

「對！壞就壞在這個主要上！」

「很新鮮，你的觀點很新鮮。」

「我不認爲我的觀點有什麼新鮮。正因爲主要是人類，除人類以外的億萬物種都是次要的！森林可以野蠻砍伐，野生動物可以任意捕殺，下令把森林砍光的人不僅無罪，反而有功！每年全球有兩千五百萬公頃森林被砍伐、被燒掉、被枯死！可以說都是人爲的浩刼！近年來中國才對捕殺某些珍奇動物的人罰款或判刑。可人們爲什麼不想一想，那些珍奇動物本來並不是珍奇的，是大量生存的動物，這種珍奇是人類的殺戮造成的！資料說明，在今後一百年內，全球三至七成的植物將不復存在。有四百零六種動物，五百九十三種鳥類，二百零九種爬行動物，二百四十二種魚類將滅絕。卽使以『主要是人類』的觀點，或者以『人類功利主義』的觀點來看，人類能夠單獨存在嗎？法院院長閣下？」

「我想不能。」

「對了！人類太自信了，人爲萬物之靈，人所創造的現代科學像上帝一樣，一週之內可以重新製作一個天地萬物。可是至今沒有看到哪個最先進的國家能夠在十年之內恢復哪怕十平方公里已經被毀掉的熱帶叢林。近三十年中國西南部乾涸了數以百計的高原湖泊，誰能重新灌滿？在中國，歷來大多數人必須被迫密切關注政治氣候的變化和社會生態環境的關係，而沒有更多的力量去關注地球氣候的變化和自然生態環境的關係。漢代以前的西域三十六國，連年戰爭，相互鯨吞，都試圖以強權和武力來製造適於自身的政治社會生態環境，誰也不去考慮自然生態環境的變化。卽使在當時，戰爭的各方都同時面對着一支不可抵禦的大軍，那支壓境的大軍就是沙漠。最後的結果是什麼？大家都能從歷史書裏讀到。但歷史書裏從來不記載最後的勝利者——沙漠的輝煌戰果。只有深入到塔克拉瑪干大沙漠的腹地，你才有所體會，像樓蘭、尼雅等古代名城的虛墟都淹沒在沙礫中。直到現在，中國境內的領土每年都要被沙漠佔領一千五百六十平方公里，沒有聽到中國國防部和外交部發表過任何抗議照會。每天世界各國都有爲了爭奪一小塊領土或未定界的糾紛發動戰爭，流大量的血。最令人感到不解的是處於沙漠中的海灣國家，互相爭鬪得最爲激烈。人類長期忽視沙漠的存在，任其從容坐大。而且絕大多數人沒有危機感。人們太忙了！有人忙得神聖，有人忙得卑微，人人都在忙，忙於扮演一個角色。忙於爭奪權力、地位，忙於鞏固權力地位，忙於戰爭，忙於暗殺，忙於勾心鬪角，忙於吹牛拍馬，忙於蠅頭小利，忙於開動一切宣傳機器，維護各自的神聖、各自的眞理。當然，其中最多的人是在忙於抵禦眼前的飢寒……只有少數人在惋惜，只有少數人感到悲哀。至於敢於憤怒的人就更少了，因而就更爲可貴，倉央甲錯就是很少敢於憤怒的人之一……」

「這麼說，你認爲他是很可貴的人嘍？」

「不僅可貴，而且心地善良……」

「你認定他是好人？」

「是的，他是好人。」

「而且是個無罪的人？」

「可以這麼說。」

「因而我們把他做爲罪犯判了刑，我們錯了？」

「不！問題並不那麼簡單……」

「複雜在哪兒呢？」

「罪犯並非一定是壞人，好人也可能成爲罪犯，我認爲倉央甲錯犯罪動機的原始核是純樸、眞誠、善良，而且是美好的。」

「何以見得？」

「這我很難用你們需要的語言說清楚……」

「法庭上要的是有罪或無罪的證據，說不清楚能證明什麼呢？」

「我的許多根據是我過去和現在對他的了解，全都是感性的……」

「你是科學家，感性和理性的距離有時候是非常遙遠的，您不是不知道。」

「但感性往往是理性的最初基礎。」

「我還是不明白。」

「感性對人和事物的了解主要靠領悟，不一定能說得出來，更不能用文字、法律條文來體現。」

「得！」他攤開雙手，好像結論已經由我來做過了，不需要再說什麼了，他開始很有滋味地呷着酥油茶。

「我想幫助他……」我有點可憐巴巴地看着他。

「怎麼幫法？」他問我。

「我……？」

「請求重新審理？上訴最高人民法院？但你連上訴書都寫不出來，這一系列的程序怎麼開始呢？」

「這……」我承認我一生都缺乏辯才，包括對我自己。在這個世界上我最了解的還是我自己，但我從來說不出一篇有說服力的辯護詞。雖然歷來那些強加給我的罪名和批判都是荒謬絕倫之至的胡說八道。我只會憤懣、悒鬱和嘆息。

「不能用語言文字來體現，難道讓各級執法人員都來領悟？讓旁聽席上的人和全社會都來領悟你的辯護？」

我從他的語音裏聽到他也有些激動，所以我更爲激動地說：

「甲錯有一種原始的、執着的盲動，對！是盲動，他的這種盲動和現代文明最高尚的科學思考是不謀而合的，甚至可以說：他和當今世界上最有遠見的科學家的憂慮是一致的，他只是一個不幸的方法上的錯誤，從而構成犯罪……」

「這就對了！」他像是捕捉到什麼似地興奮而快樂，以最肯定的語氣說：「我就要你這四個字：構成犯罪。對於法庭，這就夠了！」

「可是……」

「可是你很同情他。」

「是，也不完全是。」

「我很理解，我在審理本案的過程中，也了解到一些他沒有申辯的理由，我只是有某種程度的遺憾。」

「不！不能說只是遺憾吧！也不應該是同情。我只能這樣說：如果時間空間之上有一個無上崇高的法庭，我相信，這個法庭一定會宣告他無罪。」

「你說的那個無上崇高的超級法庭不就是西方人說的上帝嗎？」

「不是，我指的是地球上一切物種都有陪審員、都有發言權的合議法庭。」

「教授！你是個科學家，怎麼編起神話故事來了？」

「神話有什麼不好，人類最質樸、最無私的素質就體現在神話裏，神話裏的兎子會唱歌，烏鴉能和人交談，老鷹可以載人，樹爲歡樂流淚，於是人間才有溪水，最初的人類才有活下來的乳汁……」

「我也承認神話裏有很可貴的感情，但這些感情在現行法律面前有什麼意義呢？」他把「現行」二字說得特別重。

我也知道，「現行」二字太嚴峻了。許多無可挽回的悲劇都是現行觀點制定的現行原則和現行法律製造出來的。布魯諾（Bruno, Giordano（1548-1600.2.17）十六世紀哲學家、數學家、天文學家。一六〇〇年二月十七日敎皇克萊芒八世下令對他按頑固的異端份子處死。）不是按照當時的現行法律被燒死的嗎？張志新（張志新（一九三〇－一九七五年四月四日）中共黨內的聖女貞德，一九七五年四月四日十時十二分被槍決。）不是按照當時的現行原則被割斷喉管槍決的嗎？太多了！我無言以對。

他用小銀匙輕輕地敲着碗邊，叮叮……他的年輕漂亮的藏族夫人一會兒看看我，一會看看他，完全不知道我們在爭論什麼。她好意地說：

「別光顧着說話了，吃點東西，吃飽了再爭。」

我倆都沒注意她在說什麼。

「可這是現代悲劇？還是古老的悲劇呢？」我絕望了。

張院長愛莫能助地看着我。我憎恨他那張旣憐憫又譏諷的臉。

我喝了一大口茶，放下茶碗就站起來了。

「告辭了！」說罷轉身就走。

走出法院，牽着我的馬在小城的街上疾步無目的地走着。我還能做什麼呢？現在，我還能做什麼呢？似乎什麼也不能做了……我還能做什麼？想了好久才想到，在我離開這裏之前，可以帶小白姆去監獄和她的父親見上一面。於是，我匆匆趕回耳朵村。

回到耳朵村已是深夜了，當我在小白姆家的樓下拴馬的時候，看見她一邊叫罵一邊扛着一頭熊似的醉漢，從樓上下來，把那人丟在大路上。我很驚訝她的膂力。她走回來，一邊幫我卸鞍韉，一邊說：

「讓他吹吹風，醒醒酒。三天兩頭都有一個這樣的醉鬼來找事，撒一地白角子（硬分幣）。」

我沒說什麼，由她扶着我走上木梯，進屋坐在火塘邊。雖然她早就告訴過我：不要去求人了，沒用。現在她的眼睛卻仍然焦急地期待我能說點好消息。我沒說話，因爲我無話可說。她一直不甘心地想在我臉上看出點什麼，所以她顧不上給我倒茶。我憋了許久才對她說：

「小白姆，你阿爸要我把你帶走。」

她明白了，這就是結論，阿爸的獲釋和減刑全無可能了。雖然這是她早就料到的結果，她還是被失望狠狠地撞擊了一下，可見她這幾天曾經希望過。希望這東西是很誘人的，即使根本沒有影子，人也會在幻覺中把它找出來。

「這是阿爸說的？」

「是的，是他親自對我說的。」

「大爹！阿爸可好呀？」

「還好……我想帶你去看看他，和他告個別，好嗎？」

「好。」她現在哪像可以扛得起一條大漢的樣子呀，蜷縮成一堆，默默地依偎在我的身邊，很久我們才安頓睡下。黎明時分醒來的時候，我發現她正匍匐在佛龕前禱念着……早上喝茶的時候我問她：

「小毛驢怎麼辦？總不能牽到大城市裏去呀！你不是不知道，大城市裏根本就沒有牠走的路……」

「我知道，我把小毛驢送走了。」

「送走了？什麼時候？」

「夜裏，我蒙上牠的眼睛，把牠送進高山林子裏去了，牠在山上會找到跟自己一樣的…

……人，不！我是說驢。我跟牠都說清楚了，不是不要牠，是沒辦法。叫牠別像在家裏那樣老實，要機靈點，林子裏最壞最狠的還是人，去林子裏的人都帶着槍，要學會怕人，要跑，跑得快快的，來不及跑就鑽山洞。我離開牠的時候把蒙眼睛的布鬆了鬆，我怕牠會又跟着我回來，等我走遠了，牠能自己把蒙眼布磨蹭下來。我解下了牠的籠頭，從山坡上往下一溜就回來了，回到家，伏在牠的食槽上大哭了一場。」

「我怎麼沒聽見呢？」

「我用帽子捂住了嘴……」

這時候我才注意到她的眼睛是紅腫的。

走的時候，她只有一個佛像和一小卷氆氌好帶，除此以外什麼也沒有了，十個空鏡框掛在土牆上，只取下了我和甲錯年輕時的合影照。我問她：

「要不要跟村子裏的人告個別？」

「不了，大爹！告訴好人，他們要難過；告訴壞人，就等於告訴他們快來拆甲錯家的房子。」

「那好。」我把她抱到馬背上，我牽着馬就離開了耳朵村。小白姆沒有回顧，因爲她沒有什麼好留戀，任何人的家都不是磚瓦木塊組成的，是親人所組成的。村子裏誰也沒注意我們走，有人看見也只當是小白姆在送遠方的客人。

我們趕到監獄已是下午三點了。監獄長一見到我像老朋友一樣：

「教授！上次不辭而別可是不大合適呀！是不是怕我打聽上邊的新精神呀？」

「不是，我眞的不知道上邊有什麼新精神。」

「不可能，大教授，級別這麼高。」

「再大的教授也是個知識份子呀！」

「我知道，你們知識份子吃一塹長一智，說話謹愼，不勉強您，不勉強您。」他把我和小白姆讓進貴賓室。「請坐，請稍等一等，我自己去通知甲錯。」

監獄長走了很久，一直不見甲錯來，小白姆等得心煩意亂。

「大爹！他們該不是不許阿爸來見我吧？」

「不會，怎麼能不讓見面呢？別着急。」

又等了三刻鐘，門響了，我倆一起把臉轉向門口，只有監獄長一個人走進來。眞的不讓見？還是因爲我沒有向他透露什麼新精神，故意刁難？監獄長很爲難地說：

「沒辦法，我做了很多說服工作，倉央甲錯死也不來見你們，太狠心了，親生女兒來告別，就是不見，怎麼說也不行。我可以強迫他來，不知道您認爲有沒有必要？」

「奇怪？他爲什麼不願意來見我們？他最心疼的就是這個姑娘……」我實在想不出原因來。

「我知道。」

「你知道？爲什麼？」

「阿爸怕我見到他就不忍心走了……」小白姆哇地一聲大哭起來。

「既然這樣，您看？」監獄長問我。

「那就不見了吧，請你轉告他，他的女兒跟我走了，請他放心，我們會經常給他寫信。」

「好的，我一定告訴他。」

「再見，再一次謝謝你。」

監獄長又用三輪摩托把我倆送出大門外。

「再見」我爲了向監獄長表示親近，對他小聲說：「下次如果我有機會再來，一定注意打聽點氣象預測的資料——上邊的新精神告訴你。」

「教授！謝謝您！不過，您下次來，接待您的可能已經是別人了。」

「不會吧?!」我和他握手，匆匆告別就和小白姆拉馬走了。一路上小白姆沒有一句話，只是抽泣，我也沒勸她，因爲我知道這樣她會舒服些。

到了縣裏，我把租來的小黑馬還給馬的主人，結清了費用，第二天就和小白姆搭乘了一輛長途大客車向內地馳去。小白姆一直伏在後窗上，十分留戀地回顧着漸漸遠去了的故鄉，那裏有一座自己出生的破土屋，那裏還有一座由於關着年邁的阿爸而顯得親切的監獄……

當大客車將要通過一座鋼筋水泥橋的時候，小白姆大聲告訴我：

「大爹！這就是判我阿爸刑的那座橋……」

「啊？」我大吃一驚，問她：「那不是一座木橋嗎？」

「原來是一座木橋，這是後來重修的……」

一輛重型卡車，一輛滿載原木的卡車轟隆響着搶在我們的前面馳過橋去。我們這輛大客車的司機有點好勇鬪狠，猛踩油門，一輛一輛地去超那些運輸原木的大卡車，但卻總也超不完，卡車太多了。

小白姆開始時還很新奇，爲我們的車能超過卡車叫好，漸漸她也沒有興緻了，無可奈何地注視着超越不完的長長的運輸原木的車輛……。

十六、撼人心魄的尾聲

傍着一條金沙江支流的右岸，有一個山谷小鎮，名叫橋西鎮，顧名思義，鎮東是一座大橋。我們的大客車緩緩駛入鎮內。看樣子，這是個古鎮，只有一條夾路街，一色烏青瓦房，大多是一樓一底。如今滿街都是飯館，而且掛了各色名稱的匾額，諸如：「宴賓樓」、「樂陶然」、「小醉廳」、「聽濤居」、「醉仙閣」……鄉村廚師都站在門前，明火爐灶，當街獻藝，他們炒菜炒得特別花俏，小炒鍋在手裏一抖，鍋裏的菜就翻了個個兒，炒勺有節奏地敲着鍋沿，叮噹鳴響，嘴裏還喊着：

「炒鷄絲，溜鷄塊，鷄胸脖上割一塊，來碗酸辣！」他們故意不把那個湯字喊出來，因爲誰都知道酸辣就是酸辣湯，不喊出湯字來顯得更有味道。他們的爐火、炒勺和嘴發出的交響和濃烈的氣味起着廣告作用。西南地區的鄉村廚師炒起菜來都是大把往鍋裏撒辣椒粉、花椒、葱、薑、蒜。油在鍋裏要起明火，旣壯觀又刺激。

雖然每一家飯館門前都有一個花枝招展的小姑娘揮着小手絹攔車，我們的大客車從鎭西口進來一直都沒有靠邊停下來的意思。到了鎭東口最邊上一個名叫「夜來香」的小飯館的門口才靠邊緩緩停了下來。經常乘長途汽車旅行的人都知道，每一個司機都有自己的飯館。我們這輛車的年輕司機肯定和「夜來香」的女老板有交情。不然，他爲什麼會穿鎭而過，對那麼多白生生的女孩子的手和嬌滴滴的呼喚都無動於衷呢！果然，車一停下來，正在灶上掌勺的那個穿紅綢連衣裙的姑娘，立即把手裏的炒勺交給一個中年婦人，自己絞了一條熱毛巾，端了一杯沏好了的茶走到車前。正好，司機熄火從車上跳下來，隨手關上車門，好像到了家一樣，先拿起毛巾擦了一把臉，再喝了兩口茶，把毛巾和茶杯還給那姑娘，和她並肩走進飯館內一間掛了門簾的雅座。在她轉身的時候，乘客們都看見了她那漂亮的容貌、紅潤的膚色和堆雲似的烏髮。同車的旅伴們接着紛紛下車找座位吃飯。我和小白姆最後進來，只剩下緊靠雅座門簾的兩個座位。小白姆一直都在心神不定地沉思默想着什麼，我卻無意中聽見那紅衣女郎和司機的談話，好在不是故意的。

那紅衣女郎很會撒嬌。

「我不高興，不高興，不高興。」

「爲什麼不高興？小敏！」聽聲音可以想像出他正擁抱着那姑娘。

「車子趕着個大中午到，往天都是在擦黑，可以歇一夜嘛！眞是……」。

「這是班車，我的小敏！班車是有時間的，這一班就是中午經過橋西鎭，咋個辦呢？」

「咋個辦？你們當司機的板眼多得很，說聲車壞了，哪個乘客敢說句二話?!」

我吃了一驚，乘客還得爲他們的幽會多躭擱一夜？

「站上人咋個說？」司機還有點原則性。

「站上人咋個曉得你是眞壞還是假壞？他們未必有千里眼、順風耳?!」

「算了吧，小敏，這次塌了班，下一班回來還不是趕不到黑，顚來倒去是一個樣。這個帳你算不清楚？再說，這幾天累得很。」下面的話就輕多了。「一上你的床，你還會叫我睡瞌睡？」

「不叫你睡瞌睡，叫你做啥子?!」紅衣女郞撒嬌地明知故問。

「你要做啥子我還不曉得，沒個夠。」

「是我沒夠？是我沒夠？」紅衣女郞咄咄逼人地擰他的嘴，擰得小伙子只得求饒。

「是我，是我，是我……」這才使紅衣女郞鬆手，並給了他一個很響亮的吻。

這時，給司機特別加工的四菜一湯和一瓶啤酒，由一個男孩用托盤端了進去，男孩給司機斟了啤酒就很知趣地退出來了。接着才給其它客人端飯端菜。我們要的菜都是事先炒好了的大鍋菜，好在我們只是爲了果腹，食而不知其味。在我和小白姆吃飯的時候，紅衣女郎和司機的談話仍然時斷時續。

「告訴我，這幾天爲那樣累成這個樣子，昨晚上在哪兒歇的？……」

「無論在那兒歇，都沒相好的，我跟你說過多少次了，在這條路上我只有一個舒心的歇處，就是橋西鎮。我可不像他們那些人，只要是個女人就能……我可不能。我沒法子告訴你，你也看不見我在別的女人那裏是個啥樣子，我一想到你，任哪個女人我都不看一眼。」

「你說我信不信？」

「不知道，你愛信不信。」

「我信，姓李的？說實話，當初我只是爲了做生意才相中你，從頭一晚上我就知道你沒把我當過路店的女人待，你不說我心裏也明白，我不是木頭，爲了這，我總覺得對你不住。最近停在我門口的車很少，我總是藉故不留他們……」。

「小敏，我是終年在輪子上滾的人，不見你就煩，就想東想西，你以爲我心甘情願讓你在公路邊上開飯館？我爲了這，很不痛快。當司機的不准喝酒，要是准喝酒，我早就成了酒鬼了。我又不能要求你，因爲我不能天天拉幾車客人到你門前，我只能十天過一次，你得做生意，得賺錢……」

「我也想過，關掉這爿店，跟着你跑車，坐在司機樓裏，可你又得背個負擔，吃你，穿你，勞累你。我想過，想過一百遍也不止……」。

「我也想過，來回帶點土貨，攢錢，攢錢，攢足了錢，我自己買輛車，買個小點的，兩噸半也可以，拉貨，買輛司機樓寬敞的，我們以車爲家……」。

「這主意要得，我們倆一起攢嘛！你早就該對我說，我現在已經攢了點錢……」

「我不要你的錢！」

「咋個了，我的錢不乾淨？」紅衣女郎哭了。

「不！我是說，我是男人，男人去用女人的錢，像啥話嗎……」

「可往後你就是我的男人了！以車爲家，那個家是咱們兩個人的……」

「我知道，小敏！下一班車再打商量，下一班車我要在你這兒過夜……」

「今兒晚上就一定不能留?!」紅衣女郎抽泣着說。

「這麼多旅客，我們得體諒他們，出門在外，遲一天就多一天的花銷，哪個人上了車不急着早點到站呀?!莫哭，小敏，我們把話已經說到這個份上了，我看買車成家也是一年半載的事……」

「嗯……」

我聽到這兒才算放下一顆心，看樣子不會在這兒平白無辜地躭擱一夜了，雖然我很同情這一對情人，也不懷疑他們的眞誠，把我們擱在這個無樹無景的山谷裏餵一夜蚊子臭蟲，實在是既枯燥又可怕。我和小白姆隨着吃完飯的旅客魚貫上了車。我們在車上又等了二十分鐘，司機才從小飯館裏走出來，紅衣女郞一直把他送到車前……

忽然，我感到山谷裏的風消失了，天地間只有流水聲。一隻蒼鷹掠過江面，箭似地投進一個崖洞。本來是東倒西歪的芭茅草都朝天直梭梭地豎了起來——我覺得很異常。

我把頭從車窗裏探出去，才看見四周的山峯背後又生出一排排更黑的山峯，而且越來越高，所有的峯頂都指向太陽，並漸漸逼近太陽。——烏雲！那是烏雲。太陽的空間越來越小，我第一次看見太陽處於如此窘迫的境地，雖然它仍然燃燒着白熾的烈焰，但眼看着它就要被烏雲撲滅了。雲陣給太陽的第一聲警告就是一陣劈天捶地的雷聲，雷聲之前是一道劃破天空的閃電。

太陽還在燃燒，似乎有些慌亂，鋒芒大減，無可奈何地按照既定軌道滾動着，我以爲它只是虛張聲勢的沉着。

紅衣女郞在電閃雷鳴中向司機樓裏的人喊着：

「天黑得好嚇人啊！等這陣暴雨過後再走！」

但她的喊聲全都被雷聲蓋住了。司機發動了引擎，推上了一擋，我們的車啓動了。如果他要是聽見了她的喊聲，他會向她看一眼，也許會貞的停一停再走。但他一點都沒聽見，他的注意力正集中在方向盤上。等到他擺正方向再回顧的時候，他的紅衣女郎已經在豆大的雨點襲擊下跑進了飯館。司機向她招手，她又沒看見。

太陽陷入重圍，變成一塊模糊的鏡片，只有一團迷亂的光。再一聲霹靂，太陽驟然熄滅了。

我們在車內首先聽見幾點雨像流彈似地打在車棚上，接着大雨從斜刺裏襲擊左側的車窗，雖然大家立即搖車窗，水已經把一半旅客潑得透濕。烏雲迅速控制了天空，同時又把白茫茫的雨幕遮住了大地。只有在閃電時才能看見烏雲快速滾動和憤怒俯衝而下的雄姿，使人貞切地聯想到無數條張牙舞爪的烏龍，拖曳着黑色的車輦，車輦的巨輪發出一陣陣轟鳴。羣龍從天而降，吸上天空，再噴向地面。

年輕的司機恐懼地看看前方白茫茫的路面，立即打開燈，他完全無暇回顧身後了。他讓汽車緩慢地搖晃着奔上那座高墩十孔鋼筋水泥橋，小心地用一檔駛過大橋，車前玻璃窗上的雨刷不停地擺動着，在沿着連續的S形上坡路馳行的時候，狂風不斷迎面推倒一堵堵雨牆，砸向我們乘坐的客車，汽車引擎蓋和葉子板像發瘧疾似地猛烈地顫抖。汽車在此岸的半山緊貼着左側的岩壁停了下來，看來司機不敢再往前開了。因爲瀑布已經掛滿了所有的山峯，沖刷着泥土、石塊、殘留的樹根、灌木和青草，就像是古代城池的防衛武器——滾木礌石。我們呆呆地坐在自己的座位上，只有小白姆獨自瞑目默念着佛號。

司機的眼睛一直盯着右側後下方——那是我們剛剛過來的橋和橋西頭的那座小鎭，那條沿着彎彎山腳、古亦有之的街道，就像兩排黑色的小火柴盒，我猜想司機目光的焦點是最東邊坐北朝南的那只小火柴盒……。

一開始，我完全不在意、不明白是怎麼回事，那兩排黑色的小火柴盒像是被一隻無形的巨人的手撥動了一下，變得七零八落，我怎麼也想不到這是一場災難，是一條街、一座古鎭被山洪和坍塌的山坡擠垮。只一刹那間，連同小鎭依旁着的山坡都像溶在水裏的烏沙糖那樣，被白嘩嘩的水沖入江中。在我還沒分辨清楚這是幻覺還是現實的時候，旅伴中有個人大叫了一聲：

「橋西鎭完了！」

司機好像這才省悟過來，推開車門，從司機臺上跳下來，奔到路邊，在狂風暴雨中狂喊。我聽不清他喊的是什麼，只看見他的嘴張着……他相信這是眞的麼？好像他並不全信，這雨中的一切說服不了他，他想看得更清楚些，拚命地不斷地用手擦着眼睛上的水。

又一聲霹靂，鎭東那座大橋，我們的車剛剛從那邊開過來，那座十孔大橋，像是用火柴棒搭成的一樣，先是從中折斷，緊接着被泥石流沖成一堆碎片沒入江水就無影無踪了。

我們的車好像也在搖晃，每一個旅客都嚇得面如死灰。我不能不承認那毀滅性的一瞬是極爲壯麗的！災難之神那樣輕而易舉就做完了應該做的事情。一轉眼，雲收霧散，太陽仍舊好好地掛在天上，放射着與地面上的悲劇極不協調的、喜氣洋洋的強光。所有山峯上還都在掛着大瀑布，像反光板一樣反射着太陽的光芒，天上出現了兩座拱形的七彩虹。——一幅輝煌燦爛的圖畫。

如同落湯鷄般的司機不再喊叫了。因爲明察秋毫的太陽把災難的後果照耀得清清楚楚，任何幻想都不復存在了。他蹲在路邊，雙手抱着後腦勺，他還在注視着橋西鎭原來的地理位置。橋西鎭連同那段公路、那片山坡、和他的紅衣女郎、希望、自己的車——家……都消失了，剩下的只是一塊黃色的疤痕，那座山就像被切去了一塊的苔菜麵包。任何與人的生活相關的一切都被山洪沖走了。大橋的位置上只留下一根半橋墩還斜立在激流中。像圓明園廢墟上的幾根殘柱一樣，似乎只是用來證明這個殘酷的毀滅已是眞實的、無庸置疑的歷史了。

車內的人全都成了聾啞人，雷聲把人們的耳膜震得失去了彈性，什麼也聽不見，也沒人去開窗，全都呆坐在原處。

突然，小白姆出人意料地跳起來，竭盡全力尖叫了一聲。

「呀——！」我從來沒在如此近距離聽到如此尖銳的人聲。

使得所有的人都立即恢復了聽覺。

小白姆同時伸出雙手，指着殘留在江水中的一根半橋墩，瘋了似地喊起來：

「是誰破壞了大橋？判他的刑！」說罷跺着腳嗷嗷叫地號啕大哭，淚如雨注。我用力把她抱在懷裏。

「小白姆！小白姆！好孩子……」

全車人都聽不懂她喊的是什麼，也不明白她爲什麼會如此痛心疾首？雖然她是用大家都聽得懂的漢話喊出來的。心有餘悸的旅伴們同時把驚恐的目光向我們投射過來……。